Diogenes Taschenbuch 75/10

Eric Ambler

Das Intercom-Komplott

Roman

Aus dem Englischen von
Dietrich Stössel

Diogenes

Titel der englischen Originalausgabe
›The Intercom Conspiracy‹

Die deutsche Erstausgabe erschien 1971
im Diogenes Verlag
Umschlagzeichnung von Tomi Ungerer

Veröffentlicht als Diogenes Taschenbuch, 1978

150/78/E/1
ISBN 3 257 20538 4

Inhalt

VORWORT

Es geschah am 31. Mai letzten Jahres auf dem Genfer Flughafen Cointrin, daß jener Mann verschwand, der sich selbst Charles Latimer nannte. Alle Bemühungen, seine Spur zu finden, sind bis heute fehlgeschlagen.

Eine Verkettung unglücklicher Umstände führte dazu, daß er erst zwei Wochen danach als vermißt gemeldet wurde.

Diese lange Verzögerung und die sich daraus – so behauptet man – ergebenden Schwierigkeiten für die Polizei und die Sicherheitsbehörden, denen der Fall übertragen wurde, betrachtete man als überaus schwerwiegenden Faktor. Tatsächlich jedoch tat beides nur wenig zur Sache. Alle bisher zutage getretenen Anhaltspunkte lassen vielmehr darauf schließen, daß bereits eine Verzögerung von einem einzigen Tag denselben Effekt gehabt hätte. Innerhalb weniger Stunden nach Latimers Verschwinden vom Flughafen war seine Spur für immer verwischt.

Latimer, der seinen festen Wohnsitz auf Mallorca hatte, hielt sich die letzten drei Monate vor seinem Untertauchen in der Schweiz auf, wo er im Auftrag seines amerikanischen Verlegers das Quellenmaterial für ein Buch recherchierte und am Manuskript arbeitete. Für die dabei anfallenden Schreibarbeiten hatte er eine Sekretärin, Mlle. Deladoey, engagiert.

Sie war es auch, die schließlich Alarm schlug.

Daß sie es nicht früher tat, ist verständlich. Latimer hatte ihr gesagt, er reise nach Evère in Belgien, wo er einen hohen Offizier im Stab der NATO interviewen wollte. Daran war nichts Außergewöhnliches. Es war nicht das erste Mal, daß er wegen des Buches, an dem er arbeitete, von Genf aus in eine andere Stadt fuhr; frühere Gesprächstermine hatten ihn schon nach München, Bonn, Basel, Bern und Luxemburg geführt. Evère liegt nicht weit von Brüssel. Mlle. Deladoey ließ die Buchung des Flugs und die Hotelreservierung durch ein Reisebüro erledigen.

Er hatte ihr nicht gesagt, wie lange er zu bleiben gedenke, und sie hatte ihn nicht danach gefragt. Niemand wollte es wissen. Wenn er eine Reise unternahm, behielt er stets sein Genfer Hotelzimmer, wo er auch den größten Teil seines Gepäcks ließ. Diesmal hatte er nur eine einzige Reisetasche mitgenommen. Mlle. Deladoey schloß daraus, daß er nicht länger als zwei oder drei Tage fernbleiben würde. Die Menge des Textes, die sie während seiner Abwesenheit abschreiben sollte, schien diese Annahme zu rechtfertigen.

Als er nach einer Woche nichts hatte von sich hören lassen, war sie immerhin so unruhig, daß sie ein Telegramm nach Brüssel schickte, in dem sie ihn fragte, wann er zurückkommen würde. Eine Antwort erhielt sie nicht. Weitere sechs Tage verstrichen. Bis dahin kam zu ihrer Sorge noch etwas anderes: Er war mit seinen Lohnzahlungen zwei Wochen im Rückstand. Sie bat den Empfangschef des Hotels, in dem Latimer abgestiegen war, um Rat.

Dieser zeigte sich ebenso besorgt wie sie, wenn auch aus anderen Gründen. Als Empfangschef war er gleichzeitig für die Buchhaltung zuständig, und er beurteilte die Dauergäste des Hauses danach, wie sie ihre Wochenrechnungen beglichen. Latimer hatte stets prompt bezahlt, mit Schecks des Crédit Suisse, und regelmäßig am selben Tag. Es paßte nicht zum Charakter eines so gewissenhaften Menschen, überlegte der Empfangschef, dermaßen unüberlegt zu handeln. Die einzig mögliche Erklärung wäre ein Unfall oder Krankheit, und die wahrscheinlichere sei Krankheit, denn Latimer gehörte nicht mehr zu den Jüngsten. Nach einer Rücksprache mit dem Geschäftsführer gestattete er Mlle. Deladoey, in Brüssel anzurufen.

Es dauerte nur wenige Minuten, bis sie erfuhr, daß Latimer weder jetzt noch irgendwann zuvor in dem Brüsseler Hotel gewohnt hatte.

Da sie es für möglich hielt, daß sie sich im Namen des Hotels geirrt hatte, telefonierte sie noch einmal mit dem Reisebüro. Man versicherte ihr, ein Irrtum sei ausgeschlossen. Als sie nun ihre Nachforschungen fortsetzte, erfuhr sie, daß Latimer auch nicht mit der Sabena-Maschine nach Brüssel geflogen war, für die er gebucht hatte. Sein Name stand zwar auf der Passagierliste, doch war er zum Abflug nicht erschienen. War er vielleicht mit einer anderen Maschine der Sabena, vielleicht auch mit einer anderen Gesellschaft geflogen? Vielleicht mit einem anderen Ziel? Es dauerte mehrere Stunden, bis diese Fragen beantwortet waren, doch nichts kam dabei heraus.

Sie sprach mit dem Empfangschef, der sich wiederum mit dem Geschäftsführer beriet. Am Vormittag des fünfzehnten Tages nach Latimers Verschwinden wurde die Polizei unterrichtet.

Im Kanton Genf wird nach einer Vermißtenmeldung ein umfassendes und gründliches polizeiliches Ermittlungsverfahren eingeleitet. Dazu gehört das Ausfüllen eines Formulars mit sämtlichen Einzelheiten zur Person ebenso wie eine Überprüfung der Hospitäler und Leichenschauhäuser, die fernschriftliche Benachrichtigung der benachbarten Polizeistationen und der angrenzenden Kantone, Ermittlungen bei Verwandten und Bekannten, Recherchen an dem Ort, wo der Vermißte zuletzt gesehen wurde, und – wenn es sich um einen Ausländer handelt – die Unterrichtung des entsprechenden Konsulats.

Im Fall Latimers waren Angehörige, die Auskunft hätten geben können, nicht sofort greifbar. Er war unverheiratet, und sein einziger noch lebender Blutsverwandter – so ermittelte man – war ein älterer Bruder, der damals auf Kreuzfahrt irgendwo in der Karibischen See schwamm. Da man aber immerhin wußte, daß Latimer zum letzten Mal am Flughafen gesehen worden war, verhörte man dort eine Reihe von Personen. Ergebnis war, daß sich die Presse fast sofort dieser Angelegenheit annahm.

Im *Who's Who* hatte Charles Latimer Lewinson sich selbst einen Historiker genannt, und das war er zweifellos auch. So hatte er zum Beispiel Bücher über die Hansa, über die Entwicklung des Bankwesens im siebzehnten Jahrhundert und über das Gothaer Kompromißprogramm der Sozialisten geschrieben, und er war Dozent an einer englischen Universität gewesen. Seine Biographie John Laws, des bedeutendsten Nationalökonomen des achtzehnten Jahrhunderts, halten viele für die beste Arbeit über dieses Thema. Seine Bekanntheit außerhalb eines kleinen Kreises der akademischen Welt jedoch gründete sich nicht auf diese Schriften, sondern auf die Kriminalromane, die er unter dem Pseudonym Charles Latimer veröffentlicht hatte. Über zwanzig Titel waren es mittlerweile, und zumindest drei von ihnen – *Die blutige Schaufel*, *In den Armen des Mörders* und *Die verschlossene Pforte* – zählten zu den Klassikern dieses Genres. Seine historischen Veröffentlichungen konnten nur in englischer Sprache gelesen werden und hatten nur ein begrenztes Publikum. Seine Kriminalromane hingegen waren in viele Sprachen übersetzt worden und fanden ihre Leser in aller Welt. Sie trugen ihm nicht nur den Ruf eines fesselnden Autors ein, sondern sicherten ihm auch das Einkommen, das es ihm erlaubte, so komfortabel auf Mallorca zu leben. Und an ihnen lag es vor allem, daß sein Verschwinden Schlagzeilen machte. Kein Reporter, kein Redakteur, der nicht darauf hingewiesen hätte, daß sein Schicksal ebenso mysteriös und außergewöhnlich war wie seine Romane.

Hatte er sein Verschwinden selbst arrangiert? Wenn ja, warum und wie?

War er entführt worden? Wenn ja, wie und warum?

War er überhaupt noch am Leben?

Tot oder lebendig, *wo* war er?

Das waren die Fragen, die die Zeitungen stellten. Das waren auch die Probleme, mit denen sich die Polizei beschäftigte.

Für manche Fragen fanden sich Antworten; weil dadurch aber nur immer wieder neue Probleme aufgeworfen wurden, kam man damit nicht weiter.

So stellte man zum Beispiel fest, daß Latimer keinen Gesprächstermin mit einem NATO-Offizier in Evère vereinbart hatte. Also hatte er Mlle. Deladoey belogen; er wollte nicht, daß sie über seine Pläne Bescheid wußte.

Warum nicht? Was mußte man einer Sekretärin verheimlichen, die man nur für kurze Zeit engagiert hat? Was hätte sie erfahren, wäre ihr das wirkliche Ziel seiner Reise bekannt gewesen? Und – wenn er seine mysteriöse Reise geheimzuhalten hoffte – warum war er nicht ebenso unauffällig zurückgekommen, wie er abgefahren war? Alle Anzeichen sprachen dafür, daß er hatte zurückkehren wollen. Welches Ereignis hatte bewirken können, daß er seine Pläne änderte? Oder waren andere es gewesen, die ihn dazu gezwungen hatten?

Es war Mlle. Deladoey selbst, die – ermüdet von

den stundenlangen Verhören durch die Polizei – zu bedenken gab, daß die Antworten auf alle Fragen möglicherweise in dem unvollendeten Buch zu finden seien, an dem der Vermißte gearbeitet hatte. Warum, so fragte sie, las man nicht einmal in dem maschinegeschriebenen Manuskript, das auf seinem Schreibtisch im Hotelzimmer lag?

Die Polizei schien zunächst diesem Vorschlag keine Beachtung schenken zu wollen. Das war nicht verwunderlich, denn man nahm an, daß es sich um einen Kriminalroman handelte. Nachdem die Polizei sich jedoch vom Gegenteil überzeugen und zur Lektüre hatte überreden lassen, reagierte sie mit größter Heftigkeit. Mlle. Deladoey wurde weiteren, noch intensiveren Verhören unterworfen, und dies nicht nur von der Polizei: Beauftragte der schweizerischen Sicherheitsbehörden hatten sich in diesem Augenblick in die Ermittlungen eingeschaltet. Am 25. Juni, zehn Tage nach der Vermißtenanzeige, erschien einer von ihnen bei Mlle. Deladoey, um sie zu fragen, ob noch weitere Kopien des Latimer-Manuskripts in ihrem Besitz seien. Sie gab ihm die beiden Durchschläge, die sie davon gemacht hatte; er stellte ihr eine Quittung aus.

Warum er diese Durchschläge haben wollte, fragte sie nicht. Hätte sie es wissen wollen, wäre ihr gesagt worden, daß das Manuskript als geheim klassifiziert worden und alle Kopien sicherzustellen seien. Sie nahm ganz einfach an, man wollte zusätzliche Exemplare, um besser arbeiten zu können.

Darum kam es ihr auch nicht in den Sinn, die noch existierenden handschriftlichen Manuskripte zu erwähnen. Auch von dem Kasten voller Tonbänder in der Schublade ihres Schreibtisches sagte sie nichts. Schließlich gehörten sie Mr. Latimer.

Oder war vielleicht jetzt *sie* die Besitzerin?

Noch an diesem Tage unterrichtete sie Latimers Verleger über die Tonbänder und die handschriftlichen Entwürfe in ihrem und Theodore Carters Besitz. Sie schrieb ihnen auch, daß man ihr mittlerweile das Gehalt für drei Wochen schuldig war.

Ich halte es für möglich, daß sie glaubte, der Besitz der Tonbänder würde ihre Position gegenüber dem Verlag stärken. Wenn dies so war, mußte sie bald einsehen, daß sie sich geirrt hatte. Zu diesem Zeitpunkt nämlich hatte der Verlag sich schon direkt an Theodore Carter gewandt, was durchaus logisch ist, da dieser in dem Vertrag über das Buch als Kontrahent erscheint. Zusammen mit ihrem Gehalt für drei Wochen erhielt Mlle. Deladoey zweifellos eine kurze Abhandlung über das Urheberrecht.

Mr. Carter widersetzte sich zunächst heftig einer Veröffentlichung der Unterlagen Latimers in ihrer unredigierten und ungekürzten Form.

Es ist unmöglich, seinen Einwänden nicht zuzustimmen. Charles Latimer hatte seinem boshaften Humor oft genug die Zügel schießen lassen; daß Latimer viel von Carters beiläufigen Nebenbemerkungen und Kommentaren oder persönliche Mitteilungen, die nicht für eine Veröffentlichung bestimmt waren, absichtlich in den Text mit aufnahm, ist wirklich kaum zu begreifen. Es ist klar, daß er sich auf Carters Kosten lustig machte.

Mr. Carters Entschluß, seine Einwände gegen eine Veröffentlichung dieser Passagen fallenzulassen, ist höchst ehrenwert. Einen Appell an seine Berufserfahrung beantwortete er sachlich und objektiv. Das Argument, auf dem dieser Appell beruhte, war, wie ich annehme, schwerwiegend genug.

Das zweiteilige Manuskript, das Polizei und Sicherheitsbehörden lasen und prompt als geheim klassifizierten, war eine zweite Fassung. Jenes, das Mlle. Deladoey so zögernd aus den Händen gab, war ein sehr roher erster Entwurf, zwar in Kapitel unterteilt, doch von unregelmäßiger Länge. Wenige Abschnitte, die ›Rekonstruktionen des Geschehens‹ vor allem, lasen sich einigermaßen flüssig; der Rest bestand aus zusammengetragenem Material – Briefe, abgeschriebene Tonbandaufzeichnungen, Interviews und Zeugenaussagen –, das von Latimer in chronologischer Folge geordnet und stark korrigiert war. Indem Carter die von Latimer zu seiner eigenen Sicherheit in der ersten Fassung gestrichenen Passagen mit größter Genauigkeit las, enträtselte er schließlich nicht nur das Geheimnis, das Latimers Verschwinden umgab, sondern konnte er auch das Ende der Geschichte erzählen.

Also war dieser erste Entwurf in gewisser Hinsicht endgültig.

Als Mr. Carter seine Einwände gegen eine Veröffentlichung fallenließ, stellte er nur eine einzige Bedingung: Gewisse Namen, so verlangte er, müßten geändert werden – »um die Schuldigen zu schonen«.

Zwei Namen wurden geändert.

Der Rest blieb unredigiert, um für sich selbst zu sprechen.

ERIC AMBLER

I

Das Konsortium

KAPITEL 1

BRIEF THEODORE CARTERS

Tonbanddiktat

Also, liebe Nicole, und jetzt den Brief an Latimer. Oder nennt er sich nicht Lewinson? Egal, wie er heißt – das, was jetzt kommt, schreibe ich ihm jedenfalls.

Sehr geehrter Herr Soundso!

Ihren Brief vom Soundsovielten habe ich mit größter Aufmerksamkeit gelesen. Sie fragen mich, ob ich »so nett« wäre, Ihnen bei der Vorbereitung einer in Buchform erscheinenden, umfassenden und authentischen Publikation über die »sogenannte« *Intercom*-Affäre behilflich zu sein. Und dann, nach viel weiterem Hickhack, deuten Sie die Möglichkeit an, später könnte auch etwas für mich dabei herausspringen – wenn ich sehr gut gearbeitet habe. Eine ›Prämie‹, wie Sie es nennen.

Sehr liebenswürdig. Gehe ich richtig in der Annahme, daß Sie diesen Brief von einem Rechtsanwalt entwerfen ließen? So jedenfalls liest er sich. Vor allem gefiel mir das Wort ›nett‹.

Wollen wir, lieber Herr Soundso, die Dinge nicht endlich beim richtigen Namen nennen?

Ich begreife nur zu gut, daß Sie meine Mithilfe brauchen. Da ich es war – und noch bin –, der bei der *Intercom*-Affäre die meisten Federn hat lassen müssen (warum eigentlich »sogenannt«; wie anders als Affäre würden Sie es bezeichnen?), da ich es war, dem man die ganze Dreckarbeit überließ, und weil ich der einzige noch lebende Beteiligte bin, der bereit und willens ist, darüber zu sprechen, ist es doch einigermaßen klar, daß ohne meine Mithilfe für Sie absolut nichts drin ist.

Sie sprechen von einer *umfassenden und authentischen Publikation.* Machen Sie sich doch nicht selber etwas vor, mein lieber Herr Soundso! So *etwas* bringen Sie nicht dadurch zustande, daß Sie die Zeitungsarchive durchstöbern oder mit den Boys von den schweizerischen Sicherheitsbehörden palavern. Es wird Ihnen nicht gelingen. Ich habe noch eine ganze Menge vertrauliche Details im Schädel – die Butzemänner gaben mir den guten Rat, das fein säuberlich dort zu lassen –, die *bis jetzt* noch nicht veröffentlicht wurden. Ich glaube nicht, daß Sie auch nur die Hälfte davon wissen. Vielleicht gibt es auch ein paar Dinge, über die ich *noch nicht* reden kann. Aber soweit es um Informationen über die *Intercom*-Affäre geht, bin ich der einzige, der etwas zu sagen hat.

Was nicht heißen soll, daß ich für nichts und wieder nichts rede.

Warum zum Teufel soll ausgerechnet *ich* nett sein?

Mag sein, daß Sie ein hervorragender Autor von Kriminalromanen sind, aber offensichtlich ist es Ihrer Aufmerksamkeit entgangen, daß ich als Redakteur,

Agentur-Reporter und Ghostwriter ein alter Hase bin. Daß ich für *Intercom* arbeitete, sollte Ihre Meinung über mich in keiner Weise beeinflussen. Einem italienischen Verleger machte es auch nichts aus; er bat mich nämlich, *ich* solle ein umfassendes und authentisches Buch über die *Intercom*-Affäre schreiben. Ebensowenig dem Chefredakteur einer amerikanischen Zeitschrift, der eigens aus Paris hierherkam, um mir vorzuschlagen, ich sollte eine dreiteilige Serie über die Sache machen.

Warum lehnte ich diese Angebote ab? Weil sie nicht gut genug waren. Was mir der italienische Verleger anbot, hätte nicht einmal gereicht, die Beruhigungspillen zu finanzieren, die ich während der Arbeit gebraucht hätte. Und der Amerikaner meinte, ich sollte einem von seinen Schreiberlingen die Bröselchen vorkauen – für tausend Eier und meinen Namen auf der Titelseite. Ich sagte ihnen beiden ohne alle Umschweife, daß sie auf dem Holzweg wären.

Ich habe es nicht sehr eilig, lieber Herr Soundso, und ich habe keine Lust, um mögliche Prämien zu feilschen. Wenn Ihnen etwas an meiner Mithilfe gelegen ist, sind *Sie* es, der nett sein muß.

Und darunter verstehe ich folgendes:

Wir reden nicht mehr über Mithilfe – das richtige Wort ist ›Zusammenarbeit‹. Wir reden nicht mehr über mögliche Prämien – meine Bedingung ist eine fünfzigprozentige Beteiligung an den Rechten, und zwar an allen, also auch den Nebenrechten.

Nehmen Sie an – oder lassen Sie es bleiben.

Ich denke mir, Sie werden akzeptieren müssen, denn wenn Sie es nicht tun, werden Sie nichts von mir erfahren; und wenn Sie von mir nichts erfahren, wird Ihr Bericht so umfassend und authentisch sein wie ein Schlagertext. Und da wäre noch ein Punkt, den Sie gut bedenken sollten, mein lieber Herr Soundso, denn wenn ich Sie auch noch nicht persönlich kenne, so hoffe ich doch, daß sich zwischen uns eine nutzbringende Freundschaft entwickeln kann. Über die rechtlichen Konsequenzen von Verleumdungen, Verstößen gegen das Urheberrecht, falschen Darstellungen oder Beeinträchtigungen der Privatsphäre hier wie in anderen Ländern bin ich ausreichend genug informiert, um ziemlich unangenehm werden zu können, wenn mit meinem Namen Schindluder getrieben wird. Das ist freilich keine Drohung, sondern eher ein Versprechen.

Nehmen wir also an, wir kämen zu einer Zusammenarbeit. Sie schreiben von Ihrem Plan, um in Ihrer eigenen geschraubten Phraseologie zu bleiben – *vertippe dich jetzt bitte nicht, Nicole, das ist ein Zitat* –, »einen chronologisch geordneten Bericht zu verfassen, der teils aus redigierten Tonbandniederschriften von Aussagen wichtiger Zeugen, die bereit sind, ihren Namen preiszugeben, teils aus Rekonstruktionen des Geschehens, die auf Aussagen solcher Zeugen beruhen, die aus den verschiedensten Gründen anonym bleiben müssen, besteht«. Mit anderen Worten: journalistische Flickschusterei.

Nun gut. Aber dazu hätte ich noch ein paar Worte zu sagen.

Wie Sie mittlerweile wahrscheinlich entdeckt haben werden, bin ich der einzige *wichtige* Zeuge, der bereit ist, seinen Namen preiszugeben. Das bedeutet, daß ein großer Teil der Arbeit mir zufallen wird (und erklärt außerdem, warum ich auf einer fünfzigprozentigen Beteiligung bestehe). Aber wenn ich auch bereit bin, für meine Rolle geradezustehen, mein werter Herr Soundso, erlaube ich *unter keinen Umständen* eine redaktionelle Bearbeitung meiner Beiträge. Nichts von dem, was ich sage oder schreibe, darf geändert, gekürzt, umgestellt, zusammengefaßt oder ›verbessert‹ werden. Nichts, und weder durch Sie noch einen anderen. Ich verlange nicht, daß meinem Namen der Ruhm eines Koautors zukommt, ich interessiere mich auch nicht für die »Rekonstruktionen des Geschehens« (o Gott, welch ein Wort!) oder irgendwelche anderen Arrangements, die aus den Aussagen anderer Beteiligter – die Sie zuerst einmal finden müssen – gebastelt werden. Ich bestehe aber darauf, daß alles, was ich sage oder schreibe, *absolut unverändert* übernommen wird, unbearbeitet und unverstümmelt, und daß ich, wie es sich gehört, als Autor genannt werde: von Theodore Carter.

Willst du mir noch einmal einschenken, mein Goldstück? Im Schrank muß noch eine neue Flasche stehen.

Entschuldige bitte, Nicole. Vergaß abzuschalten. Valerie ist hier.

Das wäre es, sehr geehrter Herr Soundso. Sobald Sie mir in einem Brief Ihr Einverständnis mit meinen Bedingungen bestätigen, eine Kopie Ihres Vertrags mit Ihrem Verleger geschickt haben, außerdem einen Scheck über fünfzig Prozent des Vorschusses (auf Dollar oder Schweizer Franken lautend, das ist mir gleich), sind wir im Geschäft. Der Verleger kann unser briefliches Übereinkommen gegenzeichnen.

Eines freilich wäre noch zu sagen: Unter keinen Umständen will ich etwas mit den von Ihnen erwähnten Personen zu tun bekommen, die nicht bereit oder in der Lage sind, sich zu erkennen zu geben. Weder direkt noch indirekt. Das ist *Ihr* Bier. Was ich mit diesen Kerlen erlebt habe, reicht mir fürs ganze Leben. Wenn ich Ihnen einen guten Rat geben darf: Verabreden Sie sich mit ihnen nur bei Tageslicht und an Orten, wo Sie von vielen anderen gesehen werden und ein Polizist in der Nähe ist. Ihre »Rekonstruktionen des Geschehens« werden Ihnen Kummer genug bereiten. Es wäre schade, wenn man auch Ihr Schicksal rekonstruieren müßte.

Nicole, meine Liebe, laß diesen letzten Absatz weg. Ich will nicht, daß er kalte Füße bekommt. Dann glätte das Ganze ein wenig, setze »mit freundlichen Grüßen« darunter und mach eine Kopie mehr als sonst. Oder nein. Zeig mir besser vorher noch einmal den getippten Entwurf. Schließlich geht es um geschäftliche Angelegenheiten.

Sehr geehrter Herr Carter!

Haben Sie besten Dank für Ihren Brief. Ich fand ihn sehr amüsant. Sie werden aber hoffentlich nicht von mir erwarten, daß ich alle Ihre Vorschläge ernst nehme.

In Geschäftsdingen scheinen Sie Anhänger der direkten, der schnörkellosen Methode zu sein. Ich sage, Sie scheinen es zu sein, denn Ermahnungen, die Dinge zu sehen, wie sie sind, und sie beim richtigen Namen zu nennen, zielen oft auf das Gegenteil dessen ab, was sie bewirken zu sollen scheinen. Die vertracktesten Männer behaupten oft, unkompliziert zu sein. Dennoch werde ich mich an das halten, was Sie als Ihre Ansicht hinstellen, und Ihnen in aller Offenheit antworten.

Wer eine gefährliche Situation überlebt hat, neigt immer dazu, die Gefahr zu übertreiben, in der er sich befunden hatte, und als gegeben vorauszusetzen, daß allein er darüber zu sprechen berechtigt sei. Als erfahrener Journalist sollten Sie sich eigentlich dieser Tendenz bewußt sein und sie bei sich selbst erkennen und vermeiden können.

Sie sagen, Sie hätten bei der *Intercom*-Affäre die meisten Federn lassen müssen und seien der einzige noch lebende Beteiligte. Mein lieber Herr Carter, andere wurden noch kräftiger gerupft, und direkt beteiligt waren Sie auch nicht. Das haben Sie sich nur eingebildet; in diesem Spiel standen Sie nur auf dem kleinen Teil des Eisbergs, der über der Wasseroberfläche sichtbar ist. Was Ihnen passiert ist, wissen Sie nicht; Sie *glauben* nur, es zu wissen. Es gibt zwei Möglichkeiten, Ihre Rolle in dieser Affäre zu beschreiben – als Zufallszeuge bei einem Banküberfall oder als Opfer eines Streichs, den Fremde Ihnen gespielt haben.

Wahrscheinlich verstehen Sie nicht, was ich meine. Aber das macht nichts. Was Sie über die *Intercom*-Affäre wissen, ist tatsächlich nur ein kleiner Bruchteil der Geschichte. Sie wissen nur das, was Ihnen selbst zugestoßen ist. Sie wissen nicht, warum und wie alles genau geschah. Ich hingegen weiß, *warum* alles so kam, und allmählich beginne ich auch zu entdecken, *wie* es sich abspielte – aber nur, weil ich bereit bin, den notwendigen Ärger und ein gewisses Risiko in Kauf zu nehmen. Es gibt mehr als einen, der etwas zu sagen hat, mein lieber Herr Carter.

Es überrascht mich nicht im geringsten, daß Sie von den Angeboten, die Sie für Ihre Geschichte erhielten, enttäuscht waren. Was mich hingegen verblüfft, ist, daß Sie in diesem späten Stadium überhaupt noch Angebote erhielten. Darum dachte ich auch, daß mein Honorarvorschlag (jawohl, ich gebe zu, daß das Wort ›Prämie‹ von meinem Rechtsanwalt vorgeschlagen wurde) für Ihre Mitarbeit annehmbar wäre. Ich stehe übrigens noch zu meinem Wort. Wenn Sie sich dazu entschließen können, werde ich wohl auch einen Weg finden, mich mit Ihren Bedingungen hinsichtlich der Verfasserschaft und der Bearbeitung schriftlich einverstanden zu erklären.

Verstehen Sie mich bitte nicht falsch. Wenn ich darauf hinweise, wie wenig Sie den gesamten Komplex überschauen konnten, will ich damit nicht versuchen, Ihre Rolle dabei zu schmälern. Ein Beitrag von Ihnen in Form eines Augenzeugenberichts wäre höchst wertvoll. Was freilich nicht heißen soll, daß er unbedingt notwendig ist. Sie dürfen nicht vergessen, daß ich schon jetzt mehr über die *Intercom*-Affäre weiß als Sie.

Ich gebe gern zu, daß ich die Hintergründe der Ereignisse mehr zufällig als durch zielstrebige Recherchen erfuhr. Und es war auch ein Zufall, daß ich mich für die Affäre zu interessieren begann. Über einen Freund – er lebt in dem Land, in dem ich meinen Lebensabend verbringe – lernte ich jenen Mann kennen, den ich in meinem Buch ›Oberst Jost‹ nennen will. Der Oberst hat sich vor einiger Zeit in den Ruhestand versetzen lassen, was ihn allerdings schon jetzt ein wenig langweilt. Er hat gern Freunde um sich – und er erzählt gern. Und ganz besonders gern unterhielt er sich mit mir, weil ich ein paar Bücher geschrieben habe, die ihm gut gefielen. Kriminalromane sind seine Lieblingslektüre; sie bringen ihn zum Lachen.

Es tut mir leid, daß Ihnen die Bezeichnung ›Rekonstruktion des Geschehens‹ nicht gefällt, aber vielleicht haben Sie trotzdem nichts dagegen einzuwenden, eine von ihnen zu lesen. Ich schrieb dieses Kapitel nach einer Unterhaltung mit Oberst Jost. Es hat den Titel ›Ein Spiel für zwei‹ und mag Ihnen eine Antwort auf die Frage geben, warum Ihnen gewisse Dinge zustießen.

Es könnte Sie sogar dazu bringen, mein Angebot schließlich doch anzunehmen.

Mit freundlichen Grüßen,
Ihr
CHARLES LATIMER

KAPITEL 2

EIN SPIEL FÜR ZWEI

Der von Evian am französischen Seeufer kommende Dampfer hatte in Territet angelegt und nahm nun Kurs auf den Landungssteg, auf dem Oberst Jost wartete.

Jost sah aufs Wasser hinab. Ein kühler Wind strich über den See; Wellen spülten über das Ufergeröll. Aber das interessierte Jost nicht im geringsten. Er stammte aus einem Land, dessen Küsten von den Stürmen der Nordsee zerzaust wurden, und diese Wellen erinnerten ihn höchstens an Badewannengeplätscher. Und dennoch wandte er seinen Blick nicht von ihnen ab. Es war besser, als dem herannahenden Dampfer erwartungsvoll entgegenzusehen, besser auch, als die anderen Wartenden auf dem Landungssteg zu beobachten.

Fünf waren es: zwei Frauen mit prallen Einkaufsnetzen, ein etwas verwahrloster Mann mit einer Plastikmappe unter dem Arm und ein deutsches Touristenpaar. Harmlose Leute wahrscheinlich, überlegte er, aber sicher konnte man da nie sein. Und wenn man so tat, als beachte man die anderen nicht, war auch die Gefahr nicht so groß, daß sie von einem Notiz nahmen und sich später daran erinnerten. Er schaute also auf die Wellen, bis der Dampfer am Steg anlegte.

Die Schaufelräder wirbelten Schaum auf, die Leinen wurden festgemacht, die Laufplanke herübergelegt. Vier Passagiere verließen das Schiff, die Wartenden gingen an Bord.

Jost, der ihnen als letzter gefolgt war, sah seinen Freund Brand fast sofort.

Er saß im Salon an einem der Steuerbordfenster.

Keiner der beiden Männer gab ein Zeichen des Erkennens. Jost kletterte die Kajütentreppe hinauf, schlug im Gehen seinen Pelzkragen hoch und nahm auf dem Oberdeck Platz.

Sein Ausdruck gelangweilter Indifferenz seiner Umgebung gegenüber veränderte sich nicht, wenn es ihn auch mehrere Sekunden lang Mühe gekostet hatte. So sehr war ihm der Schrecken in die Glieder gefahren.

Über ein halbes Jahr war nun vergangen, seit er Brand zum letztenmal gesehen hatte, und in dieser Zeit hatte sich das Aussehen seines Freundes bemerkenswert verändert. Brand war immer schon blaß gewesen; er hatte jene helle Gesichtsfarbe, die bei Skandinaviern häufig anzutreffen ist. Früher war es immer eine gesunde Blässe gewesen, man hatte stets gespürt, daß unter der Haut Blut war. Aber jetzt wirkte sein Gesicht verbissen und grau, und man hätte meinen können, daß alles Leben aus ihm verschwunden war. Mit einemmal sah Brand alt aus, so, als wäre er entweder sehr krank oder sehr verängstigt.

Dieser letzte Gedanke bewirkte, daß Jost seine Muskeln für einen Augenblick anspannte. Aber sofort zwang er sich dazu, sich wieder zu entspannen. Brand hatte um dieses Zusammentreffen gebeten und gesagt, es sei dringend notwendig. Bei geheimen Begegnungen dieser Art mußte man immer ein gewisses Risiko auf sich nehmen. Wenn aus irgendeinem Grunde die Gefahr diesmal größer war als sonst, hätte Brand es ihn bestimmt wissen lassen. Daß er es nicht getan hatte, legte den Schluß nahe, daß sein schlechtes Aussehen gesundheitlich zu erklären war. Freilich war seiner Einladung auch darüber nichts zu entnehmen gewesen, aber die Methoden ihrer privaten Nachrichtenübermittlung waren alles andere als geeignet, persönliche Dinge mitzuteilen.

Er erinnerte sich an jenen Abend, als sie ihr System auf der Terrasse eines Hotels in der Nähe von Straßburg ausgearbeitet hatten.

Die französische Zehn-Francs-Note trägt auf ihrer Vorderseite vier Zifferngruppen: Emissionsdatum, Druckereischlüssel, eine aus fünf Ziffern bestehende Seriennummer in der linken unteren Ecke und eine weitere, zehn Ziffern umfassende Nummer in der Mitte des Geldscheins unter den Worten *Banque de France*. Insgesamt sind also auf jeder Note mindestens 25 Ziffern gedruckt, und es kommt nie vor, daß zwei sich vollkommen gleich sind. Es war Brands Idee gewesen, diese Geldscheine als einmal zu benutzende Chiffriertabellen zu benutzen; Jost hatte das System erarbeitet. Die Methode war recht simpel, aber sie funktionierte und war so sicher, wie solche Dinge nun einmal sein können: der Geldschein in einem Luftpost-Umschlag, die chiffrierte Nachricht in einem anderen. Der einzige Nachteil war, daß man nur kurze, einfache Texte übermitteln konnte.

Die Nachricht, die Brand Jost hatte zukommen lassen, war kurz und einfach: TREFFEN DRINGEND ERFORDERLICH VORWAND MAILAND ANSCHLIESSEND BESUCH PATENKIND AM ZWANZIGSTEN ABENDDAMPFER VON EVIAN HINTER VEVEY RSVP.

Nun ja, vielleicht war sie so einfach wieder nicht. Wahrscheinlich steckte doch viel Denkarbeit darin.

Selbst in jenen Gegenden der Erde, in denen Reisen von einem Land in ein anderes unproblematisch und selbstverständlich sind, gibt es doch immer ein paar Leute – Staatspräsidenten, Könige, Ministerpräsidenten oder erkannte Verbrecher –, denen es nie möglich ist, so frei wie andere die Grenzen zu überschreiten, an einem Ort ihrer Wahl zu treffen, wen sie wollen, ohne daß jeder ihrer Schritte mehr als nur beiläufig beobachtet wird.

Zu diesen benachteiligten Wenigen gehören auch die Direktoren von staatlichen Nachrichtendiensten.

In ihren Heimatländern haben sie die Möglichkeit, jeden ihrer Schritte zu tarnen, und gemeinhin tun sie das auch. In dem Augenblick jedoch, in dem sie sich zu einer Auslandsreise entschließen, werden Fragen gestellt – und nicht nur von ihren Untergebenen und Vorgesetzten. Das Protokoll – und manchmal auch die Vorsicht – macht es erforderlich, daß sie ihre Kollegen in den Ländern, die zu besuchen sie beabsichtigen, über Ziel und Anlaß ihrer Reise unterrichten. Da solche Touristen immer damit rechnen müssen, mehr oder weniger streng überwacht zu werden – im günstigsten Fall wohlwollend und zu ihrem eigenen Schutz, doch stets achtsam und inquisitorisch –, müssen die Gründe, die sie angeben, unbedingt überzeugend sein, ob sie nun zutreffen oder nicht.

Oberst Brand, selbst Direktor eines staatlichen Nachrichtendienstes und mit der Überwindung solcher Probleme bestens vertraut, hatte seinem Freund für diese Gelegenheit einen wohldurchdachten Vorwand geliefert. Er war in dem Hinweis auf Mailand und den anschließenden Besuch bei seinem Patenkind enthalten.

In Mailand fand in der Woche vor dem Zusammentreffen eine internationale Elektronik-Messe statt. Dort wurden neuentwickelte winzige Abhör- und Überwachungsgeräte und die neuesten Fernmeldeeinrichtungen ausgestellt. Brand hatte sehr zu Recht angenommen, daß Jost einen Mann seines technischen Stabes nach Mailand schicken würde, um sich über den letzten Stand der Entwicklung berichten zu lassen. Und ebenso richtig war seine Vermutung gewesen, daß es niemanden überraschen würde, wenn Jost selbst seinen Techniker nach Mailand begleitete. Das nämlich paßte zu ihm, dessen Interesse für den Fortschritt auf dem Gebiet der Elektronik nur zu bekannt war.

Oberst Brand hingegen konnte nicht aus demselben Grund nach Mailand reisen; das hätte nicht seinem Charakter entsprochen. Darum mußte das Zusammentreffen auch an einem anderen Ort stattfinden.

Beide achteten streng darauf, daß sie nicht nur chiffrierte Meldungen austauschten, sondern auch eine ganz gewöhnliche und vergleichsweise harmlose Korrespondenz aufrechterhielten. Jost, ein kinderloser Witwer, hatte in einem seiner letzten Briefe sein Bedauern darüber ausgedrückt, daß seine Nichte, die er sehr gern hatte – er war auch ihr Patenonkel –, von ihren Eltern auf ein englisches Internat in der Nähe von Montreux in der Schweiz geschickt worden war. Brand hatte es nicht vergessen. War es nicht natürlich, daß Jost auf der Rückfahrt von Mailand seine Fahrt in Montreux unterbrach, um seine Nichte zu besuchen?

Brand war es nie schwergefallen, sich solche Geschichten auszuhecken. Und es war anzunehmen, daß er für sich etwas ähnlich Geniales ausgetüftelt hatte, um nach Evian zu kommen. Jost war gespannt darauf, es zu erfahren.

Bald war es soweit. Der Dampfer passierte die Ile de Salagnon und steuerte nun auf Vevey zu.

»Hinter Vevey«, hatte Brand ihm telegrafiert.

Sie waren nun seit fünfzehn Jahren miteinander befreundet – seit jenem Jahr, als sie in die Positionen aufrückten, die sie noch heute bekleideten.

Sie hatten sich damals unter Umständen kennengelernt, die für sie beide eigentlich etwas beschämend waren. Doch gerade diese mißliche Lage – in der Erinnerung harmlos und schon fast lächerlich, damals freilich Grund genug, zornig zu werden – war es, was sie zusammengeführt hatte. Und ereignet hatte sich alles auf einer NATO-Basis in Frankreich.

Brands Titel war der eines Direktors des Sicherheits- und Nachrichtenwesens, und Jost war Chef der Abteilung Feindinformation im Verteidigungsministerium seines Landes. Tatsächlich jedoch erfüllten beide für ihre Regierungen die gleiche Funktion; wenn zwar von verschiedenen Firmen beschäftigt, waren sie doch Kollegen. Aber auch in anderen Dingen glichen sie sich. Beide hatten sich durch ihre Tapferkeit ausgezeichnet, als sie sich in ihren kleinen, von Deutschland besetzten Ländern für die Ziele der Widerstandsbewegung einsetzten. Beide waren Führer und Organisatoren des Untergrunds gewesen, ihren Exilregierungen gegenüber loyal, und beide standen – als aus ›guten alten‹ Familien hervorgegangene Berufssoldaten – politisch rechts. Beide hatten die Besatzungszeit überlebt, weil sie hart, gerissen und ideenreich gewesen waren, weil sie jedes Heldentum verachteten, weil es ihnen zuwider war, etwas zu tun, nur daß etwas getan wurde – und weil sie früh genug gelernt hatten, Befehle aus weit entfernten Kommandozentralen zu ignorieren, wenn sie erkannten, daß sie unrealistisch oder ganz einfach verkehrt waren. Beide hatten sich die besonderen Fähigkeiten erworben, die man braucht, will man unentdeckt operieren. Und als sie unmittelbar nach dem Krieg zu Stabsoffizieren befördert wurden, hielt man ihre Erfahrungen, ihr Wissen und ihre Talente den Erfordernissen des Nachrichtenwesens angemessen. Als die Entwicklung der North Atlantic Treaty Organization die Schaffung der von ihnen nun eingenommenen Posten notwendig machte, hielt man sie für die geeignetsten Bewerber. Da sie keine Vorgänger hatten, waren sie nicht an fest eingefahrene Geleise gebunden. Vom ersten Augenblick an waren sie so selbständig, wie man nur sein kann.

Mit ihrer Ernennung wurden sie automatisch gleichberechtigte Mitglieder innerhalb eines ständigen Nachrichtenkomitees der NATO, in dem ihre Länder zuvor nur durch ihre Militärattachés vertreten gewesen waren. Zu dieser Zeit wurden die vierteljährlichen, drei Tage dauernden Konferenzen in einer amerikanischen Army Base zwanzig Kilometer außerhalb von Paris abgehalten. Die Sicherheitsvorkehrungen für diese unter strengster Geheimhaltung stattfindenden Treffen lagen in den Händen der Amerikaner.

Als Jost und Brand zum erstenmal an einer solchen Konferenz teilnahmen, wurden sie von ihren Pariser Botschaften betreut. Beide hatten schon die Sicherheitsprüfung der höchsten Geheimhaltungsstufe innerhalb der NATO, den »*Cosmic*-Test« [1], hinter sich gebracht. Um aber Zutritt zur Militärbasis und zu den hermetisch abgeriegelten Konferenzräumen innerhalb des Sperrbezirks zu bekommen, mußten ihnen ihre Botschaften bei den Amerikanern die hierzu notwendigen Sonderausweise besorgen. Sie wurden ihnen persönlich von einem amerikanischen Verbindungsoffizier ausgehändigt.

Am Vormittag des ersten Konferenztages wurden Jost und Brand um acht Uhr dreißig von Dienstwagen der amerikanischen Armee in ihren Botschaftsgebäuden abgeholt und zur Army Base gefahren. Beide trugen Uniform. Im Abstand von zwei Minuten trafen sie gegen neun Uhr fünfzehn am Tor ein; um neun Uhr dreißig waren beide verhaftet – jedenfalls standen sie unter bewaffneter Aufsicht, wurden in einem Wachraum festgehalten und von einem amerikanischen MP-Leutnant verhört, der ihnen in höchst beleidigenden Worten vorwarf, Pressereporter zu sein.

Allem Anschein nach hatte der Leutnant in jüngster Zeit üble Erfahrungen mit allzu unternehmungslustigen ausländischen Reportern machen müssen, was of-

[1] Abkürzung für *Coordination of Security Measures in International Command,* Koordinierungsstelle für Sicherheitsmaßnahmen in der internationalen Führung.

fenbar einen strengen Verweis seines Vorgesetzten zur Folge gehabt hatte. Aber er hatte seine Lehre daraus gezogen. Jetzt, so behauptete er, könne er einen Zeitungsmann eine Meile gegen den Wind riechen. Um seine Meinung über die beiden verdutzten Obersten auszudrücken, verwendete er einen Schwall unflätiger Worte; er schrie ihre Proteste nieder und machte ihnen klar, was er mit eigenen Händen aus ihnen machen wollte. Fast zehn Minuten verstrichen, bis ein Hauptmann der Sicherheitsabteilung erschien, um die Ermittlungen selbst fortzuführen.

Der Hauptmann, im zivilen Leben Polizeioffizier, befahl dem Leutnant zu schweigen, stellte eine Reihe detaillierter Fragen, erhielt ebenso viele detaillierte Antworten, und nun wurde die Ursache des Mißverständnisses klar. Für die für Jost und Brand ausgestellten Sonderausweise waren Formulare verwendet worden, die einen Monat zuvor durch neue ersetzt worden waren. Offensichtlich sei eine Panne passiert, meinte der Hauptmann.

Zweifellos war es nur eine Panne gewesen, aber zwei Stunden vergingen, bis man den Fehler korrigiert hatte. Die Ausweise der beiden Obersten waren im inneren Sicherheitsbereich jedenfalls nicht gültig. Jost und Brand mußten sich die Fingerabdrücke abnehmen lassen, die mit den in ihren Unterlagen enthaltenen verglichen wurden. So war es ganz natürlich, daß sie viel zu spät im Konferenzraum erschienen, und da der an diesem Tag amtierende Vorsitzende über die

Ereignisse nicht informiert war, wurde ihnen ein kühler Empfang zuteil.

Während der Mittagspause freilich klärte sich alles auf, und ein amerikanischer Major der *Security Section* kam mit den beiden ins Gespräch. Er suchte weder nach Ausflüchten noch nach Entschuldigungen, sondern gab unumwunden zu, daß die Ursache des Mißverständnisses in einer Schlamperei seiner Dienststelle lag; ihre jeweiligen Botschaften, so versicherte er, seien dafür nicht verantwortlich. Ohne jede Einschränkung entschuldigte er sich für die ärgerliche Situation und die Unannehmlichkeiten, die dieses Mißverständnis mit sich gebracht hatte.

Wie er das tat, wirkte zuvorkommend, und Jost wie Brand waren vernünftige Männer. Schlampereien, gab Jost jovial zu, kämen auch in seinem Land vor, und Brand gratulierte dem Major zu seinem Hauptmann, der mit seiner Höflichkeit und seinem Geschick die peinliche Situation des Vormittags bereinigt hatte.

Wenn nun alles dabei geblieben wäre – bei einer ohne jede Reserve gegebenen Entschuldigung und deren vorbehaltloser Akzeptierung –, hätte sich das Verhältnis zwischen Jost und Brand wahrscheinlich nicht so entwickelt, wie es dann tatsächlich kam. Vielleicht hätten sie sich noch eine Weile schmunzelnd daran erinnert, aber sonst hätte es keine Folgen gehabt.

Aber es blieb nicht dabei, denn der Vorgesetzte des Majors hielt es für klug und angebracht, sich seinerseits persönlich bei den beiden Ausländern zu entschuldigen. »Denn schließlich«, so erklärte er dem Major, »wissen wir nicht, ob sie nicht den Dolch im Gewande tragen, ob sie nicht doch noch etwas im Schilde führen. Auch wenn sie so tun, als hätten sie alles vergeben und vergessen, haben sie doch nicht erkennen lassen, daß sie sich nicht in aller Form beschweren wollen. Nein, wir dürfen nichts dem Zufall überlassen. Ich will die Angelegenheit selbst in die Hand nehmen.« Am Abend ließ er sie nach dem Ende der Sitzung in sein Büro bitten, damit sie ihre Ausweise in Empfang nähmen und quittierten.

Er war ein hochdekorierter Oberst; auf der Brust trug er zwei Ordensspangen, die damals im Landserjargon der Army schlicht ›Spinat‹ genannt wurden. Nachdem er ihnen die neuen Pässe ausgehändigt hatte, lud er sie zu einem Glas Whisky ein. Sie nahmen an. Dann setzte er zu einer Entschuldigungsrede an, die damit begann, daß er mit wenigen, aber verwirrenden Worten die Prozedur beschrieb, die mit der Ausstellung eines Passes verbunden ist, und damit endete, daß er ihnen einen weitschweifigen Überblick über die Sicherheitsprobleme gab, denen er hier gegenübergestellt war; er habe, so meinte er, in der Tat eine schwierige, verantwortungsvolle und undankbare Aufgabe zu erfüllen. Zum Schluß hatte er schließlich klargemacht, daß *er* sich als das wirkliche Opfer der Schlamperei betrachtete, und durchblicken lassen, daß seiner Ansicht nach *sie selbst* sich einen Großteil der Unannehmlichkeiten des Vormittags zuzuschreiben hatten.

»Verstehen Sie mich bitte nicht falsch«, sagte er mit einem freundlichen Lächeln, »aber man sagte mir, Ihre fremden Uniformen hätten den Posten am äußeren Tor veranlaßt, Ihre Ausweise mit größter Genauigkeit zu überprüfen. Damit möchte ich nicht sagen, daß Sie ohne strenge Prüfung Einlaß gefunden hätten – dann wären bestimmt ein paar Köpfe hier gerollt, das können Sie mir glauben –, aber dann hätten Sie es nicht mit diesen Tölpeln von der MP zu tun gehabt, sondern mit meinen Leuten.«

»Aber sicherlich haben doch auch unsere Attachés diesen Konferenzen in Uniform beigewohnt«, antwortete Jost so gelassen wie möglich.

»Natürlich, das haben sie. Aber Ihr Attaché ist Marineoffizier, und Ihrer« – dabei sah er Brand an – »hat einen Erlaubnisschein für unsere PX-Läden; er trägt eine amerikanische Khaki-Uniform. Natürlich hat er seine eigenen Spiegel und Rangabzeichen darangenäht, aber wenn man ihn nicht genau und aus der Nähe betrachtet, könnte man ihn ohne weiteres für einen GI halten.«

»Wahrscheinlich sind unsere Uniformen nur dort bekannt, wo tatsächlich gekämpft wird«, erwiderte Brand kalt.

Ihr Gastgeber freilich ließ sich damit nicht aus der Fassung bringen. »Daran will ich nicht zweifeln, Herr Oberst. Ich möchte nur, daß Sie mich nicht falsch verstehen. Wir haben hier nun einmal das Problem mit all diesen ausländischen Uniformen. Wir wissen es, und wir versuchen, es aus der Welt zu schaffen. Sie haben sicher die NATO-Wandtafeln gesehen – Uniformen, Rangabzeichen, Orden, Flaggen in Massen. Aber es ist schwierig. Im letzten Monat kam einer in der verrücktesten Phantasieuniform an, die man sich nur vorstellen kann. Er hätte alles mögliche sein können, peruanischer Feldmarschall, Rausschmeißer in einem Striptease-Lokal – einfach alles. Tatsächlich war es ein italienischer Hauptmann; sie tragen da unten so bombastische Klamotten. Es ist wirklich ein Problem – aber eines kann ich Ihnen versprechen: Es ist ein Problem, das sich auf Sie, meine Herren, nicht wieder auswirken wird. Auf Ihr Wohl, meine Herren!«

So rasch sie konnten, verabschiedeten sie sich, um gemeinsam mit einem Dienstwagen in die Stadt zurückzufahren.

Eine Weile schwiegen sie verärgert. Endlich räusperte sich Jost.

»Eine Behauptung mit doppeltem Boden.«

Brand sah ihn an.

Jost räusperte sich noch einmal. »Ich würde nicht im mindesten behaupten, Herr Sowieso sei ein Dieb und ein Lügner, *aber* ...« Er verzog seine Lippen zu einem verächtlichen Grinsen. »›Verstehen Sie mich bitte nicht falsch‹ – das war ein solcher Eröffnungszug. In Wirklichkeit bedeutet es doch etwas ganz anderes. ›Was ich Ihnen jetzt sagen werde, wird Sie zweifellos verärgern, aber da ich von vornherein die

Absicht, Ihnen irgendeinen Grund zur Verärgerung geben zu wollen, abgestritten habe, besteht für Sie kein Anlaß, sich brüskiert zu fühlen.‹ Und trotzdem: Mich wurmt es.«

Brand lächelte. »Verstehen *Sie* mich bitte jetzt nicht falsch, wenn ich sage, daß dieser Mann hoffentlich nicht davon überzeugt ist, daß wir den Mund halten. Mir würde es ganz einfach Spaß machen, wenn er von bösen Zweifeln geplagt wird.«

»Mir auch. Und Zweifel wären das mindeste.« Jost warf dem amerikanischen Fahrer einen raschen Blick zu und setzte dann die Unterhaltung auf Französisch fort. »Wollen Sie in aller Form protestieren?«

»Eigentlich hatte ich mich entschlossen, es nicht zu tun – das heißt, wenn Sie derselben Meinung sind. Jetzt bin ich unsicher geworden. Was meinen Sie?«

Jost überlegte. »Ich bin genauso verärgert wie Sie; mich hat das Ganze auch angewidert. Ich glaube, daß eine Beschwerde gerechtfertigt wäre. Ob sie einen Sinn hat oder nicht, steht freilich auf einem anderen Blatt. Und ich bin fast davon überzeugt, daß sie nutzlos wäre. Und außerdem ist es immer unangenehm, von Anfang an als Quertreiber verschrien zu sein.«

Es dauerte eine Weile, bis Brand antwortete. »Sie haben recht. Ich werde meinem Botschafter auf alle Fälle berichten, was vorgefallen ist, ihn aber bitten, nichts zu unternehmen. Und noch etwas werde ich tun«, fuhr er mit bösem Lächeln fort: »Ich werde dafür sorgen, daß unser Militärattaché nicht in Uniformen herumläuft, die er billig im amerikanischen PX gekauft hat. Dieser Laden hat ihn offensichtlich demoralisiert.«

Jost seufzte. »Es ist aber auch alles zu dumm. Vor einer Woche wurde ich von unserem Oberbefehlshaber in mein Amt eingeführt. In Anwesenheit hoher Beamter des Verteidigungs- und des Außenministeriums. Und der Mann vom Außenministerium hielt es doch tatsächlich für notwendig, mich darauf hinzuweisen, daß manche der hier anwesenden alliierten Funktionäre gewisse, oft sogar zugegebene antiamerikanische Stimmungen hegten.« Er warf Brand einen Blick zu. »Der Antiamerikanismus sei eines der zerstörerischsten Laster, das wir keinesfalls dulden dürften, zumal es seine Ursache allein im Neid hätte.«

»Eine nette Gardinenpredigt.«

»Unsere Beamten nehmen sich sehr ernst. Damals ärgerte ich mich darüber, daß man einen solchen Hinweis überhaupt für notwendig hielt. Ich wußte allerdings nicht, in welch kurzer Zeit sogar ich in Versuchung kommen würde.«

»Aber sind wir denn tatsächlich in Versuchung gekommen?« Brand zuckte die Achseln. »Sie wissen doch ebensogut wie ich, daß unser Freund mit der Whiskyflasche nichts anders ist als ein Hanswurst auf Zeit, eben jener Typ, wie man ihn in jeder Armee findet. Wären andere für die Sicherheit verantwortlich, hätten wir es mit einem Engländer oder einem Franzosen zu tun gehabt, der – wenn auch vielleicht auf andere

Weise – genauso unangenehm wäre. Es ist durchaus nicht antiamerikanisch, diesen Mann nicht zu mögen.«

»Und *Sie* wissen«, widersprach Jost, »daß dies in unserer Lage kein Argument ist. Es sind allein die Amerikaner, die in der westlichen Welt gegenwärtig zählen, denn allein sie sind im Besitz der wirklichen Macht, und sie sind bereit, sie einzusetzen. Ob *sie uns* mögen oder nicht, spielt keine Rolle – sie bewerten uns nur danach, wie nützlich wir uns innerhalb des Verteidigungsbündnisses machen und wie bereitwillig wir ihren Wünschen entsprechen. Und darum ist es wesentlich, daß wir es uns nicht gestatten dürfen, sie nicht zu lieben oder gar zu verachten – und zwar *jeden* Amerikaner, ob wir nun einen Anlaß haben oder auch nicht. Solche Abneigungen oder Ressentiments liegen nicht in unserem Interesse.« Nach kurzem Schweigen fügte er ironisch hinzu: »Was ich gerade sagte, habe ich natürlich aus meinen offiziellen Dienstanweisungen zitiert.«

»Dachte ich mir«, antwortete Brand trocken. »Auch meine Regierung hat mir Vorschriften mitgegeben, an die ich nicht ganz glaube.«

Einen Augenblick lang sahen sie sich grinsend an. Die erste Stufe ihres gegenseitigen Verstehens war erreicht. Mit einemmal waren sie miteinander vertraut.

»Da solche dienstlichen Instruktionen aber nun einmal unter allen Umständen befolgt werden müssen«, sagte Jost, »ob man von ihrer Richtigkeit überzeugt ist oder nicht, schlage ich vor, den Mann mit der

Whiskyflasche zu vergessen und höchstens noch an den freundlichen Hauptmann und seinen beachtlichen Major zu denken.«

Brand nickte. »Sie haben recht, so machen wir es. Aber« – und bei diesen Worten kam Abschied in seinen Blick – »verstehen Sie es bitte nicht falsch, wenn ich Sie noch einmal an den MP-Leutnant erinnere, der uns heute morgen als erster verhörte. Fanden Sie ihn nicht auch außerordentlich interessant?«

»Weil etwa sein erster Gedanke war, wir könnten verkleidete Zeitungsreporter sein?«

»Ja, und weil ihn das viel mehr in Harnisch brachte als die Möglichkeit, er könnte es bei uns mit feindlichen Agenten zu tun haben. Ich hatte ganz den Eindruck, daß er daran nicht einmal dachte.«

»Vergessen Sie nicht, daß er zwar mit Presseleuten schlechte Erfahrungen machte, aber daß er wahrscheinlich noch nie mit Spionen zu tun hatte.«

»Wahrscheinlich nicht. Trotzdem erkläre ich mir sein Verhalten anders. Ich halte ihn für einen Realisten aus Instinkt.«

Jost sah seinen Begleiter erstaunt an. »Ich fürchte, das müssen Sie mir genauer erklären.«

Mittlerweile hatten sie das Stadtgebiet erreicht. Die vorbeihuschenden Straßenlaternen warfen ein flackerndes Licht auf ihre Gesichter. Brand lächelte.

»Ein Realist deshalb«, sagte er, »weil er zu denen gehört, die annehmen, daß die meisten der von uns so eifersüchtig bewachten Geheimnisse der anderen Seite schon bestens bekannt sind, wie ja auch die meisten der vom Feind bewachten Geheimnisse zu uns durchgedrungen sind. Er gehört aber auch zu denjenigen, die davon überzeugt sind, daß man sich an die Spielregeln halten muß, daß man so tun muß als ob, daß Außenstehenden jeder Einblick in unsere verrückte Welt zu verwehren ist – und daß beide Seiten nur einen gemeinsamen Gegner haben: den kleinen Jungen, der des Kaisers neue Kleider durchschaute, der den Kaiser nackt sah.«

»Gefährliche Worte, Herr Oberst!«

Sie lachten. Als Jost aus dem Fenster sah, erkannte er, daß sie ihr Ziel fast erreicht hatten. »Ich nehme an, daß Sie das Abendessen heute gemeinsam mit Ihrem Botschafter einnehmen.«

»Leider ja. Und Ihnen geht es nicht anders?«

»Ja. Aber vielleicht könnten wir morgen abend diese nützliche bilaterale Diskussion fortsetzen?«

»Dasselbe habe ich gerade überlegt.«

Eine Freundschaft hatte begonnen.

Die Chefs staatlicher Nachrichtendienste – mit einem Geheimbudget ausgestattet und oft in der Lage oder verpflichtet, nicht allzu legale Methoden anzuwenden – werden leicht zu Hinterzimmerpotentaten. Das ist schon in der Natur ihrer Aufgaben begründet. Solange sie und ihre Untergebenen keine Böcke schießen, die sich nicht mehr verbergen lassen, sind sie gegen jede öffentliche Kritik immun. Das Geheimhaltungs-Tam-

tam und der allgemeine Glaube daran, daß man informiert sein müsse, erwiesen sich immer wieder als schier unüberwindbare Bollwerke. Und wenn diese Bollwerke dadurch verstärkt werden, daß die dienstvorgesetzten Minister »nichts wissen« – was übrigens oft der Fall ist –, können die Männer dahinter sich sicher fühlen, auch wenn die Angriffe von gegnerischen Fraktionen innerhalb der Regierung, der sie dienen, vorgetragen werden. Nachrichtenchefs gewinnen in der Regel mehr Einfluß, als ihren Pflichten entsprechen würde. Tatsächlich sind sie niemandem verantwortlich, und je länger sie auf ihrem Posten bleiben, desto mächtiger werden sie. Und unvermeidbar ist es, daß sie ein wenig arrogant werden. Diese Arroganz wird natürlich meistens hinter wohleinstudierten Masken beruflicher Objektivität und Zurückhaltung verborgen, sie nimmt auch vom einen zum anderen die verschiedensten Formen an, aber sie ist da. Worin und wie sie sich ausdrückt, hängt vom Charakter des jeweiligen Mannes ab, von seinen Hoffnungen, seiner Selbstgefälligkeit, von den Umständen, den politischen Gegebenheiten, in denen er arbeitet, von Zeit und Gelegenheiten. Es gab Abwehrchefs, denen es gefiel, Herren zu dienen, die sie in Wirklichkeit verachteten; es gab aber auch andere, die ihrem Gewissen folgten, obwohl es sicherer und einträglicher gewesen wäre, anders zu handeln. Es gab Chefs von Nachrichtendiensten, die zu Königsmachern wurden, die gegen Regierungen agierten, für die sie sich eigentlich hätten einsetzen müssen, und die mit an der Planung des Staatsstreichs beteiligt waren, der den Umsturz zur Folge hatte. Manche von ihnen ergriffen selbst die Staatsgewalt, andere zogen es vor, graue Eminenzen ihrer Marionettenregierungen zu bleiben. Und schließlich gab es noch solche, deren Arroganz sich auf ausgefallenere, ungewöhnlichere Weise ausdrückte.

Jost und Brand traten ihr Amt in den frühen fünfziger Jahren an und richteten sich während der bitteren Jahre des Kalten Krieges im Geheimdienst der NATO ein.

Ende der fünfziger Jahre wußten sie beide, daß sie denselben Fehler begangen hatten, der so vielen anderen ehrgeizigen Männern unterläuft: Sie hatten sich zu früh spezialisiert. Jene Posten, die ihnen in jüngeren Jahren erstrebenswert erschienen waren, hatten sich als Sackgassen erwiesen. In den ohnehin bescheidenen Hierarchien der Armeen, denen sie angehörten, gab es für sie keine Aufstiegsmöglichkeit mehr.

Es wäre leicht, ihre Desillusionierung einfach als das Ergebnis beruflicher Frustration und finanzieller Enttäuschung hinzustellen; es würde keine Mühe kosten, das Bild von verbitterten Obersten zu zeichnen, die durch ihre eigenen, von niemandem bezweifelten Fähigkeiten ihren beruflichen Aufstieg verbaut sehen, die unterbezahlt sind und denen jeder Ausgleich versagt wird, bis sie schließlich soweit sind, daß sie ihr Schicksal in die eigene Hand nehmen. Ein solches Bild freilich müßte verzeichnet sein.

Natürlich, es gab immer wieder unangenehme Dinge. Ihr legaler Zuständigkeitsbereich – und dementsprechend auch ihre Möglichkeiten der Information – war im Laufe der Jahre immer größer geworden, ohne daß sich dies in einer Verbesserung des Gehalts oder der Rangstufe bemerkbar gemacht hätte. Die meisten ihrer Kollegen im Ausland – wenn auch nicht alle – standen im Rang eines Generalmajors. Beide hatten zwar versucht, eine Aufwertung ihrer Stellung zu erreichen, Erfolge jedoch blieben ihnen versagt. Darum ist es verständlich, warum sie zivile Kleidung der Uniform vorzogen. Man würde jedoch die Ursachen ihres Verhaltens über das erlaubte Maß hinaus vereinfachen, wollte man in dem, was sie taten, allein eine simple Reaktion auf die im Laufe der Jahre aufgestaute Verbitterung sehen. Ihre Desillusionierung und all das, was sich daraus ergab, hatte tiefere Ursachen.

Wenn sowohl Jost wie auch Brand Berufssoldaten waren, so hatten sich ihre Ansichten über den Krieg und ihre Menschenkenntnis doch nicht während ihrer Dienstzeit bei der aktiven Truppe geformt, sondern durch das, was sie in der Widerstandsbewegung gelernt hatten. Die Behauptung, man könne sich einem mächtigen Gegner nur mit einer zumindest gleichstarken Macht erfolgreich widersetzen, zählte bei ihnen nicht. Um einem starken Gegner Widerstand zu leisten, mußte man ihrer Meinung nach zunächst erfahren, wie man seinen inneren Zusammenhalt zerstören kann, um sich dann mit den Fragmenten seiner Macht auseinanderzusetzen. Sie dachten, wie sie immer gekämpft hatten: als Partisanen. Es fiel ihnen schwer, sich damit abzufinden, daß ihre Länder sich dem Verteidigungsbündnis angeschlossen hatten. Und sie konnten nur resignierend einsehen, daß ihre Länder innerhalb der NATO keine größere Rolle spielten als Rumänien oder Bulgarien innerhalb des Warschauer Pakts – sie waren Zwerge, in einen Kampf der Giganten verwikkelt. Und was sie erst recht nicht konnten: ihre Ansichten über diese Giganten ändern.

Sie hatten den deutschen Giganten kennengelernt, der seinerzeit so allmächtig gewesen war, und hatten geholfen, ihn in die Knie zu zwingen. Nun waren sie in der Lage, von einem besonders günstigen Standort aus die beiden neuen Riesen zu beobachten und ihre Kraft abzuschätzen: Amerika und die Sowjetunion.

Was sie über diese beiden Giganten dachten, war nicht allzu schmeichelhaft: Das verblüffendste an ihnen – so meinten sie – war nicht ihre Stärke oder das laute Drohgeschrei, das sie immer wieder anstimmten, sondern ihre eigenartige Unbeholfenheit.

Brand drückte seine Gefühle den beiden Großmächten gegenüber eines Abends in Brüssel so aus: »Wenn man ihnen an den Kragen will, könnte man allen Ernstes an dunkle Nächte und Stolperdrähte denken.«

Zu dieser Zeit währte ihre Freundschaft schon sieben Jahre, und in Brands Bemerkung drückte sich ihre Haltung einigermaßen exakt aus. Sie waren nicht nur antiamerikanisch, sie waren auch antirussisch. Ihre Gespräche sind zwar subversiv – aber es sind eben nur Worte. Mit dem, was ist, sind sie nicht einverstanden, aber sie sind fähig, ihre Unzufriedenheit im Gespräch zu sublimieren.

In diesen Jahren trafen sie sich ziemlich oft. Man hatte mittlerweile regionale Nachrichten-Komitees gebildet, und außerdem wurden im Zusammenhang mit NATO-Manövern zahlreiche Planungskonferenzen abgehalten, denen sie beiwohnen mußten.

Sie freuten sich stets auf ein solches Zusammentreffen, aber sie waren diskret. Beide hatten sich auch mit anderen ihrer NATO-Kollegen befreundet, und beide achteten darauf, diese Verbindungen zu pflegen; anderen gegenüber aber drückten sie sich über ihre beruflichen Ansichten nur sehr vorsichtig aus. Ihre unorthodoxe Meinung war ihnen ein privates Vergnügen, das sie mit anderen nicht teilen wollten, auch nicht mit denjenigen, die sie sympathisch fanden. Es war ein stillschweigendes Übereinkommen, das keiner von ihnen in Frage stellte. Schon damals müssen sie geahnt haben, daß ihnen diese Diskretion eines Tages sehr zustatten kommen würde.

Von vagen Gedanken über die Anwendung von Stolperdrähten bis zu der Überlegung, wo und wozu man sie spannen könnte, ist es nur ein kurzer Schritt. Und diesen Schritt taten Jost und Brand im Jahre 1964.

Sie trafen sich unter ungewöhnlichen Umständen in London. Die Spannungen zwischen den Vereinigten

Staaten und der Sowjetunion hatten erheblich nachgelassen, das Atomstopp-Abkommen war unterzeichnet und der Heiße Draht zwischen Washington und Moskau installiert; man verhandelte über eine Umorganisation der NATO, die Haltung Frankreichs gab zu Rätseln Anlaß, kurz – es roch allenthalben nach einer Neuorientierung.

Jost und Brand waren damit gezwungen, ihre Zukunftsaussichten neu zu überdenken, und was sie sahen, gefiel ihnen gar nicht. Nicht daß sie um ihre Posten hätten bangen müssen – sie saßen so fest auf ihren Stühlen, daß sie ohne Furcht das Pensionierungsalter erwarten konnten –, aber es wurde immer deutlicher, daß ihre ohnehin schon verminderte Bedeutung innerhalb der NATO aller Wahrscheinlichkeit nach bald noch mehr absinken würde. In düsteren Augenblicken sahen sie sich schon in die Rolle passiver Zuschauer zurückgedrängt, als Dorfpolizisten, an unbedeutenden Straßenkreuzungen postiert oder auf einem geheimen Schlachtfeld, auf dem allein die Bataillone der CIA und des KGB das Geschehen beherrschten.

Eine solche Beurteilung der Lage war keinesfalls unrichtig. Sowohl CIA wie auch KGB operierten schon jetzt insgeheim in Josts wie in Brands Heimatländern, und sie wußten es. Sie wußten auch, daß sie die ungeladenen Gäste zwar beobachten konnten, daß ihnen aber nichts anderes blieb, als sich insgeheim zu ärgern. Die anmaßende Meinung der CIA, ihre Leute seien nicht allein willkommene, sondern auch besonders privilegierte Gäste, fanden sie ebenso unverschämt wie die verwegene Behauptung des KGB, seine *Residenturas* würden überhaupt nicht existieren. Es war tatsächlich eine Beleidigung der Abwehr.

Jost war Mitglied eines Londoner Klubs, und in dessen *Coffee Room* fand die erste von zwei bedeutungsschweren Unterhaltungen statt.

Am Vormittag dieses Tages war auf dem Londoner Flughafen ein Goldraub mißglückt; die Abendzeitungen berichteten in Schlagzeilen darüber. Drei der Täter waren bereits verhaftet, nach vier weiteren, die in einem zweiten Wagen entkommen waren, ebenso nach dem Fahrer eines Lastwagens, der am Tatort verlassen aufgefunden wurde, fahndete man noch. Bei einem Glas Whisky unterhielten sich Brand und Jost über diesen Raubüberfall.

»Ein sorgfältig geplantes Unternehmen«, meinte Brand. »Aber viel zu kompliziert. Ich frage mich nur, woher sie das Tränengas hatten. Wahrscheinlich aus einem Armee-Depot.«

»Vielleicht hatte die Polizei einen Tip.«

»Nach der Lage der Dinge nehme ich eher an, es war ein ganz allgemeiner Hinweis. Fünf der Männer konnten entkommen. Was wollten sie mit dem Lastwagen?«

»Es war einer mit einer Hebebühne. Man benutzt ihn für schwere Lasten – für Maschinen, Kühlschränke und solche Dinge. Wahrscheinlich wollten sie damit die Goldbarren schnell verladen.«

»Goldbarren im Wert von einer halben Million Pfund Sterling, steht in der Zeitung.« Brand dachte einen Augenblick nach. »Ein Gewicht von ungefähr elfhundert Kilo. Ja – acht Mann hätten bestimmt ihre liebe Not, wollten sie es in kürzester Zeit verladen. Welche Idioten!«

»Eine halbe Million Pfund finde ich gar nicht idiotisch.«

»Aber idiotisch, sie sich in Gold zu verschaffen.«

»Das verstehe ich nicht. Für Gold gibt es immer einen Markt. Man braucht nicht einmal einen Hehler zu bezahlen. Jeder Tölpel kann sein Gold verkaufen, wenn er an die richtige Stelle kommt.«

»Und wenn er das Gold dorthin befördern kann, ja. Elfhundert Kilo!« Brand schnaubte. »Wenn ich schnell zu viel Geld kommen wollte, würde ich etwas anderes verhökern.«

Jost grinste. »Eine halbe Million Pfund in Banknoten wäre natürlich leichter, aber das wäre immer noch ein mächtiges Paket.«

Brand antwortete nicht sofort. Er ließ seinen Blick über den ganzen Raum wandern, bis er sich wieder Jost zuwandte. Und als er jetzt sprach, flüsterte er. »Wer Zugang zu Informationen hat – wie Sie und ich –, kann Besseres anbieten.«

Wieder entstand eine Pause. Jost verspürte ein Gefühl in seinem Magen, das er nur zu gut kannte, das er aber seit mehreren Jahren nicht mehr empfunden hatte. Da war eine Gefahr, der er gegenüberstand. Um

Gewißheit zu erlangen, um sicher zu sein, daß sein Freund scherzte, erinnerte er sich der alten Phrase: »Verstehen Sie mich bitte nicht falsch«, sagte er, »wie jeder Mensch bin auch ich daran interessiert, meine Pension aufzubessern, aber« – und nun seufzte er traurig – »ist das Spezialwissen, über das wir verfügen, in seinem Wert nicht viel zu unbeständig? Auf einer dermaßen schwierigen und gefährlichen Straße würde ich mich mit flüssigem Nitroglyzerin sicherer fühlen.«

Brand lächelte nicht mehr. »Es gibt sehr viel Spezialwissen, das durch eine besondere Prozedur ungefährlich gemacht werden kann. Wissen zumal, dessen Preisgabe das Gewissen nicht zu belasten braucht.«

»Oh – Spielmaterial also.« Jost war erleichtert, aber auch ein wenig enttäuscht. ›Spielmaterial‹ nannte man im Fachjargon die als weniger geheim klassifizierten Informationen, mit denen man den Gegner durch Doppelagenten fütterte. Aber es war so gar nicht Brands Art zu scherzen.

Brand schüttelte den Kopf. »Nein, kein Spielmaterial. Etwas viel Besseres.« Er beugte sich vor. »Massive Ware, die jedoch wahrscheinlich schon bekannt ist.«

»Und darum aller Wahrscheinlichkeit nach nutzlos? O ja, ich verstehe.«

»Nutzlos, aber nicht ohne Wert.« Brand lächelte wieder. »So gut wie Gold, würde ich sagen.«

Jost verspürte wieder die Nähe der Gefahr, aber

sie war ihm jetzt nicht unangenehm. »Wie Gold, das mag sein«, sagte er, »aber nicht mit dem gleichen Markt.«

»Ein Markt kann aber zweifellos gefunden werden.«

»Können Sie sich vorstellen, wie ausgerechnet wir nach einem suchen?«

»Nein.« Brand zuckte die Achseln. »Vielleicht sollten wir uns für diese Art Ware einen eigenen Markt schaffen.« Er nahm wieder die Abendzeitung zur Hand. »Acht Mann waren dabei«, sagte er. »Und bestimmt waren ebenso viele an den Vorbereitungen beteiligt. Kein Wunder also, daß es um ihre Sicherheit nicht sehr gut stand. Kein Wunder auch, daß die Polizei einen Hinweis bekommen hatte.«

Das war zunächst einmal alles, was darüber gesagt wurde.

Die erwartete Umorganisation fand statt, und die offiziellen Gelegenheiten für ihre privaten Zusammenkünfte wurden seltener. Ein Jahr verging, bis sie sich wieder einmal über dieses Thema unterhalten konnten. Diesmal war es Jost, der damit begann.

Es war in Rom, als sie gemeinsam in einem Restaurant zu Abend aßen.

Gegen Ende meinte Jost beiläufig: »Ich hörte neulich, daß eine seltsame Ware verkauft wurde – auf einem vielleicht noch seltsameren Markt.«

Er sah, wie Brands Blick über die benachbarten Tische huschte; er wollte sicher sein, daß niemand ihr Gespräch belauschte, denn er wußte, daß sein Freund ihre Londoner Unterhaltung nicht vergessen hatte. Die Worte *Ware* und *Markt* hatten die von ihm gewünschte Wirkung gehabt. Ruhig und aufmerksam sah er ihn an.

»In Mexiko lebt ein Fälscher«, fuhr Jost fort. »Ein alter Mann, aber immer noch sehr geschickt, und er hat es fertiggebracht, über Jahre hinaus erfolgreich zu arbeiten.«

»Erfolgreich? Sie meinen damit, man hat ihn nicht gefaßt?«

»In Mexiko hat er kein Verbrechen begangen.«

»Ist Fälschung dort denn nicht strafbar?«

»Fälschung von Banknoten, ja. Fälschung von Aktien, von Schecks oder von anderen wertvollen Dokumenten ist auch dort eine sehr ernste Sache. Aber so etwas tut unser alter Mann nicht. Er fälscht etwas ganz anderes, das keinen realen Wert hat – seltene Briefmarken mit Stempeln und Aufdrucken.«

Brand zog die Augenbrauen in die Höhe. »Ohne Wert, meinen Sie?«

»Ohne *realen* Wert. Seltene Briefmarken – die wirklich wertvollen – wurden in der Regel vor langer Zeit von einem Postbeamten entwertet. Für den Postversand sind sie damit ungültig. Ihr Wert für die Sammler in aller Welt und für diejenigen, die ihr Vermögen in sie investieren, liegt in ihrer Seltenheit. Sie wissen ja selbst, welch hohe Summen in seltenen Briefmarken angelegt werden.«

»Ja.« Brand zuckte die Achseln. »Ich begreife zwar, daß sich ein mexikanischer Fälscher ein amüsantes und ertragreiches Geschäft daraus machen kann, aber ich verstehe nicht ...«

Jost unterbrach ihn mit einer Handbewegung. »Einen Augenblick bitte. Sie wissen noch gar nicht, wie einträglich für ihn das Geschäft war – oder wie amüsant.« Er legte eine bedeutungsschwere Pause ein. »Das amerikanische Schatzministerium jedenfalls hat seine Werkstatt vor einiger Zeit aufgekauft.«

Brand sah ihn verblüfft an. »Das kann ich kaum glauben.«

Jost lächelte. »Ich war auch überrascht. Bis ich erfuhr, was geschehen war. Der internationale Briefmarkenhandel war schon seit Jahren durch die Tätigkeit dieses Fälschers beunruhigt. Sie müssen wissen, daß die wertvollsten Marken oft erst dann wirklich teuer sind, wenn durch Aufdrucke oder Sonderstempelungen ihr ursprünglicher Frankierwert erhöht oder verändert wird. Aufdrucke und Sonderstempel aber sind viel einfacher zu fälschen als Banknoten. Und wenn ein wirklich geschickter Mann an der Arbeit war, sind sie kaum als Fälschungen zu erkennen. Für die großen Händler bedeutete dies nicht allein, daß große Mengen dieser Falsifikate zu einer Inflation ihrer ›Währung‹ führten, sondern daß sie auch gewaltige Summen ausgeben mußten, um sie zu erkennen und aufzuspüren. Aber genau dazu waren sie gezwungen, wollten sie den Wert ihrer und ihrer Klienten Vermögen sichern. Natürlich haben sie – vor allem die amerikanischen Händler – schon seit langem überlegt, wie gegen den Mexikaner vorzugehen sei. Aber was *konnten* sie tun? Als man erfuhr, daß er sich aufs Altenteil setzen wollte, mittlerweile ist er immerhin sechsundsiebzig, kam ihnen ein schrecklicher Gedanke. Mußte man nicht annehmen, daß er seine Druckplatten und seine Ausrüstung einem Jüngeren oder einer ganzen Gruppe verkaufte? Was dann? Darüber nachzugrübeln war sinnlos. So entschloß man sich, allen Stolz fahrenzulassen und ihn selbst aufzukaufen.«

»Und was hat das Schatzministerium damit zu tun?«

»Solche Fälschungsgeschichten fallen in den Vereinigten Staaten nun einmal in den Zuständigkeitsbereich des Schatzministeriums. Die Händler brauchten die Genehmigung des Ministeriums, bevor sie das Material des Mexikaners in die Staaten einführen konnten. Außerdem mußte man sich mit dem amerikanischen Zoll arrangieren.«

»Und die Genehmigung wurde erteilt?«

»Aber natürlich. Ein Konsortium fuhr zu geheimen Verhandlungen mit dem alten Mann nach Mexiko, und es gelang nicht nur, all seine Druckplatten, Stempel, Geräte und Geschäftsbücher aufzukaufen, sondern man brachte ihn sogar dazu, eine Vereinbarung zu unterschreiben, in der er verbindlich zusagte, nie wieder seine alte Tätigkeit aufzunehmen. Wenn das auch sehr viel Geld kostete, war es doch zu ihrem Schutz nötig. Ich unterhielt mich zu Hause mit einem Briefmarkenhändler über diesen Fall. Er sagte mir, so etwas käme hin und wieder vor. Etwas Ähnliches geschah 1935; damals kaufte die British Philatelic Association einen französischen Fälscher namens Sperati auf. Finden Sie das nicht aufregend?«

Jost trank sein Glas leer. Gedankenverloren füllte Brand nach.

»Hier geht es also um rein fiktive Werte«, sagte er.

»Genau.«

Sie sprachen nicht mehr darüber, bis sie in ihr Hotel zurückkehrten, aber beide dachten über ihre Unterhaltung nach. Und den Rest des Abends überlegten sie gemeinsam, welche Lehren aus der Geschichte des mexikanischen Fälschers gezogen werden könnten – von denen, die über ganz besondere Kenntnisse und Möglichkeiten verfügten. Schließlich waren sie sich darüber einig, daß ihnen nur ein einziger verhältnismäßig sicherer Weg offenstand. Bevor sie in dieser Nacht auf ihre Zimmer gingen, vertrieben sie sich die Zeit damit, einen Schlachtplan auszuarbeiten.

Oberst Jost behauptet heute, er wisse nicht mehr, wann die Entscheidung getroffen wurde, diesen Plan in die Tat umzusetzen.

Ich glaube nicht, daß dies eine Schutzbehauptung ist, und wahrscheinlich handelt es sich auch nicht um den Versuch, die letzte Verantwortung auf Brand abzuwälzen. In einem so diskreten Freundschaftsverhältnis wie dem ihren reifen Entscheidungen oft unbemerkt heran, ohne daß darüber ein Wort verloren werden müßte. Es ist durchaus möglich, daß der Entschluß zur Tat nie offen gefaßt wurde. Ihr Plan reichte bis weit in die Zukunft hinein und zwang – zumindest in seinem Anfangsstadium – keinen dazu, etwas Illegales oder Kompromittierendes zu unternehmen. Aber selbst ein stillschweigendes Einverständnis hätte sie bis zu einem Punkt führen können, von dem aus es keine Rückkehr mehr gab – oder von dem aus jede Umkehr unsinnig und lächerlich gewesen wäre.

So kam es, daß der Augenblick, als ihr privates Spiel zur Verschwörung wurde, verstrich, ohne daß die Beteiligten etwas davon bemerkt hätten. Außerdem neigten beide nicht dazu, über sich selbst zu grübeln. Das einzige, worum sie sich kümmerten, war, daß sie in diesem Jahr in Rom ein neues Spiel gefunden hatten, das sicherlich unterhaltsamer und wahrscheinlich auch einträglicher sein würde als das alte.

Als der Dampfer die Anlegestelle von Vevey verließ, ging Brand vom Salon auf das obere Deck.

Jost saß in der Nähe der Reling. Brand schlenderte eine Weile auf und ab und setzte sich schließlich neben ihn.

Eine Minute lang blickten sie schweigend auf den See. Jeder Beobachter hätte die beiden für respektable Geschäftsleute Ende Fünfzig halten können, und hätte er genau hingesehen, wäre ihm vielleicht aufgefallen, daß es sich zwar um Ausländer handelte, daß sie aber nicht aus demselben Land kamen. Niemand hätte sich etwas dabei gedacht, daß sie nach einer Weile nicht mehr schweigend auf das Wasser blickten, sondern ein Gespräch anknüpften. An einem kalten, windigen Tag wie diesem gibt es am Genfer See nicht viel, was das Auge erfreuen kann.

»Haben Sie einen guten Vorwand für Ihren Aufenthalt in Evian?« Es war Jost, der das Schweigen gebrochen hatte.

»Den besten, den man sich denken kann.« Brand starrte hinaus auf den schiefergrauen See. »Ich kenne in Evian einen Nierenspezialisten. Und leider hatte ich allen Grund, ihn zu konsultieren.«

»Das tut mir leid. Hoffentlich konnte er Ihnen angenehme Dinge sagen.«

»Angenehme zwar nicht, aber es scheint auch wieder nicht so schlimm zu sein, wie ich befürchtet hatte. Trotzdem müssen wir davon ausgehen, daß unsere Sache unter Zeitdruck gerät.«

Jost sah ihm ins Gesicht.

»In drei Monaten werde ich in Pension gehen müssen«, sagte Brand.

»Aus Gesundheitsgründen?«

»Ja.«

»Das ist eine böse Nachricht.« Jost schlug seinen Kragen höher. »Mir ist unwohl, wenn ich jemandem mein Mitgefühl ausdrücken muß. Ihnen geht es wahrscheinlich nicht anders.«

»Ja. Und ich wollte mich mit Ihnen auch nicht treffen, um über Wehwehchen zu sprechen. Es gibt interessantere Neuigkeiten. Das Glück scheint uns jetzt doch hold zu sein.«

»Das Glück?«

Brand steckte seine Hand in die Brusttasche seines Mantels. »Ich glaube, wir können nun darangehen, unser gemeinsames Vermögen zu aktivieren.«

Seine Hand erschien wieder mit einem Stück Papier. Er gab es Jost.

Es war ein Ausschnitt aus der Europa-Ausgabe eines amerikanischen Nachrichtenmagazins. Jost las:

> GESTORBEN. Der amerikanische Brigadegeneral a. D. Luther B. Novak, 62, Vortragsreisender, Herausgeber des wöchentlich erscheinenden Nachrichtenblattes *Intercom,* Sprachrohr der millionenschweren ›Interform Foundation‹, erlag in Genf einem Herzanfall. Seiner vorzeitigen Pensionierung folgten Beschwerden der Army an Kongreßabgeordnete über seine Versuche, den US-Truppen in Deutschland seine eigenen politischen Meinungen aufzuzwingen, die so extrem waren, wie sich ein Gutachter im ›Novak-Hearing‹ ausdrückte, daß »gegen ihn die John Birch Society wie ein Kaffeekränzchen wirkte«. Seine spätere Karriere als Publizist, Polemiker und »Herr über ein weltumspannendes privates Spionagenetz« war durch eine Reihe weiterer Zusammenstöße mit den Behörden gekennzeichnet, vor allem mit dem Außenministerium und der CIA. Ein leitender CIA-

Beamter sah sich vor einiger Zeit veranlaßt, das Wochenblatt dieses ewigen Störenfrieds *Intercom* als »allwöchentlich per Luftpost in alle Welt verbreiteten Migränebazillus« zu bezeichnen.

Jost gab den Ausschnitt zurück. Seine Enttäuschung verbarg er hinter einem höflichen Nicken.

»Ich hatte gehört, daß Novak tot ist. Aber *Intercom* wird doch sicher von der Stiftung kontrolliert?«

»Das nahm ich zunächst auch an. Aber weil es sich dabei genau um das handelte, was wir schon immer suchten, und weil es für mich allmählich höchste Zeit wird, hielt ich es für angebracht, mich genauer um diese Sache zu kümmern. Und was ich dabei erfuhr, ist interessant genug. Die Foundation ist so eine Art Hobby dreier schwerreicher und ziemlich bornierter Männer, die sich einbilden, den Weltkommunismus zu bekämpfen. Sie finanzieren Dokumentarfilme, Funk- und Fernsehsendungen, die kostenlos zur Verfügung gestellt werden, und unlesbare, aber teuer aussehende Bücher und Pamphlete. Sie kommen für die Gehälter eines Instituts auf, in dem antikommunistische Forschung betrieben wird – ich weiß selbst nicht, was man sich darunter vorzustellen hat –, und sind an einer Public-Relations-Firma beteiligt. Als Organisator der Stiftung erhielt auch Novak ein Gehalt. Aber *Intercom* gehörte nicht ihr, sondern Novak. Er gründete das Blatt, als er pensioniert wurde, und zwar mit dem Geld, das seine Frau ihm hinterlassen hatte. Der größte Teil dieser Erbschaft ging mittlerweile drauf. Mehrere Jahre hindurch kam *Intercom* aus den roten Zahlen nicht heraus, und auch jetzt bringt die Sache noch nichts ein, trotz der großen Verbreitung des Blattes und trotz seiner Bekanntheit. Natürlich, er hatte seine Pension von der Army, aber ehe er diese Idioten von der Stiftung kennenlernte, verdiente er sich den größten Teil seines Lebensunterhalts durch Vortragsreisen.«

»Und wem gehört *Intercom* jetzt?«

Brand warf seinem Freund einen vielsagenden Blick zu. »Ich hoffe, uns.«

Jost holte tief Luft. »Sie müssen schon entschuldigen«, sagte er. »Aber das begreife ich nicht.«

»Das kann ich mir denken.« Brand lächelte. »Ich habe Sie nicht oft überrascht. Da kommt man in Versuchung, es einmal zu versuchen. Ich sagte: Ich *hoffe*, es gehört uns. Wenn alles gutgeht, in der nächsten Woche. Die Intercom Publishing Enterprises AG ist eine Schweizer, ins Zuger Handelsregister eingetragene Firma, die, wie es das Schweizer Recht vorschreibt, von einem Schweizer Staatsbürger geleitet wird. Dieser Mann ist ein Basler Rechtsanwalt. Novaks Aktienanteil – er besaß siebenundneunzig Prozent – ist nun ein Teil der Erbmasse. Und Erbin ist eine verheiratete Tochter, die im amerikanischen Baltimore lebt. Durch einen Mittelsmann habe ich ihr ein Kaufangebot über zehntausend Dollar zukommen lassen. Da die einzigen Aktivposten der Firma in einem Mietvertrag für ein Büro in Genf, einer Adressiermaschine, zwei Vervielfältigungsapparaten, zwei Schreibmaschinen und einer zu bezweifelnden Portion Goodwill bestehen, macht dieser Betrag etwa das Doppelte des tatsächlichen Werts der Aktien aus. Vor zwei Tagen erfuhr ich, daß Novaks Tochter wahrscheinlich bereit ist, mein Angebot anzunehmen. Bis das aber sicher ist, hat sich der *Intercom*-Anwalt bereit erklärt, dafür zu sorgen, daß die Gehälter weiterbezahlt und die nächsten Ausgaben erscheinen werden.«

»Hat Novaks Tod nicht alles durcheinander gebracht? Wer schreibt denn jetzt die Artikel?«

»Derselbe Mann, der sie auch schon während der letzten vier Jahre geschrieben hat. Ein gewisser Theodore Carter. Novak war niemals mehr als eine Galionsfigur. Er brauchte immer jemanden, der die Arbeit für ihn tat.«

»Aber wie steht es mit dem Nachrichtenmaterial? Woher kommt es? Dies und jenes mag ja pure Erfindung sein, aber sehr viel stimmt eben doch. Sogar *Intercom* muß seine Quellen haben. Und was ist mit dem ›privaten Spionagenetz‹, mit dem er immer so angab?«

Brand grinste. »Papierfabriken«, sagte er.

Jost verzog das Gesicht. ›Papierfabrik‹ hießen in der Sprache der Nachrichtendienstler jene unzähligen Gruppen, die in der politischen Kriegführung und der Propaganda ihre Aufgabe sahen und die internationalen Nachrichtenagenturen mit Falschmeldungen versorgten. Manche solcher Papierfabriken wurden durch Regierungsgelder finanziert, andere durch Emigranten-Organisationen oder Separatistenbewegungen; manche der undurchschaubareren und meist kleineren Büros – jene zum Beispiel, die sich auf die Fälschung von Dokumenten verlegt hatten – sollten ihren Besitzern Geld einbringen. Da aber die Meldungen der Papierfabriken genau beobachtet werden mußten – auch die Falschmeldungen des Gegners konnten auf seine wahren Absichten schließen lassen –, bedeuteten sie für die Nachrichtendienste eine ständige Quelle von Mehrarbeit und Unannehmlichkeiten.

»Woher kommt eigentlich dieser Theodore Carter?« fragte Jost. »Etwa aus einer dieser Papierfabriken?«

»Das gerade nicht. Aber sein Vorgänger bei *Intercom*. Felix Kortan, vielleicht erinnern Sie sich noch an ihn. Ein in Amerika aufgewachsener Ungar, der nach dem Krieg in Wien arbeitete, gab sich als Rußland-Experte aus. Aber sogar Novak merkte, was mit ihm los war. Carter kann man wohl für etwas besser halten. Ich habe einen ziemlich genauen Bericht über ihn gelesen.«

»Ich würde diesen Bericht gern auch einmal sehen.«

»Das Wichtigste läßt sich mit wenigen Worten sagen.« Brand kniff die Augen zusammen. »Carter, Theodore. Keine weiteren Vornamen. Fünfundfünfzig Jahre. Kanadier, in Montreal geboren. Dort und in Frankreich aufgewachsen. War mit einer Französin verheiratet, ist jetzt geschieden. Eine Tochter, Valerie, dreiundzwanzig Jahre alt, lebt bei ihm, arbeitet als Bibliothekarin an der Genfer Universität. Den größten Teil seines Lebens war Carter Journalist. Er spricht Französisch ebenso gut wie Englisch; Deutsch und Italienisch passabel. Seine beste Zeit – darunter verstehe ich jene Periode, in der er sich wie ein mehr oder weniger erzogener Mensch benahm und am wenigsten trank – waren die sechs Jahre vor seiner Scheidung. Er arbeitete im Pariser Büro einer englischen Nachrichtenagentur, später in der Pariser Nachrichtenredaktion einer amerikanischen Radio- und Fernsehgesellschaft.«

»Ist er Alkoholiker?«

»Kein Alkoholiker, aber doch ein schwerer Trinker. Der Bericht beschreibt ihn als gerissen, als einen Mann, der zweifellos etwas kann, dem es aber Spaß macht, seine Fähigkeiten zu mißbrauchen.«

»Und, während er sich selbst bemitleidet, trinkt. Ich verstehe. Ist er tatsächlich extremer Antikommunist?«

»Ich nehme eher an, daß er extrem gegen alles sein kann, wenn man ihn nur gut genug bezahlt. Es war in der Tat unmöglich herauszubekommen, ob sich seine politischen Ansichten von denen seiner Brötchengeber unterscheiden. Und da es den Anschein hat, daß Novak ihm ohne jede Einschränkung vertraute, ist er zweifellos fähig, überzeugend zu wirken, wenn es ihm angebracht erscheint.«

»Hat man je versucht, diesen Mann für sich zu gewinnen?«

»Ich glaube, die CIA warf ein Auge auf ihn, als

er für die amerikanischen Radioleute in Paris arbeitete. Das machen sie jedenfalls in der Regel so. Aber wahrscheinlich wurden sie durch seine Trinkerei abgeschreckt. In meinem Bericht allerdings war nichts darüber zu entdecken.« Brand wartete einen Augenblick, ehe er fortfuhr: »Sind Sie mit Ihrem Teil der Vorbereitungen fertig?«

»Innerhalb kürzester Zeit kann es soweit sein.« Jost sah nach vorn. Sie näherten sich jetzt der Anlegestelle Ouchy-Lausanne, und in wenigen Minuten würde er sich von seinem Freund verabschieden müssen. »Ich glaube, ich werde mich noch weitere vierundzwanzig Stunden in der Schweiz aufhalten«, sagte er.

»In Genf?«

»Ich möchte alles mit eigenen Augen sehen.« Jost zögerte. »Für Carter könnte es ein wenig brenzlig werden.«

Brand verzog seine Lippen zu einem spöttischen Grinsen. »Das wird ihm nichts ausmachen, wenn es *ein wenig* brenzlig wird. Immerhin muß er in seinem Beruf stets mit dieser Nebenwirkung rechnen.«

»Natürlich, aber wir haben uns noch nie darüber unterhalten.«

»Wozu wäre das auch gut?« Nun, da alles Wesentliche gesagt war, schien Brand zu ermüden. »Wenn wir erst einmal angefangen haben, wird es auch für Carter gefährliche Augenblicke geben. Das müssen wir in Kauf nehmen, dagegen läßt sich nichts tun. Wir können ihn nicht beschützen.«

»Nein, selbstverständlich nicht. Es wäre sogar verrückt, es zu versuchen. Aber vielleicht sollten wir ihn doch warnen.«

»Unmöglich. Einen Mann wie ihn? Er würde ganz einfach kündigen. Und unser ganzer Plan wäre torpediert.« Brand holte tief Luft. »Nein, es ist letztlich ein kalkulierbares Risiko. Er muß seine Chance wahren. Es mag unangenehm für ihn werden, aber es wird bald ausgestanden sein. Man wird bald feststellen, daß er nichts weiß, daß er vollkommen unschuldig ist.«

Jost sah in das graue, müde Gesicht seines Freundes und kam zu dem Schluß, daß es besser sei, nichts mehr zu sagen. Außerdem wäre ohnehin keine Zeit mehr geblieben, denn der Dampfer legte bei. Er erhob sich.

»Nun denn, mein Freund«, sagte er, »da bleibt mir wirklich nichts mehr, als Ihnen zu Ihrem ersten Erfolg zu gratulieren. Hoffentlich wird mein Anteil an der gemeinsamen Arbeit ebenso erfolgreich erledigt werden.«

»Bestimmt. Sie unterrichten mich darüber, wie Sie vorwärtskommen?«

»Wie immer. Passen Sie auf sich auf. Wie geht es Ihrer Familie?«

»Allen bestens.«

Sie gaben sich kurz, fast verstohlen die Hand; Jost ging nach achtern und verschwand zur Landungsbrücke.

KAPITEL 3

THEODORE CARTER

Tonbanddiktat

Ich werde Sie wohl immer Mr. L. nennen.

L. für Latimer, Lewinson, listenreich und *louche.*

Zunächst einmal, Mr. L.: Sie sollten sich ein wenig in acht nehmen – ich habe das Gefühl, dem Wolf beginnt das Schafsfell zu verrutschen. Als ich mich bereitfand, mit Ihnen zusammenzuarbeiten, mußte ich mir Ihr scheinheiliges Gerede über Ehrlichkeit, Treu und Glauben und das strikte Festhalten an erwiesenen Tatsachen anhören. Ich hatte damals zwar den Eindruck, daß Sie gewaltig übertreiben, aber ich dachte nicht, daß die Sache so bald an Reiz verlieren würde. Ich hielt Sie für stark genug, einen Monat lang durchzuhalten. Aber nein: Zwei Wochen waren es, nicht mehr.

Lieber Mr. L., es macht mir nicht viel aus, daß Sie sich ein privates Tonband angeeignet haben, das sich im Besitz meiner ehemaligen Sekretärin Nicole Deladoey befand, und es ohne meine Erlaubnis abschrieben; schließlich gehört diese Kuh jetzt in Ihren Stall, und wahrscheinlich haben Sie zusammen mit ihren Diensten auch ihre Loyalität gekauft. *Das war ein übler Trick, Nicole!* Es macht mir auch nichts aus, daß Sie – erstaunt und offensichtlich unaufrichtig – einwerfen, Sie hätten dadurch, daß Sie das Band unredigiert gelassen haben, nur einem Punkt unserer Vereinbarung entsprochen, auf dem *ich* bestanden hatte. Das ist eine Form von Ehrlichkeit und Treu und Glauben, die ein Mann von Welt verstehen kann. Was mir jedoch etwas ausmacht – und wogegen ich mich heftig widersetze –, ist, daß Sie offensichtlich vollkommen verfälschte Tatsachen untergemauschelt haben.

Wir sollten die Sache aus der Welt schaffen. Ich weiß nicht, aus welchen Töpfen Sie Ihre halbgaren Gerüchte und Tratschereien haben. Sie können mir zwar erzählen, Sie hätten alles von Ihrem ›Oberst Jost‹ erfahren, aber manches *muß* aus anderen Quellen stammen.

Bei dieser Gelegenheit will ich zugeben, daß die Szene mit den beiden alten Geiern, die spät am Abend über Spielzeug und ihre Altersversorgung plauderten, sich tatsächlich so abgespielt haben könnte. Schadenfreude *ist wohl das Wort, mit dem man ihre Habgier umschreiben könnte, aber wahrscheinlich haben Sie es bewußt nicht so ausgedrückt. Aber lassen wir besser alle schmückenden Adjektive und Adverbien, Mr. L.; Enten haben Schonzeit.*

Wo war ich gerade?

O ja, Tatsachen. Wie ich schon sagte, weiß ich nicht, über welche Quellen Sie verfügen und wie Sie sie bezahlten, aber wenn dieser kleine Rufmord an mir, den Sie als Vignette eingeflochten haben, ein typisches Beispiel für das ist, was Sie sich beschafft haben, kann ich Ihnen etwas sagen: Sie haben sich übelsten Plunder aufschwatzen lassen. Mir wurde beigebracht, daß Informationen immer wieder überprüft werden müssen, ehe man sie als erwiesene Tatsachen hinstellen darf. Und Dinge, die mich betreffen, hätten Sie wohl zuallererst verifizieren sollen. Vielleicht weiß ich selbst noch nicht bis in die letzte Faser, in welche Geschichte ich verwickelt war, aber ein wenig darüber habe ich doch schon herausbekommen.

Zusammenarbeit setzt guten Willen auf beiden Seiten voraus. Diese Anspielungen auf meine Trinkerei gefallen mir gar nicht. Sie sind nicht nur nicht wahr, sondern schaden auch meinem Ruf. Ich verlange, daß sie aus dem Text gestrichen werden. Verstehen Sie mich bitte richtig, Mr. L. Ich bin kein Säufer. Ich trinke so viel, wie ich brauche. Und was ich brauche, ist von Zeit zu Zeit sehr verschieden. So einfach ist das alles.

Bedeutungsvoll für alle weiteren Ereignisse war jener Abend, als der General das Zeitliche segnete. Und was in dieser Nacht geschah – Sie sollten es unbedingt wissen –, bestimmte auch in gewisser Weise die Einstellung der Polizei und der Leute von den Nachrichtendiensten mir gegenüber.

Der General kam gegen halb sechs Uhr abends mit einer verspäteten Swissair-Maschine von New York in Genf an. Wie immer holte ich ihn am Flughafen ab und brachte ihn in sein Hotel.

Ich kam mit dem General stets gut aus. Sie behaupten (oder lassen es einen Ihrer alten Idioten sagen), ich habe mit ihm Theater gespielt. Sie haben recht, so war es. Wer mit ihm zurechtkommen wollte, mußte eine Show abziehen. Wenn man sich mit ihm unterhielt, mußte man so tun, als ob man mit einem Kind spräche, das Räuber und Gendarm spielt. Hätte ich es nicht getan, hätte ich mich selbst um das Vergnügen gebracht, das der Umgang mit ihm bereitete. Aber unser Spiel hieß nicht Räuber und Gendarm, sondern es hatte einen etwas komplizierteren Namen – vielleicht ›Gute Spione, böse Spione und internationale Komplotte‹. Der Effekt freilich war derselbe. Er war an der Wirklichkeit einfach nicht interessiert. Oder nein – so war es auch nicht: Er glaubte, sein Spiel wäre die Wirklichkeit, und wer dies bezweifelte, war entweder ein guter Junge, der in einer Traumwelt lebte, oder es war ein böser Junge, der die guten Jungen in ein Gefühl falscher Sicherheit hineinlullen wollte. Er war ein Spinner, natürlich, ein Narr, aber auf seine Weise eben ein imponierender Spinner. Ich habe nur ein einziges Mal gehört, wie er einen Vortrag hielt; es war vor den Genfer Mitgliedern eines amerikanischen Klubs. Er war ein schrecklicher Dilettant; er fuchtelte mit Aktenstücken herum und führte massenhaft idiotische Fakten und Zahlen an, alles, was er sagte, war absoluter Quatsch; aber, bei Gott, seine Wirkung verfehlte er nicht. Denn er glaubte tatsächlich, was er sagte.

Seine besondere Spezialität war es, Hexenjagden zu entfesseln. In seinen Augen konnte alles, einfach alles, was sich ereignete, Teil eines Komplotts oder einer Verschwörung sein. Die winzigste Kleinigkeit konnte ihn in Fahrt bringen. Dann häufte er unermüdlich Verdacht auf Verdacht, verfälschte die Tatsachen, wenn es überhaupt welche gab, und wenn er keine Fakten fand, erfand er sie eben, bis er dorthin kam, wohin er wollte: den Dingen auf die Spur, zum Kern der Wahrheit – oder was er dafür hielt. Danach mußte ich alles aufschreiben, und wir druckten es.

Es ist also kein Wunder, daß man in Washington an den Rand des Wahnsinns getrieben wurde. Jeder Senator, jeder Kongreß-Abgeordnete – aber auch die Parlamentarier in Kanada und England – erhielt ein *Intercom*-Exemplar, ob er nun das Abonnement bezahlte oder nicht. Sie wären sicherlich erstaunt, wie viele solcher Hexenjagden wir begannen und weiterführten. Nun – *Sie* überrascht es vielleicht nicht. Sie kennen die Politiker ein wenig. In Washington regte man sich eines Tages über eine unserer Geschichten so auf – es ging um die Reichweite einer rotchinesischen Atomrakete –, daß der Präsident selbst dementieren mußte. Aber das machte dem General natürlich nichts aus. Er liebte Dementis geradezu. Seine einzige Reaktion war, daß er mir ein Telegramm schickte mit der Aufforderung, die Geschichte mit zusätzlichem Beweismaterial noch einmal zu bringen. Woher ich dieses Material nehmen sollte, verriet er mir natürlich nicht; das hätte auch gar nicht zu ihm gepaßt. Und ich verschwendete natürlich auch keine Zeit darauf,

Fragen zu stellen, die ohnehin unnütz waren. Da die erste Meldung von Anfang bis Ende aus den Fingern gesogen war, mußte selbstverständlich auch alles, was folgte, erfunden werden. Natürlich habe ich ihm gegenüber das Wort ›erfunden‹ nie in den Mund genommen. Das hätte nichts anderes bedeutet als zu behaupten, die guten Jungen hätten sich auf üble Tricks eingelassen. Er glaubte, was zu glauben er wünschte, und er wußte, daß alle seine Einbildungen das Gewicht von Beweisen hatten.

Selbst als er starb, dachte er sich noch unbeweisbare Geschichten aus. Als ich ihn an diesem letzten Tag vom Flughafen in sein Hotel fuhr, erzählte er mir von einer Zeitungsmeldung, die ihm im Flugzeug unter die Augen gekommen war. Darin ging es um einen Meteorologen-Verband, die *World Meteorological Organization (WMO)*, der vor kurzem einen Kongreß über eine Beeinflussung der Großwetterlage durch Veränderungen in der Atmosphäre veranstaltet hatte.

»Was halten Sie davon, Ted?« fragte er mich mit unheilschwangerer Stimme.

Ich versuchte, die Sache herunterzuspielen, denn ich kannte ihn nur zu gut, und ich hatte keine Lust, mir die Nacht um die Ohren zu schlagen. »Hat das nicht etwas mit dem Melken von Wolken zu tun, General?« fragte ich. »Von einem Flugzeug aus wird Trockeneis oder eine andere Chemikalie in ein Wolkenfeld gestreut, bis es regnet. Das ist sehr angenehm für die Bauern, deren Äcker darunterliegen, aber ziemlich ärgerlich für diejenigen, die sonst den Regen abbekommen hätten.«

Aber so schnell war er nicht abzuwimmeln. »Nein, Ted. Dahinter steckt mehr. *Großwetterlage*, Beeinflussung der Großwetterlage durch Veränderung der Atmosphäre, darum ging es. Ich möchte alles über diese *World Meteorological Organization* erfahren, wer dahinter steckt, wie sie arbeitet – und ich will es bald wissen. Ich glaube, hier sollten wir tiefer bohren.«

Hatte er erst einmal damit angefangen, tiefer bohren zu wollen, konnte ihn nichts mehr bremsen. Sonst gingen wir immer auf sein Zimmer und tranken einen Schluck, bevor wir zu Abend aßen; heute jedoch hatte ihn die WMO schier aus dem Häuschen gebracht, und ich mußte noch einmal in mein Büro, um dort zusammenzutreiben, was über die WMO zu finden war.

Ich entdeckte einen Aufsatz über künstlichen Regen und die WMO in einer wissenschaftlichen Zeitschrift. Aber viel war nicht daran. Man habe, so hieß es dort, ein Diskussionspapier über die Möglichkeiten einer internationalen Zusammenarbeit auf dem Gebiet der Erforschung von Wolkenbildung und der Auslösung von Niederschlägen vorbereitet. Später dann hatte die WMO-Kommission für Aerologie (was auch immer darunter zu verstehen ist, ich weiß es nicht) eine »wissenschaftliche Arbeitsgruppe« gebildet, deren Aufgabe es war, neue Fortschritte auf diesem Gebiet zu erzielen. In Kürze sollte eine von der *International Union of Geodesy and Geophysics* (Internationale Vereinigung für geodätische und geophysikalische Forschung) einberufene Konferenz stattfinden.

Das war nicht viel, wie ich schon sagte, aber dem General genügte es. Das Wort ›international‹ ließ ihn immer hellhörig werden. Und kaum hatte sein Adlerauge entdeckt, daß der bulgarische Professor Krastanow nicht nur Autor des Diskussionspapiers war, sondern gemeinsam mit dem Sowjetmenschen W. T. Nilandrow auch der Arbeitsgruppe angehörte, fuhr er schier hoch. Daß auch Wissenschaftler aus Arizona, Indien und Japan zu diesem Team gehörten, wischte er mit der Aufforderung beiseite, daß wir uns einmal auch um deren Privatleben und politische Ansichten kümmern sollten. Gegen neun Uhr abends war der General drauf und dran, einen neuen kommunistischen Anschlag zur Zerstörung der Freien Welt zu enthüllen, dessen Ziel diesmal darin lag, das Klima so zu verändern, daß alles fruchtbare Ackerland – unser Herzland, wie er es nannte – in trockene Sandwüste verwandelt werden sollte.

Etwa um diese Zeit klagte er zum erstenmal über Unwohlsein. Bald darauf ging er ins Bad und erbrach sich. Als er wieder herauskam, sah er sehr schlecht aus; er sagte, er habe ein Gefühl, als laste ein Zentnergewicht auf seiner Brust. Offensichtlich litt er Schmerzen; er behauptete, vergiftet worden zu sein. Ich legte ihn auf sein Bett und bat bei der Reception, man möge den Hotelarzt schicken. Ich nahm an, daß ihm der Blinddarm zu schaffen machte.

Der General war in diesem Hotel ein häufiger Gast, und der Arzt kam nach kurzer Zeit. Er stellte einen Herzanfall fest und rief einen Krankenwagen. Gegen halb zehn Uhr lag der General in einem Bett der *Policlinique* unter einem Sauerstoffzelt. Der Klinikarzt, mit dem ich über ihn sprach, sagte, sein Zustand sei ernst.

»Wie ernst?« fragte ich.

Ärzte haben solche Fragen nicht gern. »Um Endgültiges zu sagen, ist es noch zu früh«, antwortete er. »Aber er ist sehr angegriffen. Es wäre unter Umständen angebracht, seine Angehörigen zu unterrichten.«

Das brachte mich in eine verzwickte Lage. »Die einzige Verwandte, von der ich weiß, ist eine Tochter, die in Amerika lebt, Herr Doktor. Natürlich, ich kann ihr ein Telegramm schicken, aber ich kann ihr nicht einfach mitteilen, daß er einen Herzanfall hatte, und es dabei bewenden lassen. Vielleicht könnte ich sie auch anrufen. Aber was soll ich ihr sagen? Daß sie mit dem erstbesten Flugzeug kommen muß?«

Er zögerte einen Augenblick, ehe er antwortete. »In ein oder zwei Stunden, wenn sich sein Zustand stabilisiert hat, kann ich Ihnen mehr sagen. Ich möchte Sie bitten, hier solange zu warten – oder, besser noch, später wiederzukommen.«

Ich sagte ihm, ich sei einverstanden.

Ich war mit dem Krankenwagen in die Klinik gefahren; mein Renault stand also noch vor dem Hotel.

Wäre er hier gewesen, wäre ich wahrscheinlich nach Hause gefahren. So jedoch zog ich es vor, zu Fuß zum Hotel zu gehen, mit meinem Wagen zurück zum Krankenhaus zu fahren und in einer Bar in der Nähe zu warten.

Ich gebe zu, daß ich dort ein paar Schnäpse trank. Weil ich es nötig hatte.

In meinem Beruf lernt man nicht nur zu hören, was ein anderer sagt, sondern auch, wie er es sagt; Text *und* Melodie gewissermaßen. Ärzte können sich nicht immer so gut tarnen, wie sie es vielleicht gern glauben. Und ich vermutete, daß die Chancen des Generals, den nächsten Morgen zu erleben, schlecht standen. Und das bedeutete, daß ich aller Wahrscheinlichkeit nach in naher Zukunft arbeitslos sein würde.

›Oberst Brand‹, wie Sie ihn nennen, hatte recht, wenn er annahm, daß *Intercom* keinen Gewinn abwarf. Das ist bei kaum einem Informationsblatt der Fall, das gleichzeitig ein ›privater Nachrichtendienst‹ ist – jedenfalls nicht direkt. Die meisten von ihnen haben ganz und gar nicht den Zweck, erschöpfende Inside-Information zu geben, sondern sie bestehen aus den verschiedensten Gründen: andere miteinander zu verfeinden, andere zu beeinflussen, politische Widersacher zu erpressen – man versuche einmal, eine solche Zeitung vor Gericht zu bringen –, die Börsenkurse zu manipulieren, Falschmeldungen aus einer dieser Papierfabriken zu verbreiten; rationale Gründe wie irrationale, verbrecherische wie einfach idiotische. Aber trotzdem: Wenn die Leute, die das Blatt stützen, Erfolg haben, gedeiht es auch.

Intercom freilich hatte sein Bestehen der Tatsache zu verdanken, daß der General jene Leute piesacken wollte, die an seiner Pensionierung schuld waren; außerdem rechnete er damit, daß sein Ruf als Vortragsreisender gewänne, wenn er sich selbst als Kreuzfahrer der Freien Welt darstellte. Ich war damals einigermaßen überzeugt davon, daß *Intercom* das Ende des Generals nicht lange überleben würde. Daß die Stiftung das Blatt übernehmen könnte, glaubte ich nicht. Der General hatte immer dafür gesorgt, daß sie sich in Genf nicht einmischte. Bei der Stiftung wußte man nicht einmal, daß ich für ihn den Ghostwriter spielte; dort glaubte man, er selbst schreibe die Artikel, und er ließ sie bei ihrer Meinung. Und ich nehme sogar an, daß sie – hätte ich sie über die Verhältnisse unterrichtet – nicht daran interessiert gewesen wären, weiterhin mit *mir* zusammenzuarbeiten. Einer dieser alten Ölbarone war auf seiner Europatour auch in Genf abgestiegen, und ich hatte ihm bei dieser Gelegenheit gesagt (ich gebe zu, es war leichtsinnig), der Name ›Interform‹ ließe mich zuallererst an ein Damenkorsett denken. Er hatte es natürlich in den falschen Hals bekommen, und bald wußten es auch die anderen Ölscheichs. Seit damals war man bei der Stiftung nicht gut auf mich zu sprechen.

Da saß ich also in der Bar in der Nähe der Klinik, dachte an meine ungewisse Zukunft und trank Schnaps.

Kurz vor Mitternacht ging ich ins Krankenhaus zurück. Für den Fall, daß ich dort warten mußte, nahm ich mir ein paar Portionsfläschchen mit.

Gegen zwei Uhr morgens kam eine Schwester zu mir in den Warteraum und bat mich, sie in ein Bürozimmer zu begleiten. Dort sagte mir der Arzt, mit dem ich mich schon am Abend unterhalten hatte, der General sei gestorben.

Im Büro war noch ein anderer, jüngerer Weißkittel, außerdem ein Mann im Straßenanzug, den ich für einen Verwaltungsbeamten hielt. Alle drei wirkten sehr dienstlich und steif. Warum das so war, überlegte ich natürlich nicht. Wenn jemandem in einem Krankenhausbüro mitgeteilt wird, daß ein Bekannter gestorben ist, sind schließlich keine fröhlichen Gesichter zu erwarten oder Leute, die einem auf die Schulter klopfen. Es ist klar, daß ich mich ziemlich übel fühlte; trotzdem bemühte ich mich, so nüchtern zu sein, wie es nur möglich war.

»Ich werde sofort seine Tochter telegrafisch unterrichten«, sagte ich. »Sie muß die Vorbereitungen für die Beisetzung treffen. Außerdem werde ich seinen Anwalt von seinem Tod verständigen. Und weil der General Bürger der Vereinigten Staaten war, muß wahrscheinlich auch das zuständige Konsulat informiert werden. Ich glaube, das nächste ist in Bern. Ich weiß nicht, ob ich es machen soll oder ob Sie es übernehmen. Selbstverständlich bin ich dazu bereit, und in der Zwischenzeit ...«

In diesem Augenblick ging mir der Sprit aus. Denn eigentlich hatte ich von ihm wissen wollen, ob alles noch so lange Zeit hätte, bis ich jemanden finden konnte, der wußte, was man in Genf mit der Leiche eines amerikanischen Brigadegenerals außer Dienst anfängt; aber diese Frage zu stellen, ließ er mir keine Zeit.

»In der Zwischenzeit, Monsieur«, sagte er steif, »erhebt sich zunächst einmal die Frage nach der Todesursache.«

»Steht das denn nicht fest? Sie selbst sagten doch, es wäre ein Herzanfall gewesen.«

»Ein Infarkt. Jawohl, so lautete meine Diagnose.«

»Nun, was gibt es da noch zu fragen?«

»Der Verstorbene selbst stellte die Frage. Zweimal.«

Er warf dem anderen Weißkittel einen Blick zu, und der nickte bestätigend. »Natürlich, er stand unter dem Einfluß von Beruhigungsmitteln, aber solange er bei Bewußtsein war, konnte er klar denken. Zweimal äußerte er den Verdacht, daß man ihn vergiftet habe.«

Das war der Augenblick, in dem ich die Magenverstimmung hätte erwähnen müssen, über die sich der General am Abend beklagt hatte; aber da die Möglichkeit bestand, daß der General behauptet hatte, man habe ihm Gift in das Essen oder in ein *Getränk* getan, schwieg ich lieber.

Ich sagte es nicht, und zwar aus den verschiedensten Gründen: a) weil ich wütend war, b) weil ich den Arzt nicht leiden konnte, c) weil ich ganz schön einen getankt hatte und d) weil ich selbst neugierig war.

Ich wollte ganz einfach wissen, wen der General auf dem Sterbebett als den bösen Jungen bezeichnet hatte. Ich setzte auf die *World Meteorological Organization.*

Darum fragte ich: »Hat er einen bestimmten Verdacht geäußert?«

Er sah mich aus zusammengekniffenen Augen an. »Sie sind also gar nicht verwundert?«

»Warum sollte ich verwundert sein?« fragte ich. »Bevor wir hierher kamen, behauptete er das schon zweimal; das erstemal, als ihm schlecht wurde, und später dann im Krankenwagen.«

Das wirkte. Er sprang auf, als hätte ich ihm in den Hintern gepiekst. »Warum haben Sie mir das nicht gesagt, als der Patient eingeliefert wurde?«

»Weil er offensichtlich nicht wußte, was er überhaupt redete. Der Hotelarzt hatte eine Herzattacke festgestellt. Warum hätte ich daran zweifeln sollen? Was soll überhaupt dieser Unsinn?«

Das mochte er gar nicht. »Dieser Unsinn, wie Sie es nennen, Monsieur, ist eine ernste Angelegenheit. Sie müssen sich darüber im klaren sein, daß wir die Todesursache durch eine Autopsie feststellen müssen.«

»Dann tun Sie Ihre Pflicht.« Irgendwelche sentimentale Bedenken bewegten mich sonst nie, aber der Gedanke, daß man den General ausschlachten mußte, um ein idiotisches Mißverständnis aus der Welt zu schaffen, war doch zuviel. Ich gebe zu, daß ich nicht sehr höflich war.

Der Arzt tat beleidigt. »Wenn bei plötzlich eingetretenem Tod irgendwelche Zweifel bestehen«, sagte er, »bleibt uns keine andere Wahl. Eine Autopsie ist zwingende Vorschrift, und wir müssen darüber hinaus die Polizei informieren.«

»Selbst wenn sich Ihr Zweifel als unbegründet erweist?«

»Wer kann jetzt schon sagen, ob er unbegründet ist oder nicht?«

Nun mischte sich auch der Mann im Straßenanzug in unser Gespräch. Er war um die Vierzig, hager, hatte ein schmales Gesicht und wasserblaue Augen.

»Monsieur Vauban von der Kriminalpolizei«, stellte ihn mir der Arzt vor.

Wäre ich jetzt gewitzt genug gewesen, den Mund zu halten und den Dingen ihren Lauf zu lassen, wäre ich – selbst in diesem fortgeschrittenen Stadium – sicherlich mit dem Ruf eines einigermaßen brauchbaren Typs aus der Angelegenheit herausgekommen; etwas tölpelhaft und taktlos vielleicht, aber im Grunde genommen doch vernünftig und normal. Aber ich war viel zu sehr aufgebracht, als daß ich hätte schweigen können. Ich verspürte das heftige Verlangen, diesen Dickköpfen zu erklären, worin der Tick des Generals bestand.

»Sehen Sie«, begann ich darum, »ich weiß, daß es schwierig ist, Ihresgleichen irgend etwas verständlich zu machen, was außerhalb des eigenen Erfahrungsbereichs liegt. Trotzdem will ich versuchen, Ihnen alles zu erklären. *Nil nisi bonum* und so weiter, aber der General war, um es vorsichtig auszudrücken, ein wenig exzentrisch. Er war Anhänger der konspirativen Geschichtstheorie, wenn Sie verstehen, was das ist – und er bezog sie auf die *gesamte* Geschichte, auch auf sein eigenes Leben. Wenn man es in der Sprache der Medizin, der Psychiatrie, ausdrücken will, könnte man sagen, daß er ein Paranoiker war. Ich möchte Ihnen eine Frage stellen: Wenn es zu einer Grippe-Epidemie kommt – verdächtigen Sie dann die Russen der bakteriologischen Kriegführung? Nein? Nun, er tat es. Ist Ihnen je der Gedanke gekommen, die gegenwärtige Entwicklung von elektrisch oder mit Dampf betriebenen Kraftwagen könnte Teil eines Komplotts gegen das kapitalistische Wirtschaftssystem sein? Nein? Der General hätte es fertiggebracht, eine aufregende Story daraus zu machen. Und er hatte nicht nur eine Rosine im Hirn, sondern Hunderte davon. Könnten Sie sich vorstellen, was er sagen würde, wenn er hier wäre? Ich verrate es Ihnen: Man habe ein Mordkomplott gegen ihn angezettelt – und habe Erfolg gehabt.«

Totenstille trat ein. Der Polizist sah mich an, als hätte ich zugegeben, ein Sittlichkeitsverbrechen begangen zu haben. Offenbar hatte er nicht verstanden, was ich ihm erklären wollte, oder er hatte mich mißverstanden. Also versuchte ich es noch einmal, mit einem Beispiel, das auch er kapieren mußte.

»Begreifen Sie denn nicht, was ich meine? Der gesunde Menschenverstand legt doch nahe, daß der Mörder ihn sehr gut kannte; es war sogar eine ganze Mörderbande: zu hoher Blutdruck, zu hoher Cholesterinspiegel, Streß und Konsorten. Eine etwas banale Theorie, wie ich fürchte. Der General hätte nicht eine einzige Sekunde lang daran geglaubt. Wie hätte es diese verhältnismäßig harmlose Bande sein können, wo doch draußen die Welt voller Teufel ist, die Komplotte schmieden, Böses planen, mit Giftampullen und KP-Mitgliedsbüchern in der Tasche? Und wen wollten diese Bösewichter zuerst vernichten? Wen anders als ihren Erzfeind, den großen Kreuzfahrer der Freien Welt für die Wahrheit, unseren gemeinsamen Freund Luther B. Novak? So arbeitete es in seinem Verstand.«

Ihren leicht irritierten Blicken war anzumerken, daß sie nicht begriffen hatten. Es dauerte eine Weile, bis ich merkte, daß ich unversehens vom Französischen ins Englische umgeschaltet hatte. Ich wollte ihnen die ganze Geschichte also ein zweites Mal erzählen, aber der Polizist unterbrach mich.

»S'il vous plaît, Monsieur, aber das ist Zeitverschwendung. Ich nehme wohl zu Recht an, daß Sie sich ununterbrochen in Begleitung des Generals befanden – von seinem Eintreffen auf dem Flugplatz bis zu seiner Einlieferung ins Krankenhaus?«

»Ja.«

»Dann nehme ich an, daß Sie sich – angesichts des Verdachts des Generals, vergiftet worden zu sein – einer Autopsie sicherlich nicht widersetzen, sie vielleicht sogar begrüßen?«

Ich hätte ihm eine runterhauen können. »Wollen Sie damit etwa sagen, Sie verdächtigten *mich*?«

»Solange die Ergebnisse der Autopsie noch nicht feststehen, stellt sich die Frage nach dem möglichen Täter nicht.« Er grinste unangenehm. »Trotzdem mußte ich feststellen, daß Ihr verstorbener Arbeitgeber nicht der einzige Exzentriker war.«

Der Arzt lachte. Weil es mir mittlerweile völlig egal war, was man mit dem General machte, wandte ich mich zum Gehen. Ich wollte ganz einfach fort von hier.

»Einen Augenblick, Monsieur.« Es war die Stimme des Polizisten. »Ihre Papiere, bitte.«

Ich gab ihm meine Aufenthaltsgenehmigung. Mit größter Sorgfalt blätterte er von Seite zu Seite. Er schrieb sich nichts auf, aber offenbar lernte er alles Wichtige auswendig. Schließlich gab er sie mir zögernd zurück, als bedauerte er, nichts gefunden zu haben. Und sein Abschiedsnicken war nicht weniger zögernd. Sicher würde er mich so bald nicht vergessen. In Monsieur Vaubans Buch war ich mit roten Lettern eingetragen.

Das Ergebnis der Autopsie erfuhr ich von Dr. Bruchner, dem Basler Anwalt des Generals.

Novak war an einer ›Herzinsuffizienz nach einem durch Koronarverschluß verursachten Myokardinfarkt‹ gestorben. Die Klinik stellte den Totenschein aus, und wenige Stunden später flog die Leiche des Generals in die Vereinigten Staaten, wo sie beigesetzt werden sollte. Ein Beamter des amerikanischen Konsulats erwies gemeinsam mit mir und Dr. Bruchner dem Toten an der Frachtrampe des Flughafens die letzte Ehre.

Bevor Dr. Bruchner nach Basel zurückkehrte, sagte er mir, er habe sich mit dem Nachlaßverwalter des Generals in Amerika in Verbindung gesetzt; bis ich andere Anweisungen erhalten würde, sollte ich meine Arbeit fortsetzen. Natürlich war er darüber unterrichtet, daß ich die Artikel für *Intercom* praktisch allein geschrieben hatte, aber er wußte ebensogut wie ich, daß das Blatt ohne den Namen des Generals nicht viel wert war. Wir einigten uns auf eine Zwischenlösung, um der neuen Lage gerecht zu werden. An Stelle des Namens des Generals sollte von nun an im Impressum erscheinen: *INTERCOM, ein weltumspannender Informationsdienst, Redaktionsbüro Novak, Genf.* In meinem Nachruf auf den General wollte ich versuchen, die Situation so darzustellen, daß Novak zwar tot war, daß aber das von ihm ins Leben gerufene Informationsnetz weiterhin existierte und *Intercom* auch in Zukunft ein Kämpfer für die Freiheit bleiben würde. Dr. Bruchner gab mir zum Schluß zwar nicht direkt den Rat, mich nach einer neuen Tätigkeit umzusehen, aber daß er mir freundlich lächelnd riet, mich auf mein eigenes Urteilsvermögen zu verlassen und aus der gegenwärtigen Lage das Beste zu machen, sollte wohl dasselbe bewirken.

Zwei Wochen verstrichen. Da erhielt ich einen Brief Dr. Bruchners, der mich darüber unterrichtete, daß der amerikanische Nachlaßverwalter beschlossen hätte, *In-*

tercom zu verkaufen. Da der General stets so große Stücke auf mich gehalten hatte, würde ein Kaufangebot von mir mit besonderem Wohlwollen behandelt werden.

Dr. Bruchner wußte nur zu gut, wie es um meine Finanzen und die der Firma bestellt war, um weiter auf diesen Vorschlag einzugehen. Er fragte freilich, ob ich mir vorstellen könnte, wer unter Umständen als Käufer in Frage käme. Aus seiner Formulierung spürte ich, daß er absolut keine Ahnung hatte. Er schrieb auch, daß eine Entscheidung bald getroffen werden müßte. Das war mir natürlich nicht neu. Die geringe Zahl der Abonnenten hatte schon immer zur Folge gehabt, daß *Intercom* von der Hand in den Mund leben mußte. Ich rechnete damit, daß nach dem Tod des Generals höchstens drei Monate vergehen würden, bis Dr. Bruchner dem Testamentsvollstrecker mitteilen müßte, daß die Intercom Publishing Enterprises AG in Konkurs gehen müsse.

Ich sprach mit Valerie darüber.

Meine Tochter Valerie ist so hübsch, wie ihre Mutter es war, als ich sie kennenlernte; nur fehlt ihr die Boshaftigkeit meiner Frau. Sie arbeitet, wie Ihre fleißigen Jungs auch herausbekommen haben, als Bibliothekarin in der Universität. Ich möchte hier nicht noch mehr über sie sagen. Wenn Sie auch nur einigermaßen fair sind, werden Sie alles von ihr selbst erfahren wollen. Außerdem weiht sie mich durchaus nicht in alles ein. Ein Wort noch als Warnung: Val hat ein paar verrückte Vorstellungen. Passen Sie auf, daß Sie es nicht mit ihrem Freund, diesem Psychiater, zu tun bekommen. Er ist kein übler Kerl – eher ein Nichtschwimmer, der sich als Rettungsschwimmer ausgibt.

Nein, streich die letzten Sätze über Michel wieder. Schließlich hat er versucht, uns zu helfen.

Wie gesagt, ich sprach also mit Valerie darüber.

Wenn ich ehrlich sein will, muß ich sagen, daß ich von Valerie nicht mehr erwartete als töchterliche Sympathie und Anteilnahme. Ihr gegenüber nichts anderes zu zeigen als Selbstmitleid, wäre wirklich idiotisch gewesen. Ich hatte das Gefühl, daß ich ihr sagen mußte, worum es ging. Wenn ich mir einen neuen Job suchen mußte, würde das aller Wahrscheinlichkeit nach bedeuten, daß ich Genf zu verlassen hatte. Und das würde sich auch auf ihre Zukunft auswirken. Sie mußte Zeit haben, über alles nachzudenken und Pläne zu machen.

Zu meiner größten Überraschung hatte sie schon einen Plan zur Hand – und zwar für mich.

Genf ist Verwaltungssitz der verschiedensten internationalen Organisationen, und immer finden irgendwelche Konferenzen statt. Ich meine nicht nur die politischen Palaver, sondern auch Konferenzen, auf denen es um die internationale Zusammenarbeit auf einem technischen Spezialgebiet geht. Val hatte während ihrer Arbeit an der Universitätsbibliothek bemerkt, daß an technischen Übersetzern, die für solche Konferenzen gebraucht werden, größter Mangel bestand. Nicht an Dolmetschern, davon gibt es genug, wenn auch wirklich gute Simultan-Dolmetscher rar gesät sind; aber an solchen Leuten, die innerhalb kürzester Zeit technische Texte richtig und verläßlich übersetzen können und in der Lage sind, die Konferenzteilnehmer mit Protokollen, Redetexten und anderem in ihrer Muttersprache zu versorgen, solange der Kongreß noch im Gange ist. Wenn also die Intercom Publishing Enterprises AG in Liquidation gehen sollte, so riet sie mir, sollte ich die Konkursmasse aufkaufen, zur Finanzierung der notwendigen Anschaffungen den Adressographen verkaufen, aber den Mietvertrag, die Möbel und Schreibmaschinen sowie die Vervielfältigungsmaschine behalten, um damit ein ›Technisches Übersetzerbüro‹ zu gründen.

Ich hielt das für keinen schlechten Plan. Ich glaubte zwar nicht, daß er sich verwirklichen lassen würde, aber es war doch gut zu wissen, daß jemand da war, der für mich hoffte, für mich rechnete. An diesem Abend trank ich nicht mehr als zwei Glas.

Zehn Tage später rief mich Dr. Bruchner an.

»Ich habe ein Angebot für den Aktienanteil des Generals«, sagte er. Seine Stimme klang so, als könnte er kaum daran glauben.

»Hoffentlich ist es ein gutes Angebot.« Ich versuchte, nicht in den gleichen ungläubigen Tonfall zu geraten.

»Gut genug immerhin, es dem Testamentsvollstrekker zu unterbreiten.«

»Darf ich erfahren, wer sich dafür interessiert?«

»Oh – das ist es ja gerade, warum ich Sie anrufe.

Vielleicht können Sie mir helfen. Der mögliche Käufer ist ein Herr Arnold Bloch aus München. Seinem Briefbogen ist zu entnehmen, daß er als Public-Relations-Berater für die Industrie arbeitet. In seinem ersten Brief, in dem er fragte, ob das Aktienpaket noch zum Verkauf stünde, schrieb er auch, er habe französische und westdeutsche Partner, die im Handel von Waffen und Munition tätig seien. Ich habe den Eindruck, daß er *Intercom* dazu benutzen will, die Geschäftsinteressen seiner Partner durch Public-Relations-Maßnahmen zu fördern.«

»Das klingt vernünftig. Und wenn sie es aus ihrem Werbeetat finanzieren wollen, sind sie natürlich nicht darauf angewiesen, etwas dabei zu verdienen. Sie steigen also mit offenen Augen ins Geschäft ein und wissen, was sie vorhaben.«

»Dasselbe dachte ich auch.«

»Und wie kann ich Ihnen helfen?«

»Wenn ich an den Testamentsvollstrecker telegrafiere, will ich ihm versichern können, daß dieser Herr Bloch als Käufer überhaupt in Frage kommt.«

»Kann er einen Teil der Summe bar auf den Tisch legen?«

»Bitte, bitte, Monsieur Carter!« Diese Frage hatte ihn wohl verletzt; ich hätte wissen müssen, daß ich ihn danach nicht fragen durfte. »Das war natürlich das erste, was ich über ihn in Erfahrung brachte. Die Bankauskunft aus München liegt bereits vor. Auf alle Fälle ist er liquide. Aber ich möchte auch die Versicherung geben können, daß er politisch verläßlich ist. Ein Mensch also, gegen den der General nichts hätte einwenden können.«

»Ich verstehe.«

»Leider weiß ich nun über Herrn Bloch in dieser Hinsicht kaum etwas. Immerhin scheint er ein sehr umsichtiger Mann zu sein. So bat er mich zum Beispiel ausdrücklich, Ihnen zu versichern, daß er hofft, in Zukunft auf eine Zusammenarbeit mit Ihnen rechnen zu können, wenn sein Kaufangebot akzeptiert wird.«

»Das ist gut – für ihn. Denn liegt hier nicht schon die Antwort? Ihm gefällt *Intercom*, wie es ist, und schon darum kann man ihn aus politischen Gründen kaum ablehnen. Ich halte es für möglich, daß er nichts anderes will, als von Zeit zu Zeit ein paar für seine Produkte werbende Texte einzustreuen.«

»Ich verstehe. Aber ...«

»Und was halten Sie sonst von ihm?«

»Das ist ja gerade das Schwierige. Ich habe mit ihm korrespondiert, wir unterhielten uns am Telefon, aber ich hatte noch keine Möglichkeit, ihn persönlich kennenzulernen. Auf alle Fälle habe ich den Eindruck, daß er eine gute Erziehung genossen hat. Er spricht fließend deutsch, und trotzdem glaube ich nicht, daß er in Deutschland geboren ist.«

»Vielleicht ein Österreicher?«

»Möglich. Ich weiß es aber nicht. Über einen Münchner Geschäftsfreund ließ ich erste Nachforschungen anstellen, aber viel kam dabei nicht heraus. An der angegebenen Adresse unterhält er ein Büro; dem Türschild ist zu entnehmen, daß er weitere Niederlassungen in Paris und in Rom hat. Das steht auch auf seinem Briefbogen, nur sind leider die dortigen Anschriften nicht angegeben. Allem Anschein ist er häufig für seine Kunden auf Reisen. In München beschäftigt er kein festes Personal. Die Büromiete wird über Dauerauftrag von der Bank bezahlt.«

»Das spricht natürlich nicht gegen ihn.«

»Nein.« Man merkte, wie Dr. Bruchner sich bemühte, seine Zweifel zu verbergen. »Ehe ich das Telegramm abschicke«, fuhr er fort, »könnten Sie vielleicht versuchen, etwas mehr zu erfahren? Ich weiß, daß Sie über entsprechende Unterlagen und Informationsquellen verfügen, und Sie sind in solchen Dingen erfahren. In meinem Telegramm will ich mitteilen können, daß alle Nachforschungen nichts zu seinen Ungunsten erbracht haben.«

»Einverstanden. Ich tue, was ich kann, und werde Sie später wieder anrufen.«

Tatsächlich konnte ich nur sehr wenig unternehmen. Die entsprechenden Unterlagen und Informationsquellen, von denen Herr Dr. Bruchner gesprochen hatte, waren nicht viel mehr als die gesammelten Dichtungen des Generals. Wir besaßen zwar ein paar Archivkisten, und sie waren angefüllt mit viel Papier – alte Zeitungsausschnitte, grob nach Sachgruppen geordnet –, aber es war letztlich doch allgemein zugänglicher Allerweltskram. Außerdem hatten wir eine Bibliothek, und ich trug in Notizbücher immer meine Ideen und Material für *Intercom*-Stories ein – zusammengelesen aus europäischen Zeitschriften und Zeitungen, die wir abonniert hatten. Über ein Archiv freilich, wie jede Zeitungsredaktion es führt, verfügten wir nicht. Dafür braucht man Raum und ausgebildetes Personal, und beides kostet Geld.

Was mir zu diesem Zeitpunkt am wenigsten behagt hätte, war, etwas zu finden, was gegen Bloch gesprochen hätte, und ich konnte mir vorstellen, daß es Dr. Bruchner nicht viel anders ging. Als Geschäftsführer der Intercom Publishing Enterprises AG verdiente er zwar keine Reichtümer, aber sicherlich wäre es ihm nicht lieb, auf diese Einkommensquelle verzichten zu müssen.

Trotzdem versuchte ich, etwas über Herrn Bloch zu erfahren.

In keinem der üblichen Nachschlagewerke war etwas über ihn zu finden. Ich sah also in die Liste der *Intercom*-Abonnenten. Ich tat es vor allem deshalb, weil die Möglichkeit bestand, daß hier eine andere Anschrift angegeben war als jene, die auf seinem Briefbogen stand.

Riesenüberraschung. Herr Bloch war kein Abonnent, war es noch nie gewesen.

Nun kann man dies natürlich nicht zu seinen Ungunsten auslegen. Eher wäre das Gegenteil der Fall. Und trotzdem kam es mir seltsam vor, selbst wenn ich in Rechnung stellte, daß er für unbekannte französische und deutsche Geschäftsfreunde agierte. Schließlich war *er* doch der Werbeberater, der die Geschäftsinteressen seiner Kunden vertrat, *er* war der umsichtige Mann, der wollte, daß *Intercom* wie bisher arbeitete. Wie kam es dann, daß er nie abonniert hatte? All diese Ungereimtheiten machten mich so neugierig, daß ich weitersuchte. Ich erinnerte mich der Archivarin in der Nachrichtenagentur, für die ich einmal gearbeitet hatte, und rief sie in Paris an. Wir waren immer gut miteinander zurechtgekommen, und sie tat mir gern einen Gefallen. Diesmal fiel es ihr überhaupt nicht schwer. Der Name Bloch erschien in ihrem Namensregister nur ein paarmal, und einen Arnold Bloch gab es gar nicht.

Also wieder nichts, was gegen ihn sprach.

Es gab noch eine andere Quelle, die ich anbohren konnte. In den meisten großen Städten gibt es Bildagenturen, die davon leben, daß sie Fotografien von Geschäftsleuten anfertigen und hoffen, daß der eine oder andere eines Tages in den Brennpunkt des Interesses rückt und die Zeitungen sich für sein Bild interessieren. Als Public-Relations-Berater größerer Industriefirmen müßte Herr Bloch hier wohl zu finden sein. Zweifellos wartete irgendwo eine Fotografie des Herrn Bloch darauf, veröffentlicht zu werden – für den Fall, daß dieser sich dadurch auszeichnete, bei einem Flugzeugabsturz umzukommen, einen Filmstar zu heiraten oder sich in einen Millionenbetrug verwickelt zu sehen. Ich zweifelte daran, daß die Fotografie, wenn ich sie erst einmal hätte, viel über ihn sagen würde. Selbst die guten Jungen haben oft eine Verbrechervisage.

Als ich schließlich Dr. Bruchner anrief, konnte ich ihm mitteilen, daß meines Erachtens die Weste des Herrn Arnold Bloch weiß sei. Er antwortete, er wolle noch am gleichen Abend sein Telegramm an den Testamentsvollstrecker abschicken.

Das war am 26. Oktober.

Und nun, mein lieber Mr. L., will ich Ihnen etwas erzählen, das Sie überraschen muß.

Sie tun mit Ihren Quellen so ungeheuer geheimnisvoll, daß nur schwer zu sagen ist, wie sehr man die Details Ihrer Rekonstruktionen glauben darf. Aber wenn der letzte Abschnitt des Gesprächs der beiden alten Geier wirklich – jedenfalls im großen und ganzen – so stattgefunden hat, wie Sie es beschreiben, erwartet Sie jetzt ein kleiner Schock. Schnallen Sie sich an, Mr. L. – da ist etwas, was Sie noch nicht wissen.

Am 1. November, eine Woche, nachdem das Telegramm an den Testamentsvollstrecker abgegangen war, geschah im *Intercom*-Büro etwas Seltsames. Nicole war dort, sie kann es bestätigen. Wir hatten ungewöhnlichen Besuch.

Es war am Nachmittag. Als ich vom Mittagessen zurückkam, erwartete er mich. Daran ist natürlich nichts bemerkenswert. Es kamen zwar nicht viele Leute in unser Büro, aber der eine oder andere verirrte sich eben doch hierher: Büromaschinenvertreter, der Kassierer der Stadtwerke, seltsame Typen, die einen

Job suchten, und irgendwelche Mauschelbrüder, die uns geheime Dokumente andrehen wollten, die in irgendeinem Berliner Hinterzimmer entstanden waren. Das Ungewöhnliche an diesem Besucher aber war, daß er gekommen war, um ein Bestellformular für *Intercom* auszufüllen.

Und das war wirklich überraschend. Solange ich hier arbeitete, war so etwas jedenfalls noch nie geschehen. *Intercom* wurde mit der Post verschickt, und mit der Post erreichten uns auch die Bestellformulare. Wir hatten eine vervielfältigte Preisliste mit den verschiedenen europäischen und amerikanischen Währungen, und jedem Brief, jedem Exemplar der Zeitschrift, die das Haus verließ, war eine Abonnementskarte beigefügt. Von Zeit zu Zeit veranstalteten wir eine Werbekampagne, für die wir dieselben Formulare benutzten, aber nicht einmal unsere Genfer Abonnenten – damals nicht mehr als einer oder zwei – waren persönlich in unser Büro gekommen, um die Bestellung abzugeben.

Als mir mein Gast sagte, was er wollte, dachte ich natürlich sofort daran, daß es jener Arnold Bloch sein müßte – oder doch jemand, der in seinem Auftrag handelte –, der unser bescheidenes Heim einer diskreten Inspektion unterziehen wollte. Natürlich war zu bedenken, daß er, wenn er es wirklich war, ziemlich spät daran gedacht hatte. Dr. Bruchner war schon längst im Besitz seines Schecks, und wenn sein schriftliches Angebot tatsächlich akzeptiert wurde, war der

Handel perfekt. Auch wenn ihm nicht gefallen sollte, was er hier sah, war es zu spät, alles rückgängig zu machen.

Was mir am meisten zusagte, war, daß man mich offensichtlich mit Glacéhandschuhen behandeln wollte. Ich bat ihn also sehr höflich in mein Büro und ließ mir von Nicole ein Bestellformular bringen.

Mein Arbeitszimmer ist derart angefüllt mit Büchern, Notizheften und Zeitungsstapeln, daß man sich kaum noch bewegen kann. Aber ich habe einen Besuchersessel. Darauf hatte seinerzeit der General bestanden. Allerdings war er wie immer mit einem ganzen Berg Krimskrams beladen. Während ich ihn frei machte, wartete mein Besucher in der Tür, zog sich den Mantel aus und legte ihn so ordentlich zusammen, als wollte er ihn in einen Koffer packen.

Er war von mittlerer Größe; sein enorm kräftiger Rücken ließ ihn ein wenig dick erscheinen. Ich schätzte ihn auf Mitte Fünfzig. Sein Gesicht wirkte irgendwie schwer – nicht schwammig, an ihm war überhaupt nichts Weichliches –, grobknochig; ein ›Rocher de bronce‹, so könnte man ihn beschreiben. Die Augen hinter den horngerahmten Brillengläsern waren blau, das kurzgeschnittene, kräftige Haar grau; die Sommerbräune seiner Haut hatte sich kaum verflüchtigt, und auf dem breiten Mund mit den schmalen Lippen lag ein trauriges Lächeln. Dieses Lächeln, so merkte ich bald, verschwand nie, und das Bedauern, das es auszudrücken schien, war trügerisch.

Als er sich endlich setzen konnte, reichte ich ihm Bestellformular und Kugelschreiber. Einen Augenblick studierte er das Blatt, dann füllte er es aus; in Druckbuchstaben, wie es sich gehört.

Obwohl ich ihm gegenüber saß, konnte ich den Namen lesen: Werner Siepen. Die Anschrift: ein Hamburger Postfach. Die Spalten für Beruf und Geschäftsadresse ließ er unausgefüllt. Die Unterschrift war unleserlich.

Demnach hatte ich es also doch nicht mit Herrn Bloch zu tun, aber möglicherweise mit einem seiner westdeutschen Kunden. Es war ganz und gar nicht ungewöhnlich, daß jemand keine Angaben über seinen Beruf machen wollte. Die wenigsten unserer Abonnenten hielten es für nötig, diese Zeile auszufüllen; die häufigsten Ausnahmen waren Politiker, Kleriker und – aus mir rätselhaften Gründen – Zahnärzte. Trotzdem war es mir in diesem Falle aus verständlichen Gründen gar nicht recht. Ich versuchte also, ihm vorsichtig auf die Sprünge zu helfen.

»Das Jahresabonnement für Deutschland kostet achtzig Mark«, sagte ich. »Ich nehme an, Sie wollen mit einem Scheck bezahlen. Die meisten unserer Leser halten es so.«

Er zuckte die Achseln. »Bar wäre einfacher, nehme ich an. Und ich glaube« – dabei griff er nach seiner Brieftasche –, »Schweizer Franken sind Ihnen genauso willkommen.« Sein Französisch war recht flüssig.

»Wie Sie wollen. Ich lasse den Betrag umrechnen

und stelle Ihnen dann eine Quittung aus.« Ich rief Nicole und bot ihm eine Zigarette an.

Mit dem Hundert-Franken-Schein, den er gerade seiner Brieftasche entnommen hatte, winkte er dankend ab, dann legte er ihn auf das Bestellformular. Während ich Nicole die nötigen Anweisungen gab, nahm er sich einen holländischen Stumpen aus der Tasche und zündete ihn an. Er schien es nicht eilig zu haben. Mir konnte das nur recht sein.

»Es kommt nicht oft vor«, begann ich das Gespräch von neuem, »daß wir Gelegenheit haben, unsere Abonnenten persönlich kennenzulernen. Viele schreiben uns zwar, aber . . .«

»Natürlich. *Intercom* ist schließlich kein Lokalblättchen, sondern eine weit verbreitete Informationsschrift.« Er sprach mit einemmal englisch. Es hatte einen eigenartigen Akzent, klang aber eher nach englischem Englisch als nach nordamerikanischem.

»Trotzdem« – auch ich bediente mich jetzt des Englischen – »sind wir immer an den Meinungen und Vorschlägen unserer Leser interessiert. So etwas ist sehr wertvoll für uns. Und Sie, Sir, sind geschäftlich in Genf?«

Er nickte. »Ja, ja, die Geschäfte.« Er blickte mir jetzt über die Schulter auf das Bücherregal.

»Würden Sie so nett sein, mir zu sagen, auf welche Weise Sie etwas über *Intercom* erfuhren?«

Seine Aufmerksamkeit wandte sich wieder meiner Person zu. »Aber natürlich. Einer meiner Freunde liest Ihr Blatt.« Sein Lächeln wurde noch freundlicher. »Leider habe ich eines seiner Exemplare verloren. Seitdem leiht er sie mir nur noch widerwillig – und Sie haben einen neuen Abonnenten gewonnen.«

»Und Sie behalten einen Freund. Ich verstehe.« Ich nahm mir vor, mir in unserer Leserliste die Hamburger Adresse ein wenig unter die Lupe zu nehmen. »Wir wußten natürlich schon immer, daß die meisten Exemplare nicht nur einen Leser finden«, fuhr ich fort. »Wir sind sehr froh darüber. An hohen Auflagenzahlen waren wir noch nie besonders interessiert. Unseren Einfluß messen wir mit der Elle der Qualität, nicht der Quantität.«

Selbst in meinen Ohren klang das leicht idiotisch. Ich kam mir vor wie der Anzeigenwerber eines neugegründeten Käseblatts, der versucht, bei Rolls-Royce einen größeren Auftrag zu ergattern. Ich sah, wie seine Augenbrauen sich hoben.

»Jedenfalls freuen wir uns über jeden Kontakt mit unseren Lesern«, fügte ich etwas verlegen hinzu.

»Das kann ich verstehen.« Er breitete seine Hände über meinem Schreibtisch aus, als wolle er ihn segnen. »Sie leisten der Öffentlichkeit unschätzbare Dienste und müssen natürlich stets darauf bedacht sein, diese Hilfe noch umfassender und wirksamer zu machen.«

Das klang viel zu feierlich. Einen Augenblick lang hatte ich das ärgerliche Gefühl, er wolle mich aufziehen. Aber das durfte ich mir natürlich nicht anmerken lassen. »So ist es«, antwortete ich deshalb so unbestimmt wie möglich.

Er beugte sich weit vor. »Darf ich Ihnen eine Frage stellen, Mr. Carter?«

»Aber selbstverständlich.«

»Wurden Sie schon je einmal bedroht?«

»Unsere amerikanischen Anwälte hatten von Zeit zu Zeit alle Hände voll zu tun.«

Er schüttelte den Kopf. »Ich dachte nicht an irgendwelche rechtlichen Schritte, Mr. Carter. Schließlich setzt sich *Intercom* für die Wahrheit ein, und dabei muß man sich doch einflußreiche Feinde machen. Feinde, die vor nichts zurückschrecken, um Sie zum Schweigen zu bringen.« Das traurige Lächeln war noch nicht verschwunden, aber die Augen waren vor gespieltem Entsetzen weit aufgerissen. Wenn ich angenommen hatte, er wolle mich aufziehen, so hatte ich mich wahrscheinlich doch geirrt. Er war ein Schwachkopf wie alle anderen *Intercom*-Leser.

Aber schließlich sollte er für sein gutes Geld etwas bekommen. Ich sah ihn so aufrichtig an, wie wohl nur ein Chefredakteur es tun kann.

»Wer bis jetzt kam, um uns zu drohen oder sonst irgendwelchen Ärger zu machen, hatte kein Glück.«

»Aber was würden Sie tun?«

»Das hinge von den Umständen ab.«

»Nehmen wir einmal an, es käme jemand, der die Informationsquelle einer Ihrer Geschichten erfahren will. Wie würden Sie sich verhalten?«

»Wir geben unsere Quellen nie preis. Ich würde ihm sagen, er solle sich zum Teufel scheren.«

»Haben Sie eine Pistole?«

»Nein.« Der hat wirklich eine Meise. Dachte ich.

»Nehmen wir an, man bedroht Sie. Man droht Ihnen an, man werde körperliche Gewalt anwenden.«

»Soweit ist es noch nie gekommen, Mr. Siepen.«

»Aber es könnte doch einmal passieren, Mr. Carter. Wie würden Sie sich dann verhalten?«

Nun sah er mich sehr ernst an. Er wollte es tatsächlich wissen. Ich hatte plötzlich das Gefühl, er wollte mich damit einer Prüfung unterziehen. Ich mußte also genau überlegen, ehe ich antwortete. *Intercom* stand in dem Ruf, den Pazifismus ebenso abzulehnen wie den Kommunismus, und ich hatte gar kein Interesse daran, daß dieser Mann zu Blochs Waffenhändlern ging und ihnen berichtete, auf mich sei kein Verlaß. Andererseits war ich aber auch nicht bereit, ihm das zu sagen, was er wahrscheinlich hören wollte: Mich als männlichen Draufgänger zu beschreiben wäre bombastischer Unsinn gewesen. Ich kannte meine Grenzen. Als Draufgänger wirke ich nicht sehr überzeugend. Ich versuchte deshalb, einer vernünftigen Antwort aus dem Wege zu gehen.

»Das hängt davon ab, wer Gewalt anwendet oder mich bedroht, Mr. Siepen. Ist er kleiner als ich, werde ich versuchen, ihn selbst hinauszuwerfen. Ist er größer, rufe ich die Concierge zu Hilfe.«

Er fand das nun freilich gar nicht so lustig. »Glauben Sie nicht, daß mit Gewalt oder Gewaltandrohungen der am besten zu Rande kommt, dessen Aufgabe es ist?«

»Sie meinen die Polizei? Aber gewiß.«

Dagegen konnten seine Freunde nichts einwenden, dachte ich; aber er war noch nicht fertig.

»Sie meinen also, wer bedroht oder unter Druck gesetzt wird, sollte Hilfe rufen?«

»Wenn er Hilfe braucht, muß er das natürlich tun.«

»Und wenn er in einer Lage ist, in der er das nicht kann? Was tut er, wenn niemand erreichbar ist, der Hilfe bringen könnte? Was dann?«

Dieses Hin und Her wurde mir allmählich lästig. »Mr. Siepen«, antwortete ich deshalb, »graue Theorie war noch nie meine Stärke. Wollen *Sie* mir nicht verraten, was in einer solchen Lage zu tun ist?«

Jetzt wirkte sein Lächeln ehrlich, und ich konnte sehen, daß er auf dem linken Oberkiefer eine Brücke trug. »Mr. Carter«, sagte er, »wer vernünftig ist, fügt sich der Gewalt, so gut er kann, und tut, was man ihm sagt. Und Sie als vernünftiger Mensch müßten mir doch eigentlich zustimmen.«

Wie sollte ich darauf antworten? Ihn in ein Gespräch über Galilei verwickeln oder ihm Goethes ›Faust‹ in die Hand drücken? Glücklicherweise blieb mir das erspart, denn in diesem Augenblick betrat Nicole das Zimmer, um Quittung und Wechselgeld zu bringen. Siepen erhob sich sofort und ging. Er hatte wohl nicht wissen wollen, ob ich seine Ansicht teilte oder nicht.

Lieber Mr. L., soll ich Ihnen sagen, was ich damals dachte? Ich hatte das Gefühl, daß man mich aushorchen und weich machen wollte. Und dieses Gefühl trog nicht. Aber ich irrte mich, wenn ich annahm, daß die Gewalt, der der Vernünftige sich fügen soll, so gut es geht, von Herrn Siepen ausgehen würde. Ein verständlicher Irrtum, denke ich.

Und nun, mein lieber Mr. L.: Ich nehme an, daß ich Oberst Jost kennenlernte, noch ehe Sie seine Bekanntschaft machten.

Ich bin überzeugt davon, daß dieser ›Herr Siepen‹ kein anderer war als Ihr Oberst Jost und daß dieser Kerl nur deshalb bei mir auftauchte, um mir klarzumachen, daß ich in diesem Spiel nicht gewinnen könnte, und – zu seinem eigenen Nutzen – mich in der Überzeugung zu verlassen, es sei besser, es gar nicht erst zu versuchen.

Meine Beschreibung des ›Herrn Siepen‹ stimmt mit Ihrer des Oberst Jost überein.

Haben Sie also besten Dank dafür, daß Sie mir so geholfen haben. Ebenso willkommen ist Ihr Schulterklopfen, wenn ich auch der Ansicht bin, daß Ihre Behauptung, der Besuch des tapferen Obersten bei mir wäre eine Geste der Sorge um mein Wohlbefinden, nur schwer zu verdauen ist. So, wie ich die Dinge sehe, war diese Geste nichts anderes als der Schlag des Bauern auf den Rücken seiner Schafe, die er auf einen Lastwagen verlädt, damit sie ins Schlachthaus gefahren werden. Das einzige, wofür der Oberst sich interessierte – vorausgesetzt, es stimmt, was Sie sagen –, war, daß sein Anteil an der Operation rasch und reibungslos über die Bühne lief. Der Versuch, mich zunächst einmal weich zu machen, war nichts anderes als ein Tropfen Öl ins Getriebe. Sie behaupteten, er wäre ein gewisses Risiko eingegangen, als er mich in meinem Büro aufsuchte. Welches Risiko nur, um Himmels willen? Selbst wenn man annimmt, irgendwelche Butzemänner hätten nachher mit seinem Bild bei mir auftauchen können – keiner tat es, aber nehmen wir es einmal an –, um mich zu fragen, ob ich sein Gesicht wiedererkenne, was hätte ich sagen können, das ihn kompromittiert hätte? »Ja, ich habe diesen Mann gesehen. Er hat persönlich *Intercom* bestellt; das Abonnement läuft unter dem Namen Siepen.« Was hätte ihm das schaden können? Sie wußten zwar, daß es Jost war, aber was war dadurch bewiesen? Allenfalls, daß es einen weiteren Geheimdienst-Chef gab, der *Intercom* nicht ausstehen konnte, und daß dieser Mann sich die Sache mit eigenen Augen angesehen hatte.

Wahrlich, eine freundliche Geste!

Am 4. November rief mich Dr. Bruchner an, um mir mitzuteilen, daß die Erben des Generals das Angebot Blochs für die *Intercom*-Aktien akzeptiert hatten. Die Abwicklung der Besitzübertragung würde noch einige Zeit in Anspruch nehmen, trotzdem sollte ich schon so handeln, als wäre alles vollendete Tatsache. Zweifellos würde Herr Bloch sich in kürzester Zeit persönlich mit mir in Verbindung setzen.

Das war an einem Freitag. Arnold Blochs erster Brief erreichte mich am Donnerstag darauf. Er war in englischer Sprache geschrieben, und wenn Bloch dazu auch seinen Münchner Briefkopf verwendet hatte, fiel mir doch auf, daß er in Brüssel abgeschickt worden war. Dieser Brief – eigentlich war es eine Aktennotiz – war an mich persönlich gerichtet.

AN: *Theodore Carter, Genève*
VON: *Arnold Bloch, München*
BETRIFFT: *Redaktionspolitik* Intercom

Vertraulich

Der Geschäftsführer der Intercom Publishing Enterprises AG, der Basler Rechtsanwalt Dr. Martin Bruchner, wird Ihnen mitgeteilt haben, daß meine Organisation die Aktienmehrheit an der Gesellschaft übernommen hat.

Meine Geschäftsfreunde und ich sind über den Charakter der Zeitschrift genauestens unterrichtet. Dr. Bruchner hat Ihnen unsere Ansicht erläutert, daß jede Veränderung der redaktionellen Ziele und des gegenwärtigen Charakters weder erwogen wird noch erwünscht ist. Dies will ich hiermit ausdrücklich bestätigen.

Allerdings werden wir Sie gegebenenfalls mit Nachrichten und Informationen versorgen, die für eine Veröffentlichung vorgesehen sind. Dabei handelt es sich um vorwiegend technische Mitteilungen, die vor allem für Leser im Staatsdienst von Interesse sind. Wir bitten ausdrücklich darum, daß diese in der Regel kurzen Berichte so veröffentlicht werden, wie sie bei Ihnen eintreffen, also unredigiert und ohne jeden Kommentar. Ihre überwiegend technische Ausrichtung macht es notwendig, daß wir auf diesem Punkt bestehen müssen.

Als verantwortlicher Chefredakteur werden Sie selbstverständlich stets darauf achten, daß das von Ihnen veröffentlichte Material authentisch ist. Besondere Informationen von mir oder meinen Geschäftsfreunden werden Ihnen brieflich, durch Telegramm, Telex oder – in außergewöhnlichen Fällen – telefonisch zugehen. Damit Sie immer Gewißheit über die Authentizität haben, wird jeder dieser Mitteilungen das Codewort SESAM vorangestellt sein. Sollte dieses Codewort fehlen, bedeutet dies, daß es sich um nichtauthentisches Material handelt und deshalb unbeachtet bleiben muß.

Eine Empfangsbestätigung des SESAM-Bulletins ist unnötig. Meldungen, die nach Redaktionsschluß bei Ihnen eintreffen, sollen in der nächsten Nummer berücksichtigt werden. Sollten sich irgendwelche Fragen über das Eintreffen oder die Veröffentlichung von SESAM-Bulletins ergeben, wenden Sie sich bitte telegrafisch an mich persönlich, wenn ich auch nicht glaube, daß dies je notwendig wird. Voraussetzung ist natürlich, daß die von mir beschriebene Methode genau befolgt wird.

Ein letztes Wort noch zu Ihrer Stellung. Ich freue mich, Ihnen in aller Form bestätigen zu können, daß Sie auch weiterhin Chefredakteur des Organs bleiben. Allerdings werden meine Geschäftsfreunde und ich in naher Zukunft überlegen müssen, ob Sie nicht als ›Herausgeber und Chefredakteur‹ fungieren sollten. Gleichzeitig wird man erwägen müssen, ob die finanziellen Dinge, soweit sie Sie selbst und die Zeitschrift betreffen, nicht einer Neuregelung bedürfen.

Ich bitte um eine telegrafische Empfangsbestätigung dieses Memorandums.

Und unterschrieben hatte es Bloch.

Wenn ich sage, daß ich mich nach Lektüre dieses Memorandums nicht besonders wohl in meiner Haut fühlte, so ist das keine Behauptung im nachhinein.

Denn eines wußte ich gewiß. Die einzige Möglichkeit, *Intercom* ohne massive Zuwendung über Wasser zu halten, bestand darin, daß das Blatt so aggressiv blieb, wie es immer gewesen war, und vor allem durfte es seine Lebendigkeit nicht verlieren. Was aber das Memorandum erwarten ließ – Geschäftswerbung, die in Massen per Post, Telegramm oder Telex hereinströmte –, war einigermaßen deprimierend. Denn wenn man auch angekündigt hatte, diese Texte würden in der Regel knapp und kurz sein, mochte ich doch nicht so recht daran glauben. Meine Erfahrung hat mir gezeigt, daß Geschäftsleute, die etwas zu verkaufen haben, sich nie kurz fassen können. Wenn diese technischen Bulletins nicht von richtigen Werbetextern verfaßt wurden – was mir äußerst unwahrscheinlich erschien –, mußten sie einfach weitschweifig und dämlich werden. Und mit solchem Ballast würde *Intercom* bald ebenso aggressiv und lebhaft sein wie der Katalog eines Versandhauses.

Das Codewort SESAM gab mir aus einem anderen Grund zu denken. Nicht nur, daß es mir eher in ein Märchenspiel zu passen schien – Sesam, öffne dich, und der Zugang zur Schatzkammer ist frei –, es deutete auch darauf hin, daß Herr Bloch und seine Partner sich so ernst nahmen, daß sie befürchteten, ihre Konkurrenten könnten sich dadurch einmischen, daß sie eigene technische Bulletins einzuschmuggeln versuchten. Litten sie vielleicht ganz einfach unter Größenwahn? Immerhin konnte man auch vermuten, daß sie mit ihrer *Intercom*-Kampagne wirklich außergewöhnlichen Profit machen wollten. Und das wiederum bedeutete, daß ich im Falle eines Mißerfolgs – den ich für einigermaßen sicher hielt – allen Zuschüssen und meinem Job good bye sagen müßte.

Der Schlußabschnitt über meinen neuen Titel und die Finanzen machte mich nur lachen. »Sei ein lieber Junge – dann bekommst du noch ein Stück Torte.« Selbst für einen Public-Relations-Mann war das meiner Meinung nach ein wenig primitiv.

Wenn mir damals nicht besonders wohl war in meiner Haut, so hatten mich meine Gefühle nicht getäuscht. Ich hatte aber die Unannehmlichkeiten aus der falschen Richtung erwartet oder die Gewichte falsch gesetzt.

Den Erhalt des Memorandums bestätigte ich in einem kurzen Telegramm: »Erhalten und verstanden.«

Jetzt weiß ich, daß nur der erste Teil des Textes der Wirklichkeit entsprach.

Zwei Tage später erreichte mich in einem in Bonn aufgegebenen Brief das erste, auf Blochs Geschäftspapier geschriebene SESAM-Bulletin.

Es war alles andere als kurz. Und, wie ich es erwartet hatte, todlangweilig.

Wenn Sie wollen, können Sie es im *Intercom*-Archiv nachlesen. So etwa fing es jedenfalls an:

Soeben erreichten uns Informationen über den Zeitplan der Montage des neuen NATO FG 115 (Jäger/Aufklärer). Wir sind jetzt in der Lage, unsere Leser darüber zu unterrichten, daß die Testflüge der ersten Maschinen dieses Typs vor zwei Monaten, zwischen dem 8. und 14. September, durchgeführt wurden. Die Geschwindigkeiten, die im Verlauf dieser Testflüge erreicht wurden, sind zwar als ›NATO GEHEIM‹ klassifiziert, wie wir aber aus zuverlässiger Quelle erfahren, liegen sie um etwa 2,2 Mach.

Ein Ergebnis, das allgemein als äußerst enttäuschend betrachtet wird, da die Prototypen mit 2,5 Mach den Planungsvorstellungen genau entsprachen. Weitere Schwierigkeiten machten die extrem hohen Startgeschwindigkeiten bei vollbelasteter Maschine und die

Unstabilität im Flugverhalten bei überschallschneller Geschwindigkeit. Erhebliche Verzögerungen bei der Auslieferung der FG 115 werden allgemein angenommen ...

Wäre es dabei geblieben, hätte ich nicht viel dagegen sagen können, wenn es mir auch lieber gewesen wäre, die Sache neu zu schreiben. Aber dann folgte die Liste der an der Montage beteiligten Firmen. Nicht nur die Hersteller der Zelle und der Antriebsaggregate, sondern sämtliche Zulieferer und die Zulieferer der Zulieferer – Fahrwerk, Hydraulik, Navigationselektronik, Treibstoffsystem, Schleudersitz, Fallschirm-Bremssystem und so weiter –, und alle mit Namen, Sitz der Geschäftsleitung und Nennung der Fabrikationsanlagen. Das Bulletin füllte eine ganze Seite.

Ich hielt es für selbstverständlich, daß damit der eine oder andere der Konkurrenten in Mißkredit gebracht werden sollte. Der Artikel erschien in der *Intercom*-Ausgabe vom 15. November. Am selben Tag erreichte mich das zweite SESAM-Bulletin; zu spät zwar, um noch in diese Nummer aufgenommen zu werden, aber meine Anweisungen schrieben mir für solche Fälle ja vor, bis zur nächsten Woche zu warten.

Dieses zweite Bulletin war kaum verständlich; ich jedenfalls konnte nichts damit anfangen. Es ging darin um russischen Raketentreibstoff, und mindestens die Hälfte der Nachricht bestand aus chemischen Formeln, die zu komplizierten Diagrammen angeordnet waren.

Ich bat Nicole, mir zu helfen. Es dauerte schrecklich lange, bis sie den ganzen Wirrwarr in Ordnung gebracht und zum Satz fertig gemacht hatte.

Im großen und ganzen schien es darum zu gehen, daß die taktischen Raketeneinheiten der Roten Armee bei der Lagerung von Raketentreibstoffen mit Schwierigkeiten zu kämpfen hatten, da eine Änderung der chemischen Struktur sie unbrauchbar machte. Die Wissenschaftler der Armee arbeiteten hart daran, dieses Problem zu lösen. Im Bericht wurden die betroffenen Waffen genannt und die Treibstoffmengen detailliert aufgeführt. Mit allen Formeln und Diagrammen füllte das Bulletin anderthalb Seiten.

Abgesehen davon, daß der Artikel zu lang und vollständig unverständlich war, abgesehen auch davon, daß ich einfach nicht verstand, welche geschäftlichen Ziele hier verfolgt werden sollten, machte mir am meisten zu schaffen, daß ich nicht begriff, wie das in das politische Konzept des Blattes passen sollte. In den Tagen des Generals gab es nur eine Art von Schwierigkeiten, mit denen die Sowjets sich abplagen mußten, nämlich politische: China, Revisionismus, Ärger mit den Satelliten, den ukrainischen Nationalismus und ähnliche Themen. Eine Nachricht wie die, daß nicht alle russischen Raketen hundertprozentig einsatzbereit seien, hätten den General kaltgelassen.

Hätte man Sorgen mit unseren Waffen, wäre er sofort hellhörig geworden; das nämlich hätte bedeutet, daß Saboteure am Werk waren, daß eine Verschwörung angezettelt wurde, die man bloßstellen mußte. Eine Meldung über Schwierigkeiten im russischen Raketensystem hingegen hätte nur bedeutet, daß die antikommunistische Freie Welt in ihren Anstrengungen nachlassen könnte – sie würde allenfalls den Liberalen, den Anhängern der Koexistenz und den Pseudointellektuellen in die Hand spielen. Zu Lebzeiten des Generals hätte ich die Story sterben lassen, ohne sie ihm auch nur zu zeigen. Trotz aller gegenteiligen Versicherungen Blochs schien damit *Intercom* doch sein politisches Gesicht zu ändern. Wir hatten immer noch ziemlich viele Abonnenten, die nicht anders dachten, als der General es getan hatte. Wenn sie den Inhalt dieses Bulletins verstanden, waren sie aller Wahrscheinlichkeit nach mit seiner Veröffentlichung nicht einverstanden. Sicherlich würde man mir heftige Leserbriefe schreiben und mich vor den Gefahren warnen, die darin lagen, daß man einen unermüdlichen Gegner unterschätzte; man würde sogar argwöhnen, ich sei auf einen perfiden Propagandatrick der Sowjets hereingefallen. Und vor allem: Solche Dinge wirkten sich gerade dann aus, wenn es um eine Verlängerung des Abonnements ging.

Das dritte SESAM-Bulletin schien vergleichsweise harmlos. Die Überschrift lautete ›Operation Dreieck‹, aber was das eigentlich sei, wurde nicht gesagt. Zuerst wurde gemeldet, ein amerikanisches Militär-Beschaffungsamt in Brüssel habe mit einer italienischen Firma einen Liefervertrag abgeschlossen; dabei ging es um vorgefertigte Betonteile »eines neuen und interessanten Typs«. Die Frage sei nun, so hieß es weiter, wer die ›hochempfindlichen Geräte‹ liefern sollte, die für den Einbau in diese Betonklötze vorgesehen waren. Hier stünden zahlreiche Möglichkeiten offen (wieder eine schreckliche Liste von Adressen, Namen, Fabrikationsorten); zwei Anwärter (wieder zwei Namen; wahrscheinlich die von Blochs Auftraggebern) genössen das besondere Wohlwollen der wissenschaftlichen Berater der ›Operation Dreieck‹.

Wir druckten die Meldung in unserer Ausgabe vom 29. November.

Vier Tage später kam das nächste dieser technischen Monstren. Das Kuvert war in Kopenhagen abgestempelt.

Dieses Bulletin enthielt eine detaillierte Beschreibung eines neuentwickelten tragbaren Seismographen, der »nach dem variablen Trägheitsprinzip konstruiert« sei. Entwickelt hatte es ein russischer Physikprofessor (Name und Adresse fehlten auch hier nicht), um bis zu fünftausend Kilometer entfernte unterirdische Atomexplosionen feststellen zu können. Das Gerät stand auf der Geheimhaltungsliste des sowjetischen Generalstabs.

Die technische Beschreibung selbst schien mir idiotisch. Das einzige, was ich außer den einleitenden Sätzen verstehen konnte, war eine Fußnote. In ihr hieß es, daß die technischen Angaben von N. W. Skriabin, einem Mitglied der sowjetischen Handelsmission in Oslo, stammten.

Diese Fußnote ließ mich fast an die Zimmerdecke springen. Bis zu diesem Augenblick hatte ich Herrn Bloch für jemanden gehalten, der mit mehr oder weniger ungezinkten Karten spielt. Zwei der bisher gedruckten SESAM-Bulletins hätten leicht als Versuche durchschaut werden können, die Auftragsvergabe von Regierungsstellen zu beeinflussen; ob es nun in dieser oder in einer anderen Richtung geschah, so konnten doch die Interessen seiner Auftraggeber dahinter stekken. Die Geschichte über den Raketentreibstoff war schon schwieriger einzuordnen, aber das hätte ich durch mein geringes Wissen auf diesem Gebiet und durch meine beschränkten Einsichtsmöglichkeiten in die Hintergründe erklären können. Wenn man über russische Treibstoffprobleme sprach, war es immerhin denkbar, daß man dadurch die Aufmerksamkeit auf eigene Schwierigkeiten lenken wollte. Es hätte sein können, daß einer der Geschäftsfreunde Blochs dieses Problem technisch im Griff hatte, und Bloch hatte diesen Umweg gewählt, den betroffenen Dienststellen seinen Mann zuzuspielen.

Bei Bulletin vier freilich gab es einfach keine derartige Erklärung. Ich hatte den Eindruck, daß er damit nichts anderes wollte, als dem Genossen Skriabin eins auszuwischen.

Ich grübelte eine Weile darüber nach und entschloß mich schließlich, den Text bestätigen zu lassen. Das Telegramm, das ich dann nach München schickte, lautete:

SESAM-BULLETIN VIER. BEZWEIFLE UEBEREINSTIMMUNG MIT INTERCOMPOLITIK. FRAGE: SINNVOLL, DASS INFORMATIONSQUELLE WIE IM TEXT PREISZUGEBEN IST? BITTE UM ANWEISUNGEN.

Achtundvierzig Stunden lang hörte ich nichts. Dann kam ein Telegramm aus Brüssel:

SESAM-BULLETIN VIER VOLLSTAENDIG UND UNVERAENDERT VEROEFFENTLICHEN.

Ich tat, wie mir geheißen.

Aber von diesem Tag an mochte ich Herrn Bloch gar nicht mehr. Alle meine Sympathien lagen auf seiten N. W. Skriabins. Ich hatte das Gefühl, daß er bei einem äußerst trüben Geschäft den kürzeren gezogen hatte.

Und es dauerte nicht lange, bis ich zu argwöhnen begann, daß es um mich nicht viel anders stand.

Donnerstags, wenn *Intercom* erschien, ging es bei uns immer sehr lebhaft zu; Adressograph und Vervielfältigungsmaschine lärmten, die Aushilfskräfte, die uns beim Falten, Kuvertieren und Frankieren halfen, unterhielten sich mit lauter Stimme, aber mein schlimmster Arbeitstag war dennoch der Montag, Redaktionsschluß für *Intercom*. Montags verließ ich das Büro kaum einmal vor zehn Uhr.

Morgens parkte ich meinen Wagen meistens in einer Nebenstraße nahe der Kirche St. Gervais und ging dann über die Rhonebrücke zu Fuß zu meinem Büro. Einen günstigeren Parkplatz konnte ich nur selten finden. Wenn ich nun abends zu meinem Wagen zurückging, herrschte auf der Brücke kein starker Verkehr mehr, und auch die Straßen auf der anderen Seite waren einigermaßen menschenleer.

Ich weiß nicht, wann man anfing, mich zu überwachen, ich weiß auch nicht, wer damit begann, aber es war am Montag abend – Montag, der 12. Dezember, gerade sechs Tage nach der Veröffentlichung des SESAM-Bulletins vier –, als ich zum erstenmal merkte, daß jemand mir folgte.

KAPITEL 4

VALERIE CARTER

Niederschrift eines auf Band aufgenommenen Interviews.

Ich erinnere mich noch sehr gut an diesen Abend.

Mein Vater kam nach Hause, schenkte sich wie immer einen Whisky ein und vergaß dann, ihn zu trinken.

Wenn er abends sehr lange im Büro zu tun hatte, kochte ich ihm meistens eine Suppe, die ich warmstellte; so eine Art *pot-au-feu* mit vielen Gemüsen, die er gern aß. Als ich an diesem Abend die Suppe auftrug, sah ich, daß sein Glas noch immer unberührt auf dem Tisch stand. Er hatte sich ans Fenster gelehnt und starrte hinunter auf die Straße.

»Ich komme mir vor wie Genosse Skriabin«, sagte er.

Weil ich nicht wußte, von wem er sprach, sagte ich ihm nur, er solle seine Suppe essen, solange sie noch warm war.

Er kam herüber an den Tisch und setzte sich. Dann sah er mich an und lächelte, als müsse er sich für irgend etwas entschuldigen. »Wenn ich nicht restlos verrückt bin, glaube ich, daß man mich heute verfolgt hat, seit ich das Büro verließ. Zwei Männer in einem Fiat 124. Ich nehme an, daß sie immer noch draußen sind. Willst du einmal nachsehen? Vielleicht kannst du sie entdecken.«

Nun weiß ich zwar, daß man meinem Vater nicht immer alles glauben muß, und vor allem dann nicht, wenn er etwas getrunken hat, aber er ist alles andere als dumm, und ganz gewiß leidet er nicht an einer zu verwegenen Phantasie. Ich sage damit nicht, daß er nicht vielleicht einen Psychiater nötig hätte, M. Latimer. Typisch für ihn ist zum Beispiel, daß er Sie Mr. L. nennt. Das ist nichts anderes als Selbstverteidigung. Er bildet sich ein, er würde Ihnen einen gewissen Vorsprung geben, wenn er Sie mit Ihrem korrekten Namen nennt. Mit vielen anderen, die er beneidet hat, tat er es ähnlich. O ja, ich weiß genau, daß er auf Sie neidisch ist. Er bewundert Sie, weil Sie Ihre Bücher geschrieben haben. Sehen Sie, ich liebe meinen Vater, aber ich glaube nicht, daß ich ihn vergöttere. Er ist ein netter, cleverer, unglücklicher Mann, der im einen Augenblick lustig und amüsant sein kann, um im nächsten Moment unsagbar widerlich zu werden. Doch selbst wenn er so widerlich ist, hat er keinen ernsthaften Tick. Er hat eine lebhafte Einbildungskraft, aber er sieht keine rosaroten Elefanten, keine Dinge, die es nicht gibt.

Ich ging also ans Fenster und sah hinunter auf die Straße.

Unsere Wohnung liegt in der dritten Etage, wie Sie wissen, aber man kann die Straße nur dann überblikken, wenn man das Fenster öffnet und sich hinauslehnt. Weil die Nacht recht kühl war, hatte ich dazu keine Lust. Ich drückte nur meine Nase gegen die Scheibe.

Aber es genügte, daß ich sah, was es zu sehen gab: schräg gegenüber parkte tatsächlich ein Fiat. Er war natürlich nicht besonders auffallend; er stand zwischen anderen Wagen, die zum größten Teil den Bewohnern des Hauses gegenüber gehörten. Vom Wagendach meines Vaters konnte ich nur ein wenig erkennen; sein Renault parkte genau vor unserer Haustür. Aber als ich genauer hinsah, beobachtete ich einen Mann, der zuerst neben dem Wagen meines Vaters stand, dann die Straße überquerte und zu dem Fiat lief. Er trug einen Filzhut und einen dunklen Mantel. Ich konnte sein Gesicht nicht erkennen, als er mit langen Schritten wegging. Er öffnete die Tür zum Beifahrersitz und stieg ein. Als sich das Innenlicht einschaltete, sah ich einen Augenblick lang die behandschuhte Hand des Mannes auf dem Fahrersitz. Dann wurde der Motor angelassen, die Scheinwerfer leuchteten auf.

»Sie fahren«, sagte ich. Und ich erzählte ihm, was ich gesehen hatte.

Mein Vater aß seine Suppe weiter. »Hast du die Nummer erkennen können?«

Der Fiat fuhr jetzt langsam an. »Nein, aber ich glaube, es ist ein Wagen aus Fribourg.«

»Das sind sie.«

Ich ging zum Tisch zurück und nahm ihm gegenüber Platz. »Woher wußtest du, daß sie dich verfolgen?« fragte ich.

»Purer Zufall.« Er zuckte die Achseln. »Der Wagen fiel mir auf, als ich aus dem Büro kam, weil er falsch geparkt war. Ich dachte an den langen Weg bis zu meinem Wagen und wünschte in einem unfrommen Augenblick, daß jetzt ein Polizist erscheinen und dem Knaben einen Strafzettel verpassen sollte. Leider tauchte kein Polizist auf. Als ich weiterging, konnte ich ihn ständig im Auge behalten, weil er sich in den Schaufensterscheiben spiegelte. Und als ich kurz vor der Straßenecke war, sah ich, wie der Beifahrer ausstieg und mir nachging.«

Er brach sich ein Stück Brot ab und aß ein paar Löffel Suppe.

»Ich machte mir keine weiteren Gedanken darüber, bis ich auf der Brücke war. Denn dort überholte mich dieser Fiat mit der Fribourger Nummer. Er fuhr ziemlich schnell. Aber nicht lange. Als ich den Hügel zur Kirche St. Gervais hinaufging, sah ich, wie er wieder am Straßenrand parkte. Der Fahrer stieg nicht aus, sondern blieb einfach im Wagen sitzen. Ich dachte, er überlegte vielleicht, wohin der Beifahrer gegangen sein könnte. Du siehst also, daß ich schon dort auf den Kerl aufmerksam wurde. Als ich schließlich zu meinem Wagen kam, fuhr ich nicht sofort ab. Ich sah in den Rückspiegel. Und was ich dabei beobachtete, war einigermaßen interessant. Als ich die Straße entlanggegangen war, hatte dort kein Wagen gestanden, dessen Scheinwerfer brannten. Aber jetzt hatte einer von ihnen das Licht eingeschaltet. Ich war mir natürlich nicht sicher, ob es der Fiat war, das ist klar – ich sah eben nur zwei Scheinwerfer. Aber dann tauchte vom Bürgersteig her ein Mann auf und setzte sich neben den Fahrer. Das immerhin konnte ich genau erkennen.«

»Weil das Innenlicht anging, als er die Tür aufmachte?«

»Genau. Wie kommst du darauf?«

»Weil ich es gerade auch gesehen habe, als die beiden abfuhren.«

»Sie waren mir während des ganzen Heimwegs auf den Fersen. Im ersten Augenblick überlegte ich, ob ich nicht einen Umweg machen sollte, um sicher zu sein, ob sie tatsächlich mich verfolgten oder ob ich es mir nur einbildete. Aber dann ließ ich es doch sein.«

»Warum?«

»Ich wußte eben, daß ich es mir *nicht* einbildete.« Er lächelte ein wenig. »Außerdem – hätte ich einen Umweg gemacht, hätten sie gewußt, daß ich sie bemerkt hatte. Denn wäre mir nicht aufgefallen, daß sie im Halteverbot parken, ich hätte sie bestimmt nicht bemerkt. Ich hätte überhaupt keine Notiz von ihnen genommen.«

»Aber warum sind sie dir nur nachgefahren? Und wer war es eigentlich gewesen?«

»Genau das ist es, was ich selbst herausbekommen wollte.« Er stand auf und holte sich seinen Whisky vom Sideboard. »Ich weiß nur das eine: es gibt jemanden, der wissen will, wo ich wohne. Im Telefonbuch ist meine Adresse nicht verzeichnet, darum folgte man mir also, als ich das Büro verließ. Und nachdem ich meinen Wagen abgeschlossen hatte und im Haus verschwunden war, warteten die beiden ein paar Minuten; dann kam einer herüber und sah sich die Namen auf den Briefkästen an. Auftrag erfolgreich ausgeführt, Abfahrt.« Er trank sein Glas in einem Zuge leer. »Wer sind die beiden? Was wollen sie? Ich habe nicht die geringste Ahnung. Im Bureau des Étrangers bin ich gemeldet. Die Polizei weiß, wo ich lebe, man weiß, was ich treibe.« Er reichte sein leeres Glas über den Tisch. »Willst du mir bitte noch einmal nachgießen, Valerie?«

»Aber natürlich.« Er war offenbar sehr müde, und ich versuchte immer, ihn früh ins Bett zu bekommen, wenn er lange gearbeitet hatte. An einem anderen Tage hätte ich jetzt das Geschirr abgeräumt und abgespült und wäre dann in mein Zimmer gegangen. Meistens legte er sich danach auch bald hin. Aber an diesem Abend glaubte ich nicht, daß er es tun würde. Wenn er über etwas nachgrübelte, blieb er oft auf und trank noch eine Weile.

Und ich selbst hatte auch den Kopf voll.

Ich goß ihm also noch einen Whisky ein und schob ihn zu ihm hinüber. »Wer ist denn eigentlich dieser Genosse Skriabin?« fragte ich.

Und dann erzählte er mir von diesen SESAM-Bulletins.

Ich hatte *Intercom* schon immer gehaßt. Woche um Woche, Monat um Monat solches Gift zu verspritzen, tat meinem Vater nicht gut. Oh, ich weiß genau, daß mein Vater kein Wort von dem glaubte, was er da schrieb, daß er letztlich heuchelte. Er entschuldigte sich selbst damit, daß dies alles eigentlich nur Theater sei. Manchmal sagte er ganz offen, daß das, was er mit dem alten Ekel Novak tat, nichts anderes sei, als vor einem schwachköpfigen Auditorium den Tartuffe zu spielen; und doch klang das nie so richtig überzeugend, und besonders dann nicht, wenn er es mir sagte. Die Wahrheit war wohl eher, daß die Arbeit für *Intercom* für ihn zur Auseinandersetzung mit der Welt überhaupt wurde – aber er verlor dabei seine Selbstachtung.

Ich war eigentlich froh, als der General starb, und es sah tatsächlich so aus, als ob *Intercom* am Ende sei.

Natürlich war mir dabei klar, daß es meinem Vater nicht leichtfallen würde, eine neue Stelle zu finden. Darum schlug ich ihm ja auch vor, ein Übersetzungsbüro aufzumachen. Ich war sicher, daß es klappen würde; zumindest wäre er so sein eigener Herr. Es hatte zwar mit dem Journalismus nicht viel zu tun, aber das konnte man ja von *Intercom* auch nicht behaupten, es sei denn, man wolle jeden richtigen Journalisten beleidigen. Ich war gar nicht glücklich, als er mir von dem Mann aus München erzählte, der *Intercom* kaufen wollte, um es weiterzuführen wie bisher.

Doch nicht so unglücklich wie an dem Abend, als er mir über die SESAM-Bulletins erzählte – und als man ihn verfolgt hatte. Von Anfang an, seit den ersten Verhandlungen mit diesem Arnold Bloch, hatte ich gewußt, daß Dr. Bruchner wie mein Vater sich allein vom Wunschdenken hatten leiten lassen. Was ich damals freilich noch nicht erfahren hatte, war, daß sie beide tatsächlich überhaupt nichts über diesen Mann wußten.

In jener Nacht schlief ich nicht besonders gut. Und am nächsten Tag nahm ich das Skriabin-Bulletin mit in die Bibliothek, um mich damit ein wenig zu beschäftigen.

Das erste, was ich dabei herausbekam, war, was man daran entweder negativ oder positiv beurteilen konnte: daß nämlich auf die technische Beschreibung dieses Seismographen überhaupt nicht eingegangen wurde. Wenn es hier um wirkliche, um ernstzunehmende Informationen ging, dann hatte N. W. Skriabin Schlimmes zu erwarten; wenn es aber andererseits hohler Hickhack war, dann mußte diese ›Bombe aus dem Hinterhalt‹, wie mein Vater es nannte, jedem schaden.

Ich fand heraus, daß man unter ›variabler Reluktanz‹ ein magnetisches Phänomen verstand, das tatsächlich schon auf verschiedene andere Seismographen oder Seismometer angewandt worden war. Und bei den Beschreibungen solcher Geräte tauchte immer wieder der Name eines amerikanischen Seismologen auf: der Name H. Benioffs, der diese Apparate einigermaßen erschöpfend erforscht hatte. Allerdings hieß es in diesen Berichten, daß sie nicht transportierbar seien; sie wogen etwa zweihundert Kilogramm. Da der in dem Bulletin beschriebene Apparat aber immerhin ungefähr siebzig Kilogramm schwer war, da man außerdem detailliert beschrieben hatte, wie man diese Gewichtsersparnis erreicht hatte, schloß ich, daß das technische Material dieses Bulletins echt war. Mir gelang es sogar, den russischen Geophysiker zu identifizieren, der als erster auf den Gedanken zu dieser Neukonstruktion gekommen war. Es war ein hochangesehener Wissenschaftler.

Mit N. W. Skriabin war es schon schwieriger. In der seismologischen Literatur jedenfalls konnte ich über ihn nichts finden.

Das freilich überraschte mich nicht. Ein Angehöriger einer sowjetischen Handelsmission mag zwar über technische Kenntnisse verfügen, aber es ist doch unwahrscheinlich, daß er gleichzeitig ein Wissenschaftler ist, dessen Name in den Autorenverzeichnissen von Fachveröffentlichungen erscheint. Er war sicherlich Spezialist auf irgendeinem Gebiet, aber die russische Regierung veröffentlicht nicht Listen ihres Personals, wie es von manchen anderen Ländern getan wird – und wenn wirklich einmal solche Aufstellungen an die Öffentlichkeit gelangen, sind in der Regel nur die leitenden Beamten aufgeführt. Jedenfalls konnte ich ihn in unseren Unterlagen nicht finden. Ich wußte nicht, auf welchem Gebiet er Fachmann war – es hätte alles sein können von der Heringsfischerei bis zum Maschinenbau –, und mir wurde bald klar, daß ich aus eigener Kraft nicht weiterkommen würde. Wollte ich weitere Hinweise über ihn erhalten, mußte ich eine diplomatische Quelle anzapfen. Schließlich rief ich einen Freund in der Bibliothek der Vereinten Nationen im Palais des Nations an und tischte ihm eine Lüge auf: Ich sagte ihm, ein ausländischer Generalkonsul habe uns gebeten, ihm über N. W. Skriabin und die sowjetische Handelsmission in Oslo alle verfügbaren Informationen zu geben, und fragte ihn, ob er uns helfen könne.

»Das ist aber komisch«, antwortete er. »Vor ein paar Tagen hat sich schon einmal jemand über denselben Mann erkundigt. Es war zwar kein Generalkonsul, aber immerhin der Rechtskonsulent einer ausländischen Botschaft in Bern. Woher kommt denn dieser Generalkonsul?«

Wie gesagt, war ich mit diesem Mann in der UN-Bibliothek befreundet. Wir hatten früher zusammen studiert, und ein Jahr lang hatte er mich regelmäßig ins Konzert ausgeführt. Es war eine jener Freundschaften, die sich über längere Zeit hinziehen. Als wir endlich feststellten, daß wir im Grunde überhaupt nicht zusammenpaßten – warum, weiß ich eigentlich gar nicht mehr, entweder konnten wir uns über Béla Bartók nicht einig werden, oder er hatte andere Ansichten über den Sex –, machte er Schluß. Trotzdem waren wir noch gut miteinander befreundet, und ich hatte ihm ja auch fast die Wahrheit gesagt. Ich hatte nur das Gefühl, daß ich es vielleicht besser nicht getan hätte.

»Man hat mich um größte Verschwiegenheit gebeten«, antwortete ich deshalb.

Er lachte. »Genau wie bei unserem Mann. Aber ich glaube, es ist erlaubt, daß ich dir sage, was wir ihm antworteten. An das Wichtigste kann ich mich noch erinnern. Skriabin, Nikolaj Wiktorowitsch, achtundfünfzig Jahre alt, studierte am Moskauer Institut für Geschichte, Philosophie und Literatur. Wurde zweiunddreißig in die Partei aufgenommen, ging später in den diplomatischen Dienst. Während des Zweiten Weltkriegs Soldat, irgendwie bei der Spionageabwehr. Ausgezeichnet unter anderem mit dem Leninorden. In den letzten Jahren wieder im diplomatischen Dienst im Haag, in Brüssel und Kopenhagen. Sein höchster diplomatischer Rang war der eines Ersten Botschaftssekretärs. An die Osloer Handelsmission wurde er erst im vergangenen Jahr versetzt. Eine Beförderung scheint das allerdings nicht gewesen zu sein.«

»Nein.«

»Sein Lebenslauf scheint darauf hinzudeuten, daß er gegenwärtig kein Diplomat mehr ist, daß er wahrscheinlich auch während der letzten Jahre keiner mehr war. Wir hier sind der Ansicht, daß er Offizier der Auslandsabteilung des Sowjetischen Büros für Staatssicherheit ist – des Komitet Gosudarstvennoi Bezopastnosti (KGB) – und daß er nur deshalb an der Handelsmission arbeitet, weil ihm dies als beste Tarnungsmöglichkeit erscheint. Wenn man nach seinen zahlreichen Auszeichnungen urteilen will, muß er etwa im Rang eines Obersten stehen. Wahrscheinlich ist er ein wichtiger Mann, vielleicht sogar Abteilungsleiter.«

»Oh.«

»Das mit dem KGB würde ich deinem Generalkonsul nicht auf die Nase binden. Solche Dinge sollen die schon allein herausbekommen.«

»Ja. Danke. Du hast mir sehr geholfen.«

Für das Wochenende lud er mich noch zum Essen ein, und um ihn zunächst einmal loszuwerden, sagte ich zu. Die Verabredung vergaß ich dann leider, weil sich bis dahin so viel ereignete.

Sie sehen also, Mr. Latimer, es war alles sehr verwirrend – jedenfalls für mich. Von Anfang an war ich davon überzeugt, daß mein Vater auf der falschen Fährte war. Er bildete sich ein, dieser Skriabin sei ein armer, bedauernswerter Mann, ein kleines Rädchen im großen Getriebe, der von Bloch überredet worden war, technische Geheimnisse zu verkaufen. Von Bloch dagegen vermutete er, er habe ihn sich dadurch vom Halse schaffen wollen, daß er ihn in *Intercom* bloßstellte.

Was aber dahintersteckte, begriff ich einfach nicht. Wenn man von jemandem technische oder irgendwelche andere Geheimnisse erhält, Informationen, die man zu Geld machen möchte, und wenn man den Informanten um seinen Verdienst bemogeln will, könnte man vielleicht seine Vorgesetzten darüber unterrichten, daß er ein Verräter ist, aber man veröffentlicht dann nicht gleichzeitig das, was man durch ihn erfahren hat. Das wäre einfach idiotisch. Da ich nun aber wußte, daß Skriabin alles andere war als ein kleines Rädchen im großen Getriebe, wurde die Angelegenheit noch verzwickter. Bloch, unehrlich und Motor des Ganzen, würde doch sicherlich seinen Konkurrenten keine wertvollen Informationen preisgeben; Bloch als neuer, stolzer Besitzer des antikommunistischen *Intercom* hingegen würde mit größter Wahrscheinlichkeit alles andere tun, als den Namen eines Mannes verraten, der für ihn als Agent innerhalb des KGB arbeiten könnte, so daß die Russen ihn in die Sowjetunion zurückbeordern, ehe er sich aus dem Staub machen konnte. Solange ich auch darüber nachdachte, nichts paßte zusammen.

Ich wußte auch nicht, was ich meinem Vater sagen

sollte. War es ratsam, ihn darüber zu unterrichten, was ich über N. W. Skriabin erfahren hatte, oder sollte ich es ihm verschweigen? Schließlich entschloß ich mich, zunächst einmal abzuwarten und festzustellen, in welcher Laune er war.

Meine privaten Recherchen hatten mich so viel Zeit gekostet, daß ich mit meiner normalen Arbeit in Verzug gekommen war und an diesem Abend erst sehr spät nach Hause zurückkehrte. Als ich die Wohnung betrat, merkte ich, daß wir Besuch hatten. Auf einem Stuhl im Flur hingen die Mäntel und Hüte unserer Gäste. Ich ging nicht sofort in das Wohnzimmer. Unangemeldet suchte uns nur selten jemand heim – die Schweizer sind in solchen Dingen sehr korrekt und förmlich –, und ich war ziemlich sicher, daß es sich um Ausländer handeln müßte. Mänteln und Hüten war nicht anzusehen, woher sie kamen, und das Stimmengewirr, das aus dem Zimmer drang, konnte ich nicht verstehen. Aber neben dem Stuhl stand ein Diplomatenkoffer, der sehr amerikanisch wirkte, und außerdem sah ich noch eine Tragtasche aus weichem Leder, wie Berufsfotografen sie oft benutzen. An den Griffen beider Gepäckstücke waren Anhänger der Air France befestigt. Wahrscheinlich also Amerikaner aus Paris.

Ich hatte einen anstrengenden Tag hinter mir und hoffte inständig, daß mein Vater, der mit etwas Alkohol nur zu leicht zu gastfreundlich wurde, sie nicht zum Abendessen einladen würde. Ich ging in mein

Zimmer, um mir noch einmal mit dem Kamm durch die Haare zu fahren, ehe ich mich zu ihnen gesellte.

Der eine der beiden war hochgewachsen, der andere eher klein. Als ich ins Zimmer kam, war es der Kleine, der die Unterhaltung bestritt.

»Aber ist die harte Methode mittlerweile nicht ein wenig aus der Mode gekommen?« fragte er. »Ich meine ...«

In diesem Augenblick sah er mich, brach mitten im Satz ab und stand auf.

Er war ein rothaariger, stämmiger Vierziger mit einem runden, fleischigen Gesicht, einem leicht hängenden Schnauzbart und schweren Lidern. Seinen Teint hätte mein Vater wohl als »blaß wie ein Flundernbauch« beschrieben. Er trug einen dunklen Straßenanzug, dazu eine Charvet-Krawatte, so dunkelrot wie eine zerquetschte rote Rübe. Den Kopf leicht zur Seite geneigt, warf er mir ein Lächeln zu, das seine Zähne zeigte.

Als mein Vater sich mir zuwandte, sah ich, daß sein Gesicht weiß war vor unterdrücktem Zorn. Das tröstete mich etwas, denn nun wußte ich, daß er sie ganz gewiß nicht zum Bleiben auffordern würde. Andererseits war er aber auch sehr wohl fähig, sie so lange mit immer wieder neu eingeschenkten Gläsern zu traktieren, bis ihm eingefallen war, auf welche Weise er sie am wirkungsvollsten ärgern konnte.

Er machte fast ein Ritual daraus, uns einander vorzustellen.

»O Valerie, meine Liebe« – er hauchte mir einen Kuß auf die Wange, was er nie tut, wenn wir allein sind –, »darf ich dich mit Mr. Goodman bekannt machen? Und sein Kumpan dort« – bei diesen Worten deutete er mit seinem Glas auf den größeren der beiden, der ein wenig linkisch auf dem Sofa saß –, »das ist Mr. Rich. Wahre Gentlemen, meine liebe Tochter.«

Mr. Goodman ließ ein »Enchanté, Mademoiselle« vernehmen, während der Bariton seines Komplicen eher nach einem »How do you do, Miss Carter« klang.

Ich sagte ganz einfach: »Guten Abend.«

»Mr. Goodman und Mr. Rich sind Amerikaner«, fuhr mein Vater fort. »Sie kommen geradenwegs aus der Pariser Redaktion des *World Reporter*. Um für eine Reportage – oh, ich bitte um Verzeihung, eine *umfassende* Reportage – über die Mitarbeiter internationaler Nachrichtendienste zu recherchieren. Und sie glauben allen Ernstes, ich könnte ihnen dabei behilflich sein. Darum wollen sie mich auch interviewen. Richtiger gesagt: Mr. Goodman interviewt mich, während Mr. Rich, der Fotograf, hoffnungsvoll an seiner Kamera herumfingert und auf eine günstige Gelegenheit zum Schuß wartet. Ist das nicht aufregend, meine Liebe?«

»Sehr aufregend«, antwortete ich. »Es ist wohl am besten, ich lasse euch jetzt wieder allein.«

»Aber nein, Valerie.« Er drängte mich in einen Sessel. »Bleib doch bitte hier. Und Mr. Rich möchte sicher auch, daß du noch nicht gehst. Du siehst so viel besser aus als ich, und schließlich ist er doch Fotograf, ein Künstler. Nicht wahr, Mr. Rich? Und was Mr. Goodman betrifft, so hat er sicherlich nichts dagegen einzuwenden, daß du bleibst.«

»Es würde mich sogar freuen«, meinte Mr. Goodman.

»Ja.« Mein Vater warf ihm ein böses Lächeln zu. »Wenn Mr. Goodman die Tiefen seines Problems auslotet, lohnt es sich, ihm zuzuhören. Du darfst dabei natürlich nicht vergessen, daß Tiefe ein recht relativer Begriff ist und sein Lot wahrscheinlich nicht länger als ein abgekauter Zahnstocher.« Die letzten Worte klangen ausgesprochen giftig.

Mr. Goodman kicherte und sah zu Mr. Rich hinüber. »Verstehst du jetzt, was ich sagen wollte? Theo Carters Stil ist unverwechselbar. Bissig, direkt und treffend; er ist ein Mann, der in der einen Hand eine Keule hat und in der anderen ein Florett – typisch *Intercom*. Schließlich ist er es ja auch, der alles schreibt. Hat es schon immer getan. Wort für Wort. Ist es nicht so, Miss Carter?«

»Wollten Sie nicht meinen Vater interviewen?« Ich ging zum Sideboard hinüber und schenkte mir ein Glas Dézaley ein. Von diesem Augenblick an beachtete er mich nicht mehr.

»Nun sagen Sie doch, wie es ist, Theo! Der ganze Brief ist von Ihnen. Habe ich nicht recht?«

»Ich bin der Chefredakteur, ja.«

»Danach habe ich eigentlich nicht gefragt, aber lassen wir das jetzt. Kommen wir noch einmal auf den General zu sprechen. War er mit jeder Geschichte einverstanden, die Sie gebracht haben?«

»Nicht unbedingt. *Intercom* hatte natürlich eine bestimmte Grundtendenz, an die ich mich immer hielt. Und immer noch halte.«

»Sehr interessant. Aber eines möchte ich jetzt genau wissen: diese Tendenz war doch stets unbedingt und einschränkungslos antikommunistisch?«

»Ja.«

»Und auch unbedingt gegen die amerikanische Regierung gerichtet?«

»Sie kennen die Geschichte des Generals ebensogut wie ich.«

»Oppositionell – würden Sie das sagen?«

»Ja.«

»Doch keinesfalls antiamerikanisch?«

»Das wollten Sie schon einmal wissen, Mr. Goodman. Sie wiederholen sich.«

»Dann sagen Sie es mir doch noch einmal, Theo.«

Zuerst hatte ich angenommen, mein Vater ärgerte sich deshalb so sehr über Mr. Goodman, weil dieser ihn »Theo« nannte; jetzt spürte ich, daß es noch etwas anderes war: seine einschüchternde Art. Das war nicht nur ein Journalist, der zu einem Interview gekommen war, sondern jemand, der einen Verdacht hatte und verhörte – ein Inquisitor, dem Ketzer auf der Spur.

Ich überlegte nur, wie Mr. Rich über die Methoden seines Kollegen dachte. Er saß auf dem Sofa und ließ seine Finger geistesabwesend über sein Blitzlichtgerät gleiten. Seinen Wein hatte er kaum angerührt. Er war schlank und sah auf schwer zu beschreibende Art gut aus. Er wirkte weitaus älter als Mr. Goodman, gleichzeitig aber auch viel gesünder. Vor ihm auf dem Couchtisch lag ein Heft der *Réalités*, auf das er seine ganze Aufmerksamkeit zu richten schien – stirnrunzelnd, als müsse er über das Titelfoto nachdenken.

»Aber in der letzten Zeit hat sich doch einiges geändert, Theo?«

»Der Besitzer, ja. In der Redaktionspolitik jedoch nichts.«

»Aber versuchen Sie doch nicht, uns etwas vorzumachen, Theo.« Mr. Goodman kniff die Augen zusammen und ließ seine Zähne sehen. »Versuchen Sie doch nicht, uns Märchen zu erzählen.«

Mein Vater erhob sich. »Sie haben mir eine Frage gestellt, Mr. Goodman, und ich habe Ihnen geantwortet. Sie behaupten Journalist zu sein. Warum benehmen Sie sich dann nicht entsprechend?«

Er schenkte sich selbst noch einmal nach. Ich stand noch am Sideboard und konnte deshalb genau sehen, wie er zitterte. Er bemühte sich jetzt nicht mehr, seinen Ärger zu verbergen. Ich nahm ihm das Glas aus der Hand.

»Ich mache es schon.«

»Danke, Valerie. Nur ein Glas, höchstens.« Er

sprach laut genug, um verstanden zu werden. »Die Herren werden ohnehin bald gehen.«

Goodman pfiff leise durch die Zähne. »Das finde ich aber gar nicht nett, Theo. Wir haben doch gerade erst angefangen.«

Mein Vater ging wieder zum Tisch zurück. »Für *Sie* war es vielleicht der Anfang, aber nicht für mich. Sie haben sich selbst eingeladen. Schön. Und *ich* bitte Sie jetzt, sich zum Teufel zu scheren.«

Goodman hob seine Hände in theatralischem Schrekken. »Ich habe Ihnen doch nur eine Frage gestellt...« Er wandte sich an Rich. »Oder habe ich etwas gesagt, das ich nicht hätte sagen dürfen?«

Rich zuckte die Achseln. »Vielleicht will Mr. Carter nicht über den neuen Besitzer sprechen«, antwortete er. »Vielleicht darf er es nicht.«

»Ja, ja, vielleicht.« Goodman nickte bedächtig. »Ist es so, Theo?«

»Sie haben mich über den neuen Besitzer nicht ausgefragt«, antwortete mein Vater, »wie also nehmen Sie an, ich wollte nichts über ihn sagen?«

»Das stimmt. Arnold Bloch – so heißt er doch? B-l-o-c-h? Dr. Bruchner wird sich bestimmt nicht geirrt haben.«

Aus irgendeinem Grunde schien die Erwähnung dieses Namens meinen Vater aus der Fassung zu bringen. Er setzte sich wieder.

»Nein, Sie haben sich nicht geirrt.«

»Und er wohnt in München?«

»Er hat dort ein Büro.«

»Deutscher?«

»Er spricht deutsch.«

»Dann ist er also Deutscher?«

»Warum fragen Sie ihn nicht selbst?«

»Wir wollen es von Ihnen erfahren, Theo.«

»Ich weiß es nicht. Ich habe ihn noch nie gesehen.«

»Aha. Soso.« Goodman mimte baffes Erstaunen. »Etwa der große Unbekannte?«

»Wenn Sie ihn zum großen Unbekannten machen wollen – tun Sie es nur. Als PR-Mann der Industrie kann er Publizität gut gebrauchen. Das ist nützlich – fürs Geschäft.«

»Er ist ein PR-Mann?«

»Ich sagte es. Spreche ich nicht deutlich genug?«

»Wir wollen es nun einmal genau wissen, Theo.«

Mir fiel auf, daß Mr. Goodman immer im Plural sprach. Ich gab meinem Vater sein Glas. Ich hatte es bis zum Rand gefüllt.

»Habe ich recht, wenn ich annehme, daß dieser Herr Bloch für die neue *Intercom*-Politik verantwortlich ist?«

Einen Augenblick fürchtete ich, mein Vater würde ihm den Whisky ins Gesicht schütten. Und wenn er etwas anderes in der Hand gehabt hätte als ausgerechnet ein gefülltes Glas, er hätte es geworfen. So aber setzte er es vorsichtig ab und zögerte noch eine Weile, ehe er antwortete.

»Zum letzten Mal«, sagte er ganz ruhig, »und ich meine es so: *zum letzten Mal*, es gibt keine neue Politik. Herr Bloch ist mit *Intercom* einverstanden, wie es ist, und er will, daß es sich nicht verändert.«

»Okay. Herr Bloch ist also der Gutsbesitzer, der sich in der Stadt aufhält, und Sie sind sein Verwalter. Stimmt das, Theo?«

»Ja.«

»Dann können wir vielleicht ein paar Einzelheiten klären.« Goodman holte ein kleines Notizbuch aus der Jackentasche und schlug es auf. »Am fünfzehnten November brachten Sie eine Geschichte über die Testflüge der neuen FG 115, in der Sie sich auch über die Schwierigkeiten ausließen, die man mit der Maschine hatte.«

»Ja.«

»Stand das im Einklang mit der Tendenz von *Intercom*?«

»Allerdings.«

»Den Russen NATO-Probleme auf dem Silberteller zu präsentieren?«

»Nein. Sondern Leerlauf und Nachlässigkeit in einer Weise aufdecken, daß potentielle Schwächen nicht zur wirklichen Gefahr werden.«

»Ich verstehe.«

Und dann machte mein Vater einen Fehler, als er fragte: »Sehen Sie darin etwas Antiamerikanisches?«

»Aha – Sie erkennen immerhin, worauf ich hinauswill, Theo.«

»Wieso?«

»Warum ich Sie gerade nach dieser Geschichte frage. Nein, es ist durchaus nicht antiamerikanisch, wenn man

Leerlauf und Nachlässigkeit aufdeckt. Tut man das nicht immer und immer wieder? Aber man arbeitet doch auch dem Gegner in die Hände, wenn man ihm pingelig und genau Punkt für Punkt die geheime Liste der Lieferfirmen zuspielt? Nein, mein Herr, das ist wirklich nicht üblich. Auch nicht für das alte *Intercom*, wie es jeder kennt. Und liebt. Aber gehen wir weiter, Theo.« Er blätterte in seinem Notizbuch. »Zweiundzwanzigster November. Story über Schwierigkeiten der Russen mit Raketentreibstoff. Was haben Sie mit dieser Geschichte beabsichtigt?«

Ich wußte, daß er jetzt über das zweite SESAM-Bulletin sprach, und ich mußte mir Mühe geben, nichts zu sagen. Aber mein Vater schien fast zu lächeln, als er antwortete. Man hätte denken können, daß sein Ärger vollkommen verflogen war.

»Liegt das nicht auf der Hand?« fragte er. »Schlechte Nachrichten für sie sind gute Nachrichten für uns. Ich denke, wir sollten uns dann und wann selbst ein wenig Mut machen.«

»Haben Sie die Geschichte selbst geschrieben, Theo?«

»Nein.«

»Aber Sie sagten doch, daß jeder Artikel von Ihnen stammt.«

»Nein, Mr. Goodman. Das habe nicht ich behauptet, sondern Sie. Ich sagte nur, daß ich Chefredakteur bin.«

»Wer hat die Geschichte denn geschrieben, Theo? Von wem haben Sie sie?«

Mein Vater erhob sich wieder. »Lassen wir es sein,

Mr. Goodman. Das Spiel ist aus. Ich will nachsichtig sein. Vielleicht sind Sie zu dumm oder zu unerfahren, um nicht zu wissen, daß Sie eine solche Frage nicht stellen dürfen, zu dumm oder zu unerfahren auch, um nicht zu erwarten, daß Sie darauf eine vernünftige Antwort erhalten. Aber weil ich weiß, daß Sie nicht dumm sind, halte ich Sie auch nicht für unerfahren. Von nun an werden alle meine Antworten gleich lauten: Kein Kommentar, verschwinden Sie.«

Goodman lächelte. »Immer mit der Ruhe, Theo. Kein Grund, sich in Ihrer Journalistenehre angegriffen zu fühlen. Ich will die Frage anders stellen.«

»Wäre meine Tochter nicht im Zimmer, würde ich Ihnen sagen, *wo* Sie Ihre Fragen stellen könnten. Wie Sie es tun, interessiert mich nicht. Und ein für allemal: Kein Kommentar. Verschwinden Sie. Beide.«

Rich war der erste, der seiner Aufforderung nachkam. Er erhob sich, nahm seine Kamera von der Couch und schob sich den Tragriemen der Bereitschaftstasche über die Schulter.

Mein Vater beobachtete ihn mit boshaftem Grinsen. »Wissen Sie überhaupt, wie man so ein Ding bedient?« fragte er.

Rich antwortete nicht, sondern sagte nur: »Vielen Dank für den Whisky, Mr. Carter.« Dann ging er hinaus auf den Flur.

Ich war ziemlich erstaunt, daß auch Mr. Goodman aufstand und ihm folgte, ohne meinen Vater auch nur eines einzigen Blickes zu würdigen.

Ich zögerte einen Augenblick lang, bevor ich zu ihnen hinausging. Rich hatte sich seinen Mantel schon übergestreift und verstaute seine Apparatur in den Lederkoffer. Ich ging an ihnen vorbei und öffnete die Wohnungstür.

Goodman war zuerst fertig. »Gute Nacht, Miss Carter«, verabschiedete er sich. »Nett, Sie kennengelernt zu haben.«

Da ich seine Ansicht nicht teilen konnte, antwortete ich nicht. Er ging ohnehin schon die Stufen hinunter.

Bei Rich dauerte es ein wenig länger. »Danke«, sagte er, »wir hätten bestimmt auch allein hinausgefunden.« Doch als er schon in der Türe stand, sagte er noch etwas ganz anderes:

»Sagen Sie Ihrem Vater, er soll vorsichtig sein, Miss Carter.«

»Warum?«

Er zuckte die Achseln. »Wir leben in einer ungemütlichen Welt, und es gibt viele Leute, für die ›Kein Kommentar‹ als Antwort nicht genügt. Sagen Sie ihm das. Gute Nacht, Miss Carter.«

Und dann wandte er sich ab. Ich verschloß die Tür und ging zurück ins Wohnzimmer.

Mein Vater schenkte sich gerade ein neues Glas ein.

»Dieser Fotograf meinte gerade ...«

Aber er schnitt mir das Wort ab. »Ich weiß es. Ich habe es gehört. Und ein Fotograf ist er ebensowenig wie ich.«

»Was denn sonst?«

»Hast du das denn nicht gemerkt? Central Intelligence Agency. Einer der Schatzsucher der CIA. Ein Schnüffler. Ich roch es eine Meile gegen den Wind. Unverschämte Aufdringlichkeit.«

»Hast du ihn deshalb gefragt, ob er mit einer Kamera umgehen kann? Ich hielt es tatsächlich für eine Spur zu frech.«

»Frech? Das nennst du frech? Und was hältst du von ihnen? Der älteste Trick der Welt, und sie glaubten, ich würde darauf hereinfallen. Und dann auch noch dieser Knilch Goodman – als könnte der es mit mir aufnehmen. Eine einzige Beleidigung.«

»Du glaubst also nicht, daß Mr. Goodman vom *World Reporter* kommt?«

»Das habe ich nicht behauptet. *So* ungeschickt sind sie bestimmt nicht. Sicher ist er Reporter. Aber das spielt keine Rolle. Viele Zeitungsleute arbeiten mit der CIA zusammen, erledigen kleinere Aufträge für sie. Aber ausgerechnet Goodman! Und dieser Dummbeutel von Fotograf! Klatschkolumnist und Knipser für Cocktail-Parties. Selbst Goodman wird gespürt haben, wie link die Sache war. Und als er mich im Büro anrief, sagte er mir auch nicht, daß er einen Fotografen mitbringen wollte.«

»Hat er unsere Adresse gewußt?« fragte ich.

Er überlegte einen Augenblick. »Ach, du meinst die Sache von gestern abend? Ich muß einmal überlegen – nein. Goodman wollte mich im Büro besuchen. Aber ich sagte ihm, wir würden heute drucken, es wäre so laut, daß wir unser eigenes Wort nicht verstehen würden. Ich schlug ihm vor, daß wir uns hier unterhalten, und gab ihm die Adresse. Da dachte ich natürlich noch, daß es einigermaßen friedlich zugehen würde.«

»Dann müssen wir jetzt zuerst einmal herausbekommen, warum die CIA sich plötzlich für dich interessiert. Oder hast du auch schon früher mit diesen Leuten zu tun gehabt?«

»Nein. Sie haben sich natürlich schon oft über uns geärgert, aber nur deshalb, weil wir ihnen ›unnötige Arbeit‹ gemacht haben. Sie mußten eben immer wieder die Grillen des Generals unter die Lupe nehmen. Aber das ist etwas ganz anderes als das, was heute war.«

»Jetzt müssen wir nur noch wissen, warum.«

Er setzte sich umständlich auf die Couch. »Okay, Valerie – wir wissen es schon. Ich bin schließlich nicht auf den Kopf gefallen.«

»Die SESAM-Bulletins?«

»Natürlich.«

Und dann erzählte ich ihm, was ich über N. W. Skriabin herausbekommen hatte.

Als ich geendet hatte, sagte er »O Gott!« und schenkte sich einen Whisky ein.

Ich ging in die Küche. Weil es viel zu spät war, um ein ordentliches Abendessen zuzubereiten, stellte ich die Suppe von gestern noch einmal auf den Herd. Nach einer Weile kam mein Vater herein und sah mir zu, wie ich das Gemüse schnitt, mit dem ich sie verlängern wollte.

Er war jetzt wohl ein wenig betrunken – nicht sehr, aber doch genug, um seine Schrullen zu haben.

Mir machte es nichts aus. Und an diesem Abend hätte ich selbst Lust gehabt, mir ... Nun ja, mir einen Schwips anzupicheln.

Er lehnte sich an den Kühlschrank. »Weißt du was?« begann er. »Weißt du, was wir tun?«

»Nein.«

»Die meisten Leute – wie zum Beispiel dieser Goodman – versuchen, der Sache auf den Grund zu gehen, wenn sie ein Problem haben. Stimmt's?«

»Ja.« Mit Problemen hatte ich an diesem Abend schon zur Genüge zu tun gehabt, und allmählich fing ich an, das Wort zu hassen.

»Ja«, fuhr er fort. »Aber wir sind anders als er. Wir haben ein Problem und gehen der Sache doch nicht auf den Grund. Wir bleiben an der Oberfläche.« Er legte eine Pause ein. »Und der Witz an der Sache ist« – er sprach jetzt ganz langsam –: »In der Ausgabe von heute haben wir ein neues SESAM-Bulletin abgedruckt.«

Ich antwortete nicht. Ich konnte einfach nichts sagen.

Mein Vater ging aus der Küche, und nach wenigen Augenblicken hörte ich, wie er sich an der Tür zum Bad zu schaffen machte.

II

Der Verkauf

KAPITEL 5

12. BIS 16. DEZEMBER

Rekonstruktion des Geschehens

Theodore Carters Einschätzung der eigenen Lage am Abend des 13. Dezember war zutreffend. Er schwamm tatsächlich an der Oberfläche.

Dr. Bruchner erging es gegen Ende dieser Woche nicht anders. Vor allem deshalb, weil seltsame Besucher ihn in verwirrende Gespräche verwickelt hatten.

Das Basler Advokaturbureau Rungholt & Winkler ist eine alteingesessene Firma. In ihr haben sich acht Anwälte zusammengeschlossen, die sich hauptsächlich auf das Steuer- und Körperschaftsrecht spezialisiert haben.

Dr. Bruchner erinnert sich noch gut an das Interview vom 12. Dezember; Goodman und Rich waren in seinem Büro erschienen, ohne sich zuvor schriftlich oder telefonisch angemeldet und um einen Termin gebeten zu haben. Zu einem Gespräch fand er sich erst dann einverstanden, als die beiden sagten, sie seien aus Paris nur deshalb gekommen, um sich mit ihm unterhalten zu können.

Das Interview selbst war recht kurz. Sobald Goodmans Absichten klarwurden, wimmelte er sie mit dem Argument ab, seine Verbindung zur Intercom Publishing Enterprises AG beruhe allein auf rechtlichen und steuerlichen Erwägungen, die Redaktionspolitik hingegen sei nicht seine Sache. Was dies betreffe, müsse er sie an Carter verweisen. Auf weitere Fragen der Amerikaner antwortete er allerdings, Besitzer der Aktienmehrheit sei Herr Arnold Bloch; dies zu verschweigen hielt er für unnötig, da die Fakten durch den Eintrag ins Zuger Handelsregister ohnehin bekannt waren. Nur auf ein einziges kleineres Täuschungsmanöver ließ er sich ein: Er ließ sie in der Meinung, seine Weigerung, ihnen weitere Informationen über Bloch zu geben, sei durch die Schweigepflicht des Rechtsanwalts begründet. Seine Vorsicht allerdings war nur zu verständlich. Herr Dr. Bruchner selbst fand es einigermaßen seltsam, daß er über Bloch so wenig wußte, und er wollte nicht in die Verlegenheit kommen, diese erstaunliche Tatsache erklären zu müssen. Als Goodman ihm sagte, er habe vor, Bloch unter Umständen persönlich zu interviewen, hielt Bruchner dies für einen guten Gedanken und wünschte ihm viel Glück dazu. Nachdem die beiden sich verabschiedet hatten, wies er seine Sekretärin an, während der nächsten Wochen die internationale Ausgabe des *World Reporter* zu kaufen und auf Meldungen über *Intercom* hin durchzusehen.

Am Vormittag nach dem Besuch Goodmans und Richs in Carters Wohnung, also am 14. Dezember, rief ihn der Chefredakteur aus Genf an.

Carter wirkte äußerst erregt; Bruchner fiel es zeitweise schwer, überhaupt zu verstehen, was er sagte. Er wollte wissen, wie er Arnold Bloch persönlich erreichen konnte. Es sei sehr wichtig, meinte er, aber er wollte nicht verraten, warum. Auch über den Inhalt des Interviews ließ er sich nicht aus. Als Dr. Bruchner ihm die Münchner Nummer gab, sagte Carter etwas auf englisch – »taking the finger out« –, was Dr. Bruchner nicht so recht verstehen konnte, und teilte ihm dann mit, er hätte den ganzen Vormittag über schon versucht, ihn dort anzurufen, habe jedoch keine Verbindung bekommen können. Dr. Bruchner wollte ihm gerade den Rat geben, es mit einem Telegramm zu versuchen, als Carter unvermittelt aufhängte.

Fünf Stunden später versuchte auch Dr. Bruchner, Bloch zu erreichen.

Das war nach seiner Besprechung mit Herrn Dr. Schwob.

Das Basler Bankhaus Schwob gehörte zu den angesehensten der Stadt, und Dr. Julius Schwob, Privatbankier in dritter Generation, verfügte über ein beträchtliches Vermögen. Eine kurzfristige Einladung zu einem Treffen mußte selbst einem Rechtsanwalt vom Rang und von der Erfahrung eines Dr. Bruchner schmeicheln. Er sagte alle Termine für den Nachmittag ab, um dem Bankier zur Verfügung zu stehen.

Das Gespräch fand in Schwobs überraschend armselig eingerichtetem Büro statt; außer dem Anwalt und dem Bankier nahm noch ein Prokurist des Hauses daran teil.

Der Prokurist machte sich Notizen; den größten Teil der Verhandlung bestritt Dr. Schwob.

»Wir haben einen Kunden«, begann er, »der sich für eine Ihrer ausländischen Gesellschaften interessiert.«

Dr. Bruchner war Geschäftsführer mehrerer solcher Firmen; da er nicht wußte, um welche von ihnen es ging, nickte er höflich und schwieg.

»Intercom Publishing Enterprises AG«, fuhr Dr. Schwob fort.

Dem Anwalt gelang es nicht, ein überraschtes Räuspern zu unterdrücken.

Dr. Schwob interpretierte dieses Geräusch als Ausdruck der Verärgerung. Sein geringschätziges Achselzucken machte deutlich, daß das Bankhaus Schwob sich mit den Wünschen seines Kunden nicht identifizieren mochte und darüber auch kein Urteil abgeben wollte. »Eine unbedeutendere Angelegenheit, nehme ich an«, fuhr er fort, »und ich glaube nicht, daß Sie viel von Ihrer kostbaren Zeit dafür opfern wollen. Trotzdem habe ich das Gefühl, daß es für unseren Kunden von größter Wichtigkeit ist. Könnten wir erfahren, wer gegenwärtig im Besitz der Aktienmehrheit ist, über die der verstorbene General Novak verfügte?«

»Natürlich. Anfang November wurden die Aktien Novaks von Herrn Arnold Bloch aus München übernommen.«

»Und sie sind noch in seinem Besitz?«

»Ja.«

»Sie handeln im Auftrag Herrn Blochs?«

»Ich bin zwar nicht sein persönlicher Anwalt, aber

was diese Firma betrifft, handele ich in seinem Auftrag und auf seine Rechnung.«

»Dann sind Sie also in der Lage, ihm ein Kaufangebot weiterzuleiten?«

»Das kann ich, ja. Soweit ich aber unterrichtet bin, hat Herr Bloch gewisse französische und westdeutsche Partner.«

»Ist Bloch Industrieller?«

»Nein. Er ist Public-Relations-Berater für Industriefirmen.«

»Trotzdem glaube ich, daß weder er noch seine Partner etwas dagegen einzuwenden haben, einen Gewinn zu erzielen, wenn ihnen hierzu die Möglichkeit geboten wird.«

Dr. Bruchner dachte einen Augenblick lang nach, ehe er antwortete. Die Gründe, die Bloch ihm für den Kauf von *Intercom* angegeben hatte, waren einleuchtend und überzeugend gewesen. Bloch wollte das Nachrichtenblatt als Plattform benutzen, die Erzeugnisse und Dienstleistungen seiner Partner jenen Regierungsstellen bekanntzumachen, die auf die Auftragsvergabe einwirken konnten, und schließlich hatte er ja auch einen recht hohen Preis für die Mehrheit bezahlt. Aller Voraussicht nach hatte er weiterhin vor, *Intercom* in dieser Richtung einzusetzen. Auch war es durchaus möglich – Dr. Bruchner wußte noch nichts über das SESAM-Memorandum Blochs an Carter oder über die bereits veröffentlichten Bulletins –, daß solche Werbeaktionen bereits angelaufen waren. In einem solchen Falle wäre es ihm unwahrscheinlich erschienen, daß Bloch für magere zehntausend Dollar Profit verkaufen würde.

»Ich bin bereit, jedes Kaufangebot weiterzuleiten«, sagte er, »aber ich will Sie schon jetzt darauf hinweisen, daß Bloch und seine Partner *Intercom* nicht übernommen haben, um damit direkte Gewinne zu erzielen. Sie wollten vielmehr einen etablierten und eingeführten Pressedienst weiterführen und selbst kontrollieren, mit dessen Hilfe sie indirekt ihre eigenen Interessen fördern können. Natürlich besteht die Möglichkeit, daß sie sich zu einem Verkauf entschließen könnten, aber dazu bedürfte es meiner Meinung nach eines äußerst verlockenden Angebots.«

Dr. Schwob schielte auf seine Nasenspitze. »Sie haben zehntausend amerikanische Dollar bezahlt«, sagte er. »Halten Sie ein Angebot in Höhe von fünfzigtausend für interessant genug?«

»Fünfzigtausend Franken?«

»Fünfzigtausend amerikanische Dollar.«

Dr. Bruchner bemühte sich, einen klaren Kopf zu behalten. Er gab sich wirklich die größte Mühe, daß sein Mund nicht vor Erstaunen offenstand oder daß sich seine Lippen zu einem fröhlichen Grinsen verzogen.

»Das halte ich für interessant genug, ja«, antwortete er. »Wünschen Sie, daß ich Herrn Bloch dieses Angebot unterbreite?«

»Ja.«

»Darf ich darum bitten, daß Sie es mir schriftlich geben?«

»Aber natürlich.« Dr. Schwob warf dem Prokuristen einen Blick zu, worauf dieser aus einem Aktendeckel ein Dokument hervorholte. »Ich muß Sie allerdings darauf hinweisen, daß das Angebot auf zwei Tage befristet ist: bis Bankenschluß Freitag. Wenn bis zu diesem Zeitpunkt keine Zusage vorliegt, gilt es als abgelehnt.«

Dr. Bruchner dachte rasch nach, ehe er antwortete. »Ich glaube nicht, daß ich bis dahin eine Antwort erhalten kann. Wie ich Ihnen schon sagte, ist Herr Bloch nicht der einzige, der darüber zu entscheiden hat.«

»Er ist der Besitzer der Aktien. Wenn er seine Partner konsultieren will, mag er sie anrufen. Wir wollen nicht, daß das Angebot unseres Kunden dazu benutzt wird, andere Bieter hinaufzutreiben.«

Dr. Bruchner war drauf und dran zu sagen, daß dies nicht möglich sei, wenn es nur einen einzigen Bieter gab. Aber dann ließ er es doch sein. Wenn Dr. Schwob wirklich glaubte, daß noch andere bereit seien, für *Intercom* Phantasiepreise zu zahlen, war jetzt nicht der rechte Augenblick, ihn eines Besseren zu belehren. Bruchner hätte nur gar zu gern gewußt, wer dieser großzügige Klient Schwobs eigentlich sei. Und sicher würde auch Bloch sich dafür interessieren. Aber das war nun leider wirklich nicht möglich; denn erstens wäre es nicht nur indiskret, sondern auch – da er gewiß ohne Antwort bleiben würde – nutzlos.

»Ich werde alles versuchen, Herrn Bloch noch heute zu erreichen«, antwortete er deshalb. »Und auf alle Fälle werde ich Ihnen Freitag Bescheid geben.«

Er fuhr in sein Büro zurück und versuchte, Herrn Bloch zu informieren.

Die Münchner Nummer blieb tot. Das überraschte Dr. Bruchner freilich nicht, da Carter ihm am Vormittag über ähnliche Schwierigkeiten berichtet hatte. Er entwarf ein Telegramm, in dem er das Angebot erläuterte, auf den Freitag-Termin hinwies und um sofortige Antwort bat. Er ließ es an die Münchner Adresse Blochs abschicken; erst später fiel ihm ein, daß er auch die Münchner Bank unterrichten sollte, von der ihm seinerzeit der Betrag für die Aktien überwiesen worden war.

Der Donnerstagmorgen verstrich, und Bloch hatte immer noch nicht reagiert. Bruchners Sekretärin versuchte immer wieder, in München anzurufen, aber auch das war ohne Erfolg. Sie telefonierte mit der Münchner Bank. Dort sagte man ihr, man könne über Kunden keinerlei Auskünfte geben; es sei jedoch möglich, gegebenenfalls eine Nachricht weiterzuleiten.

Am Freitagmorgen machte sich Dr. Bruchner ernsthafte Sorgen. Er hatte Dr. Schwob versprochen, ihm noch vor Bankenschluß eine Antwort zukommen zu lassen, und nun sah es ganz danach aus, daß er ihm nichts anderes würde sagen können, als daß es ihm unmöglich gewesen sei, seinen Klienten zu erreichen. Natürlich konnte er um eine Fristverlängerung bitten, und vielleicht würde man sich sogar einverstanden erklären, aber es lag ihm nicht, mit Männern vom Kaliber eines Dr. Schwob seine Geschäfte auf eine solche Weise abzuwickeln.

Noch einmal wies er seine Sekretärin an, stündlich in München anzurufen.

Um zehn Uhr war die Verbindung mit München hergestellt. Sekunden später rief die Sekretärin bei Dr. Bruchner an.

»Das Gespräch nach München«, sagte sie atemlos. »Die Polizei will Sie sprechen.«

»Wer?«

»Die Münchner Polizei, Herr Doktor.«

»Stellen Sie durch.«

Der Mann in München stellte sich selbst als Kriminalinspektor vor.

»Sie sind Herrn Blochs Anwalt?« fragte er.

»Ich vertrete ihn hier in Basel. Warum? Was ist passiert?«

»Das versuchen wir gerade herauszubekommen, Herr Doktor. Eine Putzfrau meldete heute morgen dem Hausmeister, daß während der Nacht in Herrn Blochs Büro eingebrochen worden sei. Und der Hausmeister hat uns alarmiert. Ich bin jetzt am Tatort. Kennen Sie das Büro?«

»Nein.«

»Es ist nicht sehr groß; ein Vorzimmer und ein zweiter Raum. Aktenschrank und Schreibtisch scheinen durchsucht worden zu sein. Herr Bloch ist im Augenblick nicht in München, und der Hausmeister weiß nicht, wo er sich aufhält. Ob etwas gestohlen wurde oder nicht, können wir erst dann sagen, wenn Herr Bloch oder einer seiner Mitarbeiter eine Bestandsaufnahme gemacht hat. Wissen Sie, wie wir Herrn Bloch erreichen können?«

»Ich dachte, er sei in München. Darum rief ich ja in seinem Büro an. Seine Bank ist im Besitz seiner Anschrift. In einem solchen Notfall wird sie sie wohl an die Polizei weitergeben.« Er nannte ihm den Namen der Bank und gab ihm seine eigene Telefonnummer. »Wenn Sie Herrn Bloch heute noch sprechen, bitten Sie ihn doch, sofort bei mir anzurufen.«

Der Kriminalpolizist sagte, er wolle es tun.

Als Dr. Bruchner am Nachmittag gegen drei Uhr überlegte, in welche Worte er wohl seine Bitte um eine Fristverlängerung an Schwob kleiden sollte, kam Arnold Blochs Telegramm.

ANGEBOT BANKHAUS SCHWOB ZURUECKWEISEN, DA ABSOLUT UNINTERESSANT. TEILEN SIE MIT, DASS MINDESTGEBOT VON 500 000 USDOLLAR FUER AUFNAHME VON VERHANDLUNGEN ERWARTET WIRD. KONKURRENZANGEBOTE WERDEN DIESE SUMME BETRAECHTLICH ERHOEHEN. NACHRICHT UEBER WEITERE ENTWICKLUNG TELEGRAFISCH AN POSTE RESTANTE 1065, BRUESSEL, KOPIE NACH MUENCHEN.

BLOCH

Das Telegramm war in Stuttgart aufgegeben worden.

Dr. Bruchner las es zweimal, kam zu dem Schluß, Bloch müsse übergeschnappt sein, und nahm sich vor, die meisten seiner Anweisungen zu ignorieren.

Als er Dr. Schwob anrief, teilte er ihm lediglich mit, Bloch habe das Angebot zurückgewiesen.

»Sie wollen damit also sagen, daß er unter keinen Umständen zu einem Verkauf bereit ist?« wollte Dr. Schwob wissen.

»Nein, das hat er nicht mitgeteilt. Er meint nur, Ihr Angebot sei uninteressant.«

»Hat er nicht angedeutet, was er für angemessener hält?«

Dr. Bruchner brach der Schweiß aus allen Poren. Er hatte keine Lust, die astronomisch hohe Summe zu nennen, die Bloch gefordert hatte, da er fürchtete, in den Ruf der Leichtfertigkeit und Unverantwortlichkeit zu geraten. Das Ansehen des Advokaturbureaus stand auf dem Spiel. Andererseits wollte er Dr. Schwob auch nicht belügen. Wenn der Kunde des Bankiers bereit war, fünfzigtausend Dollar für Aktien im Nominalwert von zehntausend Dollar zu zahlen, war ihm offensichtlich sehr daran gelegen, in ihren Besitz zu kommen. Und es war anzunehmen, daß solch ein Mann, wenn man seine Pläne durchkreuzte, sich direkt an Arnold Bloch wenden könnte. Dann würden alle Parteien erfahren, daß Bruchner sich nicht nur nicht an die schriftlichen Instruktionen seines Klienten gehalten, sondern sie auch nach Gutdünken interpretiert hatte. Damit hätte er sich als Anwalt selbst disqualifiziert. Er versuchte, einer Antwort auszuweichen.

»Herr Bloch ist der Ansicht, daß das gegenwärtige Angebot nicht einmal als Grundlage ernsthafter Verhandlungen angesehen werden kann«, sagte er. »Das soll natürlich nicht bedeuten, ich wiederhole es, daß er unter keinen Umständen verkaufen will. Nur habe ich den Eindruck, daß er sich dazu nur zu einer Summe bereitfinden wird, die Ihr Kunde nicht akzeptieren wird.« Ihm war daran gelegen, so rasch wie möglich aus der Gefahrenzone zu kommen. »Wie ich Ihnen schon bei unserem ersten Gespräch andeutete, hat *Intercom* einen indirekten geschäftlichen Wert – indirekt und jedenfalls auf andere Weise zu berechnen als durch simple Addition der Aktiva. Und ganz bestimmt sehr viel höher.«

Seine letzten Worte wurden begleitet von einem ungeduldigen Schnauben am anderen Ende der Leitung. Schließlich unterbrach Schwob ihn: »Es ist doch klar, daß mein Kunde diesen indirekten Wert, wie Sie ihn nennen, im Auge hatte, als er uns beauftragte, Ihnen sein Angebot zu unterbreiten. Die Zahlen sollten für sich sprechen.«

Dr. Bruchner fühlte sich etwas wohler. Wenn der Bankier und sein Klient erkannt hatten, daß das, wofür sie ein solch außergewöhnliches Angebot machten, kein schwachbrüstiges kleines Presseunternehmen war, sondern eine ganz bestimmte Eigenschaft eben dieses Unternehmens, die so schwer einzuschätzen und zu bewerten ist wie etwa das Know-how einer Firma, dann wurde die ganze Unterhaltung mit einemmal weniger unrealistisch. Das Kaufangebot, so überlegte Dr. Bruchner, mußte von Arnold Blochs Konkurrenten kommen.

Aber seine Erleichterung hielt nicht lange an. Er hatte gerade begonnen, die Schwierigkeit zu erläutern, bei solchen Objekten zu einem gerechten Preis zu kommen, als ihn Dr. Schwob wieder unterbrach.

»Wieviel?« fragte er.

Dr. Bruchner war wieder in der Klemme.

»Wieviel?« wiederholte Dr. Schwob scharf.

Dr. Bruchner versuchte, das Unvermeidbare hinauszuzögern. Aber es half nichts.

»Eine halbe Million«, antwortete er.

Schwob war unbarmherzig. »Franken?«

Es half nichts, ihm ausweichen zu wollen. Dr. Bruchner holte tief Luft. »Nein. Amerikanische Dollar.« Er wartete darauf, daß der Himmel einstürzte.

Zu seiner größten Verwunderung tat er es nicht. Zwei Sekunden lang blieb Dr. Schwob stumm, bis er ihn bat: »Einen Augenblick, bitte.«

Diesmal schwieg der Bankier etwas länger. Wahrscheinlich rechnete er etwas zusammen. Dann – endlich – fragte er:

»Sie irren sich gewiß nicht? Besteht nicht die Möglichkeit eines Mißverständnisses?«

»Nein. Ich habe schriftliche Anweisungen von Herrn Bloch erhalten.«

»Aha.«

Bruchner, der wieder Mut geschöpft hatte, nannte ihm auch die weiteren Punkte: »Ich soll Ihnen außerdem noch sagen, daß die halbe Million als unterste Grenze anzusehn ist. Wenn Ihr Kunde nicht sofort zusagt und unterdessen höhere Angebote einlaufen, wird Herr Bloch sich an diesen Betrag nicht gebunden fühlen. Jedenfalls ist dies kein exklusives Angebot zu einem Fixpreis.«

»Ich habe verstanden.« Dr. Schwobs Stimme klang gelassen und geschäftsmäßig. »Ich werde natürlich meinen Kunden konsultieren. Sollte er sich dazu entschließen, in dieser Angelegenheit weitere Schritte zu unternehmen, werden wir Sie unterrichten.«

»Danke.« Bruchner hatte sich wieder einigermaßen erholt. »Wollen Sie mir den Inhalt dieses Gesprächs schriftlich bestätigen?«

»Ich glaube nicht, daß das notwendig ist.« Der Bankier legte eine Pause ein, als wolle er dadurch andeuten, daß für ihn das Gespräch beendet sei. Aber dann fuhr er fort: »Ihr Klient spielt mit hohem Einsatz.«

»Ja, er scheint zu wissen, was er will.«

»Und ist überaus vorsichtig.«

Da Dr. Bruchner eigentlich der Meinung war, sein Klient sei von Sinnen, wußte er nicht so recht, was er antworten sollte.

»Ich hoffe, er ist es«, sagte er vorsichtig.

Dr. Schwob gab sich mit einemmal jovial. »Das hoffe ich auch, sehr sogar. Auf Wiederhören, Herr Dr. Bruchner.«

»Auf Wiederhören, Herr Dr. Schwob.«

Bruchner legte den Hörer auf, wischte sich mit seinem Taschentuch über die Stirn und rief seine Sekretärin, um ihr ein Telegramm an Herrn Bloch zu diktieren.

BANKHAUS SCHWOB PRUEFT BEDINGUNGEN. HALTE SIE UEBER MOEGLICHE ENTWICKLUNGEN AUF DEM LAUFENDEN. BEDAUERLICHE MITTEILUNG DER MUENCHNER POLIZEI UEBER EINBRUCH IN IHR BUERO VERGANGENE NACHT. TAETER UNBEKANNT. POLIZEI BITTET SIE ODER BEVOLLMAECHTIGTEN ZUR SCHADENSFESTSTELLUNG BUERO AUFZUSUCHEN.

BRUCHNER

Als nächstes dachte er an Theodore Carters Anruf vom Mittwoch und überlegte, ob er ihm nicht Blochs Postlageradresse mitteilen sollte. Aber dann entschloß er sich doch, es nicht zu tun. Zwei Tage waren vergangen, ohne daß er etwas von ihm gehört hatte; daraus war zu schließen, daß er Bloch jetzt nicht mehr so dringend sprechen mußte. Er wußte, daß dies reines Wunschdenken war, doch hatte er keine Lust, sich ausgerechnet jetzt, da *Intercom* ihm ohnehin Sorgen genug bereitete, auch noch mit Carters Schwierigkeiten abzuplagen. Carter konnte warten.

Statt dessen ließ er sich den Ordner mit den letzten *Intercom*-Ausgaben bringen.

Normalerweise machte Dr. Bruchner sich nicht die

Mühe, *Intercom* zu lesen. Seine Sekretärin heftete sie Woche um Woche in einen Aktenordner, sobald sie angekommen waren, und bewahrte sie in einem Regal ihres Arbeitszimmers auf. Früher hatte Dr. Bruchner hin und wieder einen Blick hineingeworfen – meistens dann, wenn er sich für ein Treffen mit dem General vorbereiten wollte –, aber in der letzten Zeit hatte es dafür keinen Grund gegeben. Wie er schon Goodman gesagt hatte: Was in *Intercom* gedruckt wurde, ging ihn nichts an. Seine Aufgabe war es, die geschäftlichen Angelegenheiten abzuwickeln; alles andere lag in Theodore Carters Händen.

Nun allerdings war alles anders. Dr. Schwobs gelassene Reaktion auf Blochs Gegenforderung hatte den Anwalt neugierig gemacht. Und jetzt überlegte er auch, welchen Einfluß es auf seine Stellung haben würde, wenn die Aktienmehrheit für eine solch hohe Summe den Besitzer wechselte. Er hatte vorsichtig auf den indirekten Wert des Unternehmens angespielt, doch warum war niemandem schon vorher eingefallen, daran zu denken? Als der General noch am Leben war, hatte sich niemand nach den *Intercom*-Aktien erkundigt, und ein Kaufangebot zu machen war erst recht niemandem in den Sinn gekommen. In den drei Monaten nach dem Tod des Generals hatten sich zwei Parteien für das Paket interessiert; zuerst Bloch – der weit mehr dafür gezahlt hatte, als sie wert zu sein schienen – und nun dieser Kunde des Bankhauses Schwob. Was war mit *Intercom* geschehen? Warum bemühte man sich mit einemmal, es in seinen Besitz zu bekommen?

Er begann zu lesen.

Dr. Bruchner ist nicht nur Jurist. Als gesunder Schweizer, der das sechzigste Lebensjahr noch nicht vollendet hat, ist er auch Soldat. Ein Reservemajor, dessen Wehrübung in diesem Jahr auch aus einem Lehrgang für Stabsoffiziere bestanden hatte.

Es fiel ihm nicht schwer, die SESAM-Bulletins als Beiträge Blochs zu erkennen. Es lag auf der Hand, daß sie nicht von Carter verfaßt waren. Aber seine Befriedigung darüber, daß er im englischen Text die stilistischen Unterschiede entdeckt hatte, hielt nicht lange an. Wenn er auch nicht ausreichend genug informiert war, um zu sehen, daß diese Bulletins durch Lücken im Geheimhaltungsnetz der NATO und des Warschauer Pakts geschlüpft sein mußten, wußte er doch genug, daß sie ihn einigermaßen beunruhigten. Und als er nun versuchte, einen Zusammenhang zwischen ihnen und seinem letzten Gespräch mit Dr. Schwob zu entdecken, kamen ihm ernsthafte Sorgen. Er hatte das Gefühl, daß mit *Intercom* etwas vor sich ging, das er besser nicht wußte.

Wäre es nicht vielleicht am vernünftigsten, der Sache nicht weiter auf den Grund zu gehen? Sollte er die Dinge nicht besser sich selbst überlassen? Denn schließlich handelte er in dem guten Glauben daran, daß alles korrekt zuging, und sicherlich war es bei Dr. Schwob nicht anders. Denn tatsächlich waren sie doch nichts anderes als Mittler zwischen einem potentiellen Verkäufer einerseits und dem potentiellen Käufer andererseits. Die Motive dieser beiden Parteien gingen sie nichts an.

Dennoch hätte Dr. Bruchner sein Büro am Abend gern mit gutem Gewissen verlassen, und um das zu erreichen, entschloß er sich, Theodore Carter nun doch anzurufen, um ihm Blochs Brüsseler Postlageradresse mitzuteilen.

Es gelang ihm nicht, eine Verbindung mit dem *Intercom*-Büro herzustellen – es war schon nach sechs Uhr –; darum versuchte er es über Carters Privatnummer. Aber auch dies brachte keinen Erfolg. Ihm blieb also nichts anderes übrig, als Carter ein Telegramm mit Blochs Anschrift zu schicken.

Er war sicher, unter den gegenwärtigen Umständen alles getan zu haben, was dem Chefredakteur helfen konnte.

KAPITEL 6

THEODORE CARTER

Tonbanddiktat

Der Grund dafür, daß Dr. Bruchner mich an jenem Freitagabend nicht erreichen konnte, lag darin, daß ich just zu dieser Zeit entführt wurde.

Wenn Sie dies im Auge behalten, sehr geehrter Mr. L., werden Sie gewiß nicht allzu enttäuscht sein, daß Ihr fesselnder Bericht über die Verkaufsverhandlungen unseres heldenmütigen Freundes Bruchner mit dem mächtigen, bösen Bankhaus Schwob mich nicht gerade zu Tränen rührte. Hätte dieser engstirnige Idiot auch nur eine Spur gesunden Menschenverstands besessen – von dem Gefühl dafür, was sich gehört, ganz abgesehen –, hätte er mir zu diesem Zeitpunkt etwas über das verrückt hohe Kaufangebot gesagt, ich hätte ihm schon erzählt, was bei mir los war. Gemeinsam wäre es uns bestimmt gelungen, auf den eigentlichen Sinn dieser Vorgänge zu kommen, und gewiß hätten wir dem ganzen Unfug ein Ende machen können, bevor der Schaden angerichtet war. Aber nein.

»Carter wirkte äußerst erregt; Bruchner fiel es zeitweise schwer, überhaupt zu verstehen, was er sagte.«

Das stimmt in zweierlei Hinsicht nicht, Mr. L. Ich sagte ein paar Sätze in einem ziemlich hemdsärmligen Englisch, das er nicht verstand. Und ich war nicht im mindesten erregt, sondern es war seine Begriffsstutzigkeit, die mich fast verrückt werden ließ. Als ich ihn am Mittwochmorgen anrief, hatte ich gerade ein neues Memorandum von diesem verdammten Herrn Bloch bekommen; aber nicht nur das, sondern außerdem ein weiteres SESAM-Bulletin. Ich machte mir die allergrößten Sorgen. Sie können mir glauben, daß es Ihnen bestimmt nicht anders gegangen wäre, hätten Sie an meiner Stelle gestanden.

Man hat mir in meinem Leben schon viel angehängt, aber daß ich ein Einfaltspinsel sei, hat noch niemand behauptet. Ich gebe zu, daß ich mich am Anfang über diese Bulletins lustig machte und sie nicht weiter ernst nahm, ich verharmloste sie dadurch, daß ich sie mit Blochs angeblichen Zielen erklärte, aber das dauerte nicht sehr lange. Wer längere Zeit glauben konnte, daß die SESAM-Bulletins nichts anderes seien als harmlose kleine Tricks, durch die man die Leute im Pentagon und anderswo auf sich aufmerksam machen wollte, muß ganz einfach schwachsinnig gewesen sein. Und nach jener Schmierenkomödie – Regisseur: CIA, Darsteller: Goodman und Rich – konnte ich nicht einmal mehr so tun, als ob ich daran glaubte.

Was aber sollte ich annehmen?

Sie haben es leicht, Mr. L. Sie wissen, worum es ging. Und Valerie hatte es auch leicht, so klug wie sie ist.

A propos: Bevor sie sich mit diesem Psychiater einließ, hätte sie nie auf eine so kaltblütige, pseudoanalytische Art über mich gesprochen. Nie. Sie ist nicht mehr die, die sie einmal war.

Was also sollte ich glauben?

Sie werden jetzt lachen, Mr. L. Sie werden wirklich lachen müssen.

Mir kam allmählich der häßliche Verdacht, daß Herrn Blochs Geschäft nicht darin bestand, Waffen zu verhökern, sondern Geheimnisse. Muß man darüber nicht lachen? Ich hatte das unangenehme Gefühl, daß man *Intercom* als Schaufenster benutzte. Warum auch nicht? Kalkulierte Indiskretion. »Sie suchen Qualitätsgeheimnisse? Bitte schön, wir haben sie. Hier ist eine Auswahl aus unserem Angebot, das Ihnen Aufschluß über die Güte der Waren gibt. Postkarte genügt, und Sie erhalten unseren Gratiskatalog. Oder rufen Sie an: bei Arnold Bloch & Co.« Am Rande der Nachrichtendienste stehen genügend Herde, auf denen man seinen Braten brutzeln kann. Und vielleicht ist die Einführung moderner Marketing-Methoden in das zweitälteste Gewerbe der Welt schon längst überfällig.

Denn wie hätte ich ahnen können, daß sie nichts anderes verschachern wollten als Schweigen?

Aber lassen wir das Gerede. Lassen wir beiseite, was ich dachte oder nicht dachte. Halten wir uns an die Fakten.

An jenem Abend, als Goodman und Rich mir ihren Besuch abgestattet hatten und ich durch Valerie auch über den Genossen Skriabin informiert war, entschloß ich mich, mir am nächsten Morgen zuerst einmal Arnold Bloch vorzuknöpfen, um ihn zu fragen, in welches Spiel er sich eigentlich eingelassen hatte. Außerdem nahm ich mir vor, keinen einzigen dieser ärgerlichen Artikel zu drucken, ehe es ihm gelungen war, mir klarzumachen, daß mein Verdacht unbegründet sei und es gute Gründe gebe, seine Bulletins zu veröffentlichen.

Doch als ich am nächsten Morgen ins Büro kam, erreichte mich Blochs zweites Memorandum.

AN: *Theodore Carter, Genève*
VON: *Arnold Bloch, München*
BETRIFFT: *Geheimhaltung*

Vertraulich!

Ich freue mich, Ihnen mitteilen zu können, daß die Veröffentlichung der SESAM-Bulletins in den vergangenen Wochen sich auf jene Märkte, die meine Geschäftsfreunde in erster Linie interessieren, höchst zufriedenstellend ausgewirkt hat. Zu Ihrer persönlichen Unterrichtung kann ich feststellen, daß diese Bulletins wesentlich mit dazu beitrugen, daß unseren französischen Freunden Möglichkeiten eröffnet wurden, die ihnen zuvor versperrt waren. Die Aussichten auf die Zukunft scheinen erfolgversprechend. Es ist unnötig zu unterstreichen, daß Ihre Mitarbeit und Ihre strikte Einhaltung meiner Instruktionen in hervorragendem Maß bewirkt haben, daß die gegenwärtige günstige Situation erreicht wurde. Sie dürfen versichert sein, daß wir dies zu würdigen wissen.

Wie zu erwarten war, haben jedoch die Konkurrenten meiner Partner nichts unversucht gelassen, diesen neuen Weg der Werbung in Mißkredit zu bringen. Aus verläßlichen Quellen wurden wir darüber unterrichtet, daß man verschiedene westliche Regierungsbehörden – unter ihnen auch den Bundesnachrichtendienst, wie man uns wissen ließ – veranlassen wollte, eine weitere Publikation technischer Informationen zu unterbinden. Als Begründung dafür wurde angege-

ben, daß wir Repressalien sowjetischer Dienststellen provozieren könnten, wenn wir die Sicherheitskontrollen des Warschauer Pakts so offensichtlich umgehen.

Sie werden gewiß mühelos einsehen, daß es der traditionell antikommunistischen, antisowjetischen Einstellung von Intercom *widersprechen würde, sollten wir uns solchem Druck beugen. Sollte man sich mit derartigen Wünschen an Sie als den Chefredakteur des Blattes wenden, werden Sie sie mit dem genannten Argument strikt zurückweisen. Sie sollten darüber hinaus darauf hinweisen, daß Sie hinsichtlich der politischen Linie keine Entscheidungsbefugnis haben, da diese durch die Mehrheitsbesitzer der Intercom Publishing Enterprises AG wahrgenommen wird. Wenn man Sie unter Druck setzt, bitte ich Sie, mir sofort die Person oder die Personen zu nennen, die an Sie herangetreten sind. Ich brauche Sie wohl nicht darauf hinzuweisen, daß jegliche Einflußnahme durch irgendeine ausländische Behörde auf ein Schweizer Geschäftsunternehmen von den dortigen Sicherheitsbehörden nicht geduldet werden kann. Es könnte jedoch notwendig werden, andere an diesen Tatbestand zu erinnern, wenn sich die Notwendigkeit dazu ergibt.*

Ich bitte Sie, mich über jeden Einmischungsversuch sofort telegrafisch zu unterrichten, damit Schritte unternommen werden, die eine Wiederholung verhindern. Der entsprechende Nachrichtendienst soll dabei einfach durch seine Nationalität kenntlich gemacht (z. B.

Deutsche, Amerikaner, Engländer usw.) und die Art seines Vorgehens diskret beschrieben werden.

Wie wichtig es ist, daß wir unsere Unabhängigkeit bewahren und uns niemand das Recht auf eine völlig freie Unterrichtung unserer Leser über technische und wissenschaftliche Themen auch nur im geringsten streitig machen darf, kann nicht energisch genug unterstrichen werden. Wir dürfen jetzt nicht schwach werden, keine Bereitschaft zu Kompromissen zeigen und uns nicht einschüchtern lassen. Wenn wir stark bleiben, werden wir niemanden fürchten müssen, und sowohl unsere Konkurrenten wie auch deren dubiose Verbündete werden nicht umhin können, sich mit dieser Tatsache abzufinden.

Beiliegend finden Sie das SESAM-Bulletin Nummer sechs, das in die dieswöchige Ausgabe aufgenommen werden soll. In wenigen Tagen wird Sie das Bulletin Nummer sieben erreichen, das sich ausführlich mit der Beschaffungspolitik der NATO beschäftigt und aller Wahrscheinlichkeit nach breites Interesse finden und heftige Diskussionen auslösen wird.

Bloch

Als ich dieses Memorandum zu Ende gelesen hatte, war ich nun wirklich verwirrt. Ich reagierte nicht viel anders als Dr. Bruchner, als er jenes Telegramm erhielt, in dem Bloch den Mindestpreis für die Intercom-Aktien angegeben hatte: Ich begann darüber nachzudenken, ob Arnold Bloch und seine Partner noch bei Verstand sein konnten.

Dann wandte ich mich dem SESAM-Bulletin Nummer sechs zu. Die Überschrift lautete: ›Erfolgreicher Einsatz von Electrets in einem neuartigen Torpedo-Leitsystem.‹

Alles, was ich diesem Bulletin entnehmen konnte, war, daß der *Royal Naval Scientific Service*, eine Unterabteilung des englischen Verteidigungsministeriums, ein Torpedo entwickelt hatte, dessen Steuerung von einem Computer übernommen wurde, für den man keramische Electrets verwendet hatte. Die technischen Erläuterungen füllten mehr als eine Seite.

Ich wußte nicht, was ein Electret überhaupt ist. Da es der *Royal Navy* immerhin bekannt war, vermutete ich, es in der dreizehnbändigen Ausgabe des *Oxford Dictionary* finden zu können. Aber dort stand nichts darüber. Schließlich entdeckte ich es im großen *Webster*. Ein Electret sei, so erfuhr ich dort, »ein dielektrischer Körper mit permanenter elektrischer Polarisation«. Wenn Sie, Mr. Latimer, damit etwas anfangen können, darf ich Ihnen gratulieren.

Ich konnte aus alldem nur schließen, daß Bloch of fenbar noch immer davon überzeugt war, daß den Interessen seiner Partner dadurch am besten gedient war, daß er militärische Geheimnisse publik machte – und daß es ihn überhaupt nicht kümmerte, wessen Geheimnisse es waren. Die NATO bekam dabei ebenso ihr Fett ab wie der Warschauer Pakt auf der Gegenseite. Wie man sich auf diese Weise der Freundschaft hochgestellter Persönlichkeiten versichern konnte –

wenn diese nicht in Rotchina oder in der Organisation für Afrikanische Einheit saßen –, war mir schleierhaft. Wenn Arnold Bloch nicht verrückt war, so mußte er etwas wissen, was mir noch unbekannt war.

Ich wandte mich noch einmal dem Memorandum zu, doch beim Lesen verwirrte es mich immer mehr. Und ich begann mich darüber zu ärgern. Vor allem über die Durchhalteparolen.

Ich weiß, Mr. L., daß Sie annehmen, mit ihnen sollte ich dahin gebracht werden, gegen alles bessere Wissen etwas zu unternehmen. Ich bin anderer Ansicht. Vergessen Sie nicht, daß ich diesem ›Oberst Jost‹ begegnet bin, und jene Art von Gerissenheit, über die er Ihrer Meinung nach verfügt, konnte ich bei ihm nicht entdecken. Was mich am meisten ärgerte, war diese unverschämte Aufdringlichkeit. »Wir dürfen jetzt nicht schwach werden, keine Bereitschaft zu Kompromissen zeigen und uns nicht einschüchtern lassen.« Dieser pathetische Knilch! Sie dürfen nicht vergessen, daß es für mich dieser Arnold Bloch war, der hier sprach, und gerade das machte das ganze für mich so widerlich. Ich war vielleicht nicht immer ein Kreuzritter für die Wahrheit, aber ich hatte keine Lust, mir von einem verdammten PR-Mann Vorträge über die Pressefreiheit halten zu lassen, über die Verpflichtung des Journalisten, sich in seiner Arbeit nicht durch Dritte beeinflussen zu lassen.

Vor allem über eines änderte ich meine Entscheidung während der neuerlichen Lektüre des Memorandums nicht: ich wurde eher noch fester entschlossen, Bloch persönlich zu treffen oder zumindest mit ihm telefonisch Kontakt aufzunehmen. Denn noch immer waren Fragen offengeblieben, die dringend einer Antwort bedurften. Und ich wollte auch wissen, wie er darauf reagieren würde, daß es die CIA war und nicht der deutsche Bundesnachrichtendienst (BND), die hinter uns her war, und daß zumindest ich allmählich zu erkennen begann, worauf sie hinauswollten.

Ich versuchte also, ihn in München anzurufen.

Und als ich ihn dort nicht erreichen konnte, entwarf ich den Text eines Telegramms:

MEMORANDUM HEUTE ERHALTEN. GESTERN FRAGTEN AMERIKANER NACH QUELLE VON SESAM, DA BULLETINS AMERIKANISCHEN INTERESSEN ZUWIDERLIEFEN. IHR AUFTRETEN AUFDRINGLICH. MEINE WEIGERUNG, QUELLEN PREISZUGEBEN, OFFENSIV. WENN ICH NATUERLICH AUCH WEITERHIN DIESEM UND AEHNLICHEM DRUCK NICHT NACHGEBE, BEKUEMMERN MICH DOCH VERSCHIEDENE ASPEKTE DER SESAM-KAMPAGNE, UNTER ANDEREM AUSWIRKUNGEN AUF GROSSTEIL DER LESER BEI ABONNEMENTSVERLAENGERUNG. ERACHTE GESPRAECH MIT IHNEN UEBER ZUKUENFTIGE REDAKTIONSPOLITIK NOCH IN DIESER WOCHE NOTWENDIG. BITTE UM ANGABE VON ZEITPUNKT UND ORT.

CARTER

Höflich, aber entschlossen, dachte ich. Hatte ich doch klargemacht, daß a) seine gutgemeinten Ermahnungen nicht nur zu spät kamen, sondern auch überflüssig waren, und daß ich b) nicht bereit war, in aller Zukunft seinen Anordnungen zu entsprechen, ohne viel zu fragen, wie es bis jetzt der Fall gewesen war.

Nachdem ich Nicole den Telegrammtext gegeben hatte, damit sie ihn aufgab, fühlte ich mich wohler.

Das Mittagessen ist meistens meine wichtigste Tagesmahlzeit. Fast immer nehme ich es in einer Brasserie in der Rue du Rhône ein. Sie liegt nicht weit von meinem Büro, man ißt dort gut und preiswert, und vor allem hat sie sich noch immer der neumodischen Resopaltische und Chromverkleidungen erwehren können. Um die Mittagszeit findet man hier vor allem Geschäftsleute aus dem Stadtzentrum; zwar nicht die feinen Typen von der Chase Manhattan Bank, von Du Pont oder von Chrysler, aber doch Manager mit mittlerem Einkommen, wachsenden Familien und einem Häuschen in einem der Vororte des südlichen Seeufers. Journalisten sah man hier nur selten. Ich war daher einigermaßen überrascht, als Emil Strommin hereinkam, und noch mehr verwunderte es mich, daß er auf mich zustrebte und fragte, ob er an meinem Tisch Platz nehmen dürfte.

Strommin war im Besitz eines österreichischen Passes, stammte aber, wie man behauptete, aus Pommern. In Genf war er zum erstenmal aufgetaucht, als er 1963 für das bulgarische Telegrafen- und Radiobüro über die Abrüstungskonferenz berichtete. Und nachdem er die Unterzeichnung des Atomversuchsstopp-Abkommens in Moskau beobachtet hatte, war er wieder hierher zurückgekehrt, um die Leitung des kleinen Mitteleuropa-Büros der bulgarischen Nachrichten-Agentur zu übernehmen. Einen Nebenverdienst sicherte er sich dadurch, daß er für einige ostdeutsche, österreichische und italienische Zeitungen als freelance-Korrespondent arbeitete. Er setzte sich mit Verve für die Durchführung west-östlicher kultureller Austauschprogramme ein, und ihm war es zu verdanken, daß ein geduldiges Schweizer Publikum ein bulgarisches Volkstanzensemble, eine ruthenische Marionettenbühne und ein ostdeutsches Kammerorchester über sich hatte ergehen lassen. Zu der Zeit, von der ich gerade spreche, galt er bei den meisten der Genfer Auslandsjournalisten als Original. Er ist ein spindeldürrer, kleiner Mann mit dunklen braunen Augen, blassen, faltigen Wangen und dem unsicher-erstaunten Blick eines älteren Dackels. Ich konnte gar nicht finden, daß er ein Original war, sondern hielt ihn für einen ermüdenden Langweiler, dem man besser aus dem Wege ging. Seine Überzeugung, ich stünde ideologisch ganz auf seiten der imperialistischen amerikanischen Hyäne Novak, hatte mit dazu beigetragen, ihn auf Distanz zu halten, und ich sah wirklich keinen Anlaß, ihn in seiner Ansicht zu korrigieren.

Als er sich setzte, sagte ich: »Der General weilt zwar nicht mehr unter uns, aber seine Seele hat uns noch nicht verlassen. Ist es nicht gefährlich für Sie, wenn man Sie sieht, wie Sie mit mir fraternisieren?«

Er sah mich merkwürdig unsicher an. »Fraternisieren?«

»Nun ja – wenn wir zusammen einen trinken.«

Nun warf er mir einen eher vorwurfsvollen Blick zu. »Verschiedene Kollegen haben den Eindruck, daß Sie seit dem Tod des Generals nichts mehr mit ihnen zu tun haben wollen. Man macht sich Sorgen um Sie, man will wissen, was mit Ihnen los ist.«

»Das freut mich, daß man sich so um mich kümmert. Aber wie Sie sehen, schmeckt es mir noch ganz gut.«

»Man meinte – und das nicht nur einmal –, Sie sollten zu einer mehr konventionellen Tätigkeit als Journalist zurückfinden.«

»Sie meinen, zu einer weniger zwielichtigen? Zu einer ehrbareren?«

»Wenn Sie es so ausdrücken wollen, warum nicht? Sie haben unter den Kollegen viele gute Freunde.«

»Ich erfreue mich zwar keines guten Rufs, aber ich bin doch mein eigener Herr.«

Seine Augenbrauen hoben sich. »Sind Sie das wirklich? Das ist interessant zu hören. Man überlegt sich immer wieder, wer der Nachfolger des Generals sein könnte.«

In diesem Augenblick kam die Kellnerin, um seine Bestellung entgegenzunehmen, und ich hoffte, diese Unterbrechung würde ihn auf andere Gedanken bringen.

Allzu sicher war ich natürlich nicht; wenn ein Langweiler einmal mit einer Sache angefangen hat, läßt er sie so bald nicht wieder los. Aber man gibt die Hoffnung eben doch nicht so schnell auf.

Er bestellte Bündnerfleisch mit Sauerkraut und ein Glas Bier – und kam dann wieder auf sein Thema zu sprechen. »Niemand scheint etwas über ihn zu wissen«, sagte er.

»Über wen?« Ich hatte keine Lust, ihm weiterzuhelfen.

»Ich meine natürlich diesen Arnold Bloch.«

Daß er Blochs Namen kannte, überraschte mich nicht. Zeitungsleute sind ein vertratschtes Völkchen, und da Novak in Genf gestorben war und *Intercom*, so wenig angesehen es auch sein mochte, hier veröffentlicht wurde, war es nur natürlich, daß man sich darüber Gedanken machte. Verwirrt war ich nur, daß Goodman den harten Weg gewählt hatte und es in Basel von Dr. Bruchner erfahren hatte. Wahrscheinlich hätte er es einfacher haben können, wenn er auf einen Drink in die Bar des Intercontinental gegangen wäre.

»O ja«, antwortete ich. »Da gibt es eigentlich nicht viel zu wissen. Er ist ein PR-Mann.«

»Public-Relations? Sonst nichts?« Strommin schien ziemlich enttäuscht zu sein.

»Public Relations-Berater für die Industrie. Mit Büros in München, Paris und Rom.«

»Ich verstehe«, sagte er und nickte gedankenverloren.

Ich war froh, daß er verstand, denn in diesem

Augenblick hatte ich etwa dasselbe Gefühl, wie Sie, Mr. L., es bei Dr. Bruchner beschrieben hatten, als dieser von Goodman interviewt wurde – ich wollte nicht zugeben, daß ich überhaupt nichts über jenen Mann wußte, für den ich doch offensichtlich arbeitete, und mir wurde schmerzhaft bewußt, daß ich, im Gegensatz zu Bruchner, noch nicht einmal mit ihm telefoniert hatte.

Ich überlegte gerade, wie ich Strommins nächste Frage parieren sollte, als dieser plötzlich mit einem Eifer zur Tür hinwinkte, als hätte er einen seit langem nicht mehr gesehenen Freund entdeckt.

Auch ich schaute dorthin. Ein Mann und eine Frau hatten das Restaurant betreten und kamen nun, da sie Strommin entdeckt hatten, auf unseren Tisch zu.

Okay, Mr. Latimer, es war ein abgekartetes Spiel, das Zusammentreffen war vorausgeplant. Strommin war in die Brasserie gekommen, weil er wußte, daß er mich hier finden würde (vielleicht war er mir, um ganz sicherzugehen, vom Büro aus gefolgt), und hatte dies aus keinem anderen Grund getan, als um mich mit diesen beiden Leuten unter offensichtlich harmlosen Umständen bekannt zu machen.

Und doch war dieser Versuch nur teilweise geglückt. Strommin waren Fehler unterlaufen. So hatte er mich zum Beispiel gefragt, ob er an meinem Tisch Platz nehmen dürfe. Da ich allein am Tisch saß, hätte ich nicht leicht ablehnen können. Als aber nun die beiden zu uns kamen, dachte er nicht einmal daran, mich um Erlaubnis zu bitten. Mag sein, daß er nervös war, zu sehr darauf bedacht, die Sache hinter sich zu bringen – jedenfalls war es plötzlich sein Tisch und ich sein Gast. Ich erinnere mich noch, daß ich überlegte, wenn es schon seine Party sei, solle er, verdammt noch mal, auch mein Essen bezahlen. Aber das allein war noch nicht ausschlaggebend. Der Haken lag bei der Frau. Soweit es mich betraf, hätte Strommin nichts sagen oder tun können, um sie mir harmlos erscheinen zu lassen.

Madame Coursaux war eine Frau in den Vierzigern, eine Weltergewichts-Juno mit schwarzem, grau durchsträhntem Haar, unreinem Teint und den bösen Augen eines überkorrekten Amtsvorstehers. Ihr skeptisches Lächeln schien jeder Antwort auf den Grund zu gehen, ihre Himmelfahrtsnase sah aus, als wollte sie die Furcht des Antwortenden erschnüffeln, und die mächtigen Wangenmuskeln wiesen darauf hin, daß jeder Versuch einer Verteidigung gnadenlos zunichte gemacht werden würde. Sie trug einen militärisch wirkenden blauen Tuchmantel mit schweren Kupferknöpfen und hatte den Gang eines Grenadiers.

Pierre Morin, ihr Begleiter, war ein recht stämmiger Mann mit braunem ungepflegtem Vollbart, randloser Brille und von Zigarrenasche graugetönter Weste. Mühelos hob er mit seiner sommersprossigen Hand eine schwere Schweinsledertasche zur Wand hinüber, und als er sie absetzte, erbebte der Fußboden. Seine Augenbrauen waren buschig, seine langen Zähne voller Nikotinflecken, und der Ausdruck seines Gesichts, der sich nie zu verändern schien, ließ amüsierte Skepsis vermuten.

Beide sprachen französisch mit Pariser Akzent.

»Madame Coursaux«, erklärte Strommin, nachdem er uns einander vorgestellt hatte, »ist eine angesehene französische Expertin für seltene und alte Manuskripte.«

Sie blickte ihn geschmeichelt an, während sie ihre Handschuhe abstreifte. »Mein lieber Emil, Sie dürfen nicht immer alles durcheinanderbringen.« Ihr Blick wanderte zu mir herüber. »Monsieur Carter, wenn ich recht verstanden habe? Also, Monsieur Carter, als Journalist weiß Emil es natürlich nicht besser. Drei sachliche Irrtümer allein in einem Satz.«

Sie überhörte Strommins leisen Protest. Sie hatte mich im Visier.

»Leider kann ich nämlich nicht behaupten, Expertin zu sein«, fuhr sie fort. »Der Fachmann sitzt neben mir, Pierre Morin. Ich bin nur ein kleiner Händler. Und die Manuskripte, mit denen ich handle, sind meistens nicht sehr alt. Es sei denn, man wollte Schriftstücke aus dem neunzehnten Jahrhundert als alt bezeichnen.«

Nun mischte sich auch Morin ein.

»Und wenn man von seltenen Manuskripten spricht«, sagte er, »so ist dies eine Contradictio in termino. Ein Buch kann selten sein, ein Porzellan. Nie jedoch ein

Manuskript. Jeder handschriftlich niedergelegte Text besteht nur in einem einzigen Exemplar, gleichgültig, ob er nun gestern entstanden ist oder vor hundert Jahren.« Mit einemmal grinste er. »Aber wir wollen Ihnen nicht den Appetit verderben, Monsieur. Emil schadet es nichts; der ist unseren Unsinn schon gewöhnt. Eh, Emil?«

Strommin strahlte, als habe man ihm ein Kompliment gemacht. »Ich bin immer bereit, etwas dazuzulernen. Aber sagen Sie mir« – dabei senkte er seine Stimme –, »haben Sie etwas erreichen können? Oder ist es noch zu früh, etwas darüber zu sagen?«

Madame Coursaux runzelte die Stirn und blickte zur Kellnerin hinüber, die vom Nachbartisch das Geschirr abräumte. »Wir hoffen noch«, antwortete sie kurz angebunden.

Sie bestellten sich wahre Riesenportionen und eine Flasche Wein. Ich ließ mir eine Tasse Kaffee bringen.

Kaum war die Kellnerin gegangen, kam Strommin wieder auf die Manuskripte zu sprechen.

»Monsieur Carter ist Journalist, ein Kollege, aber er wird sicher diskret sein können. Darf ich ihm erzählen, was Sie hier in Genf tun, Madame? Es ist faszinierend. Ein richtiger Kriminalroman.«

Seine Hartnäckigkeit ließ mich um sein Leben fürchten, aber sie trug ihm nur einen kleinen Rüffel ein.

»Wenn Sie es erzählen, mon cher Emil, bin ich davon überzeugt, daß keine der wesentlichen Tatsachen korrekt wiedergegeben wird. Und Monsieur Carter käme damit also gar nicht in die Verlegenheit, diskret sein zu müssen.«

Strommin lachte wiehernd. »Dann korrigieren Sie mich, wenn ich mich irre, Madame. Sie erfuhren also vor einigen Monaten von einem Schweizer Vertrauensmann, man habe bisher noch unbekannte Briefe der beiden Anarchisten Alexander Herzen und Sergej Netschajew, die im neunzehnten Jahrhundert lebten, entdeckt. Ein solcher Briefwechsel ...«

»Herzen war gewiß kein Anarchist«, fiel Morin ihm heftig ins Wort, »und Netschajew als einen solchen zu bezeichnen wäre höchst oberflächlich. Herzen war Liberalsozialist und Wegbereiter der russischen Volkspartei. Netschajew war vielerlei – Terrorist, Krimineller, Idealist und Prahlhans –, aber man kann ihn nicht mit Männern wie Proudhon, Bakunin und Malatesta vergleichen.«

»Ich wollte sie auch gar nicht miteinander vergleichen. Ich wollte nur ...«

Weiter kam er nicht. Nun war es wieder Madame Coursaux, die das Gespräch an sich riß. »Die Bedeutung dieser Korrespondenz, falls sie wirklich echt ist, liegt darin, daß sie uns Auskunft über den Autor des Revolutionären Aktionsprogramms von 1868 gibt. Denn dies ist auch das Jahr des angeblichen Briefwechsels. ›Angeblich‹, weil Morin seine Echtheit bezweifelt. Auch ich kann mich noch nicht festlegen. Der überlieferte Briefwechsel zwischen beiden, dessen Echtheit erwiesen ist, unterscheidet sich von dem jetzt gefundenen Material erheblich; man darf jedoch nicht vergessen, daß Netschajew ein Mann mit vielen Gesichtern war. Für Sie, Monsieur Carter, ist es wahrscheinlich schwer zu verstehen, wie wichtig ein paar alte Briefe sind, die Männer geschrieben haben, von denen Sie vermutlich noch nie etwas gehört haben, aber für die Wissenschaft und ...«

Das genügte. Ich unterbrach sie. »Und was ist mit Herzens Memoiren?« fragte ich sie. »Er arbeitete an ihnen 1868 hier in Genf. Und er führte ein Tagebuch. Ich weiß, daß er von Netschajew nicht allzu viel hielt. Bakunin schrieb er, Netschajew sei ein Gauner. Wenn die Korrespondenz wirklich so wichtig ist, wie Sie sagen, kann ich nicht glauben, daß Herzen sie nicht irgendwo erwähnt hat. Sie haben doch sicherlich nachgesehen?«

Wenn Blicke töten könnten ... »Aber natürlich.«

Immerhin hatte ich ihr damit den Faden abgeschnitten, und es war Morin, der den Ball auffing.

»Herzens Memoiren wurden nach seinem Tod gründlich bearbeitet«, sagte er, »und familiäre Dinge wirkten sich auf den endgültigen Text weitgehend aus. Damals war es ratsam, freundschaftliche Beziehungen zu Netschajew zu verschweigen.«

»Etwa deshalb, weil Netschajew Herzens Tochter verführt hatte?«

»*Versucht hatte*, sie zu verführen.« Morin grinste. »Netschajew war in allen seinen Unternehmungen nie sehr erfolgreich. In gewisser Weise ziemlich amüsant.«

Morin fuhr fort mit seinem detaillierten Bericht. Ich hatte die ganze Angelegenheit schon immer für eine fade und ziemlich häßliche Geschichte gehalten, er jedoch schien sie recht lustig zu finden. Strommin lachte ununterbrochen.

Und weil mir die drei allmählich auf die Nerven gingen, bat ich um die Rechnung.

Als ich mich erhob, wurde Madame Coursaux plötzlich wieder gesprächig.

»Wie interessant«, sagte sie, »einen Journalisten mit einem Gespür für historische Dinge kennenzulernen. Wir bleiben noch auf ein paar Tage in Genf. Vielleicht sollten wir uns noch einmal treffen. Dann werden wir Ihnen hoffentlich auch über die Ergebnisse unserer Nachforschungen berichten können.«

Ich murmelte etwas zum Abschied und ging. Auf dem Rückweg zum Büro nahm ich mir vor, die Brasserie während der nächsten Zeit zu meiden.

Das Kuvert, das Blochs Memorandum und Bulletin enthalten hatte, war in Brüssel aufgegeben worden. Mit einer raschen Antwort auf mein Telegramm konnte ich deshalb nicht rechnen. Da in München niemand auf meine Telefonanrufe reagiert hatte, nahm ich an, daß das Telegramm bis zu seiner Rückkehr ungeöffnet bleiben würde. Aber darin irrte ich mich. Er mußte dort jemanden haben, der täglich seine Post durchsah [1].

[1] Er hatte. Ein Münchner Schreibbüro, ›The Anglo-American Stenographic Bureau‹, verfügte über einen Schlüssel zu seinem Postschließfach. ›Bloch‹ rief täglich um fünf Uhr nachmittags das Schreib-

Am nächsten Tag erreichte mich ein von Bloch in Brüssel aufgegebenes Telegramm.

HABE IHR TELEGRAMM MIT INTERESSE GELESEN. TREFFEN DIESE WOCHE LEIDER UNMOEGLICH. AUSSERDEM GEGENWAERTIG NICHT NOTWENDIG, DA REDAKTIONSPOLITIK UNVERAENDERT. AB SOFORT IST IHNEN GESTATTET, FRAGEN NACH SESAM-QUELLE ZU BEANTWORTEN. IHR DRAENGEN VERSTAENDLICH, ABER IN DIESEM FALLE UNANGEBRACHT. SOLLTEN DRITTE SCHRIFTLICHE BEWEISE FUER FALSCHE DARSTELLUNGEN VORLEGEN ODER GEGENDARSTELLUNGEN FORDERN, SIND SIE ZUR VEROEFFENTLICHUNG BEFUGT. WEITERHIN GESTATTE ICH IHNEN, SESAM-BULLETINS IN ZUKUNFT MIT MEINEM NAMEN ZU ZEICHNEN. ENTSCHEIDUNG HIERUEBER BLEIBT IHNEN UEBERLASSEN. BITTE UM EMPFANGSBESTAETIGUNG.

BLOCH

Das gefiel mir überhaupt nicht. Ich hatte damit gerechnet, mein Hinweis auf sinkende Abonnentenzahlen würde ihn einem Zusammentreffen geneigter machen. Die meisten Zeitungsverleger hätten auf einen solchen Hinweis mit lautem Wehgeschrei reagiert. Er dagegen war einfach darüber hinweggegangen. Und gleichzeitig hatte er mir den einzigen Vorwand genommen,

büro an, um sich über die eingegangene Post informieren zu lassen. Die Gebühren wurden monatlich von seiner Bank überwiesen. – C. L.

die SESAM-Bulletins zurückzuhalten – und das mit einer ziemlich gerissenen Methode. Als verantwortlicher Redakteur durfte ich nicht darüber entscheiden, ob diese Berichte veröffentlicht werden sollten oder nicht, sondern nur darüber, ob es nützlich sei, die Quelle anzugeben. Er benutzte seine Machtstellung als Besitzer dazu, mich – wenn ich es wollte – von einem Teil meiner Verantwortung zu befreien. Und warum war es unangebracht, auf dem traditionellen Recht jedes Journalisten zu bestehen, seine Informationsquellen zu verschweigen? Ich versuchte, eine Antwort zu entwerfen, aus der ihm klarwerden mußte, daß seine Ausflüchte erkannt worden seien, daß aber meine Empfangsbestätigung keine stillschweigende Akzeptierung des Telegramminhalts wäre. Aber es erwies sich als unmöglich, sich kurz zu fassen, ohne daß es überheblicher klang, als es sich ein Redakteur im Verkehr mit seinem Chef erlauben darf. Ich kam schließlich wieder zu dem Ergebnis, daß ein offenes und ehrliches Gespräch unbedingt notwendig sei. Bis es dazu kommen würde, wollte ich ihm in einem Brief schreiben, wie sich die Probleme von meiner Warte aus darstellten. In meinem Bestätigungstelegramm wollte ich diesen Brief ankündigen und ihm gleichzeitig mitteilen, daß ich weiterhin versuchen würde, ihn telefonisch zu erreichen.

Da ich hoffte, er könnte mittlerweile aus Brüssel zurückgekehrt sein, rief ich am Freitagmorgen in seinem Büro an.

Auch ich kam so zu einem Gespräch mit der Münchner Polizei.

Damals machte ich mir darüber keine weiteren Gedanken. Büros werden oft von Einbrechern heimgesucht, meistens von kleinen Gaunern, die sich für Schreib- und Rechenmaschinen oder die Portokasse interessieren. Wir wissen jetzt, daß es in Blochs Büro nichts zu holen gab. Und ich will Ihnen sagen, wen ich für den Täter halte.

Meiner Ansicht nach war es das BfV.

Das man nicht mit dem BND verwechseln darf, Mr. Latimer. Der Bundesnachrichtendienst ist das westdeutsche Äquivalent der amerikanischen CIA. 1948 bis 1955 als das von den Amerikanern finanzierte ›Amt Gehlen‹ bekannt, wurde er später dem Bundeskanzleramt unterstellt. Das Bundesamt für Verfassungsschutz hingegen entspricht dem englischen Büro M 15, der französischen DST oder der Spionageabwehr innerhalb des FBI. Das Bulletin über den FG 115 muß alle diese Organisationen beunruhigt haben, der zeitliche Ablauf der Geschehnisse freilich läßt vermuten, daß es die CIA war, die sich zum Eingreifen entschloß.

Und so spielte sich alles ab: Am Montag, dem 12. Dezember, tauchten Goodman und Rich bei Dr. Bruchner in Basel auf und erfuhren, daß der Besitzer von *Intercom* Bloch sei. Gleichzeitig wird ihnen aber auch gesagt, daß ich alle Arbeit täte und für den Inhalt verantwortlich sei. Also kommen sie am Dienstag nach Genf, um mich zu interviewen. Aus mir bekommen sie nichts heraus, folglich kommt ihnen Bloch in den Sinn.

Was jetzt geschah, kann ich nur vermuten. Wahrscheinlich fuhren sie am Mittwoch nach München, um ihm einen Besuch abzustatten. Als dies fehlschlug, besprach sich Rich mit den Bonner Leuten der CIA, die sich ihrerseits mit dem BfV in Verbindung setzten. Wahrscheinlich hatte sich auch der Verfassungsschutz mit Bloch beschäftigt und herausbekommen, daß niemand, auch nicht die Münchner Polizei und seine Bank, etwas über ihn wußte. Das muß sie verwundert haben. Die CIA mußte also handeln, um etwas zu erfahren. Man brach einfach in Blochs Büro ein, um sich seine privaten Papiere ansehen zu können, ohne daß er das Gefühl haben mußte, überwacht zu werden.

Natürlich hatte niemand Grund zu der Vermutung, daß dieser Arnold Bloch überhaupt nicht existierte, daß er nichts war als eine Stimme und ein Name. Eine Stimme, die von unbekannten Orten aus Ferngespräche führte, und ein Name, der auf einer Reihe von gefälschten Papieren, einigen Bankauszügen und mehreren höchst respektablen Empfehlungsschreiben stand.

Auch ich hatte keinen Anlaß zu einem solchen Verdacht. Den größten Teil des Freitagnachmittags verbrachte ich damit, ihm einen Brief zu schreiben.

Es wurde ein Meisterwerk. In gemäßigten Worten beschrieb ich die Probleme, vor die ich mich gestellt sah, in aller Ausführlichkeit, erläuterte mit größter Folgerichtigkeit meine Lösungsvorschläge und schloß mit einer Liste der Themen, die bei unserer Gipfelkonferenz besprochen werden müßten. Falsch war nur, daß ich von der naiven Annahme ausging, daß ich mich an einen Menschen wandte und nicht an einen Geist, und daß ich dachte, ihm sei mehr daran gelegen, daß wir im Geschäft bleiben, als ermordet zu werden.

Ich verließ das Büro kurz vor sechs Uhr und ging, wie an den beiden Abenden zuvor, in ein Café an der Ecke. Seit der Begegnung mit Goodman und Rich fühlte ich mich nicht mehr so recht wohl in meiner Haut, und da man mich schon einmal nach Hause verfolgt hatte, wollte ich herausbekommen, ob und wann es wieder geschah. Wurden Sie schon einmal beschattet, Mr. L.? Wahrscheinlich nicht. Wenn Sie es aber doch einmal erlebt haben, werden Sie wissen, daß man dabei auf die ausgefallensten Gedanken kommt.

Von diesem Café aus konnte man drei Straßen übersehen. Und man konnte es durch verschiedene Ausgänge verlassen. Man behauptet zwar, es sei unmöglich, einem geübten Verfolger zu entkommen, aber man kann ihm seinen Job doch schwer genug machen. Und genau das wollte ich.

Ich weiß nicht genau, ob an diesem Abend jemand hinter mir her war, als ich das Café verließ und zu meinem Auto ging – beim erstenmal war mir der Fiat mit dem Fribourger Kennzeichen nur zufällig aufgefallen –, aber angesichts dessen, was später geschah, bin ich ziemlich sicher, daß es so war. Ich bin überzeugt davon, daß ich diesen Kerlen Schwierigkeiten bereitete; zwar nicht im selben Maße wie sie mir, aber es ist eben doch angenehm zu denken, daß ich ihnen keine leichte Beute war.

Als ich mein Glas geleert hatte, zahlte ich und stand auf, als wollte ich gehen. Aber ich verließ das Café noch nicht, sondern bog zur Theke hin ab und ging die Treppe hinunter zur Telefonzelle. Freilich blieb ich hier nicht, sondern lief rasch an den Toiletten vorbei und eine zweite Treppe hinauf, die in das Restaurant auf der rückwärtigen Seite führte. Und von hier aus gelangte ich wieder aus dem Haus. Draußen bog ich nicht nach rechts ab – dies wäre der kürzeste Weg zu meinem Wagen gewesen –, sondern nach links. Es war eine enge Einbahnstraße; ich ging entgegen der Fahrtrichtung. Als ich an die nächste Kreuzung kam, schalteten die Ampeln gerade um; ich rannte über die Straße und verschwand in einer engen Passage, die in der Nähe des Pont de la Machine am Fluß endete. Dort ging ich in eine Bar, bestellte mir noch einen Drink und ließ mir Zeit, ehe ich von neuem aufbrach. Es war kurz vor sieben Uhr, als ich an meinem Wagen ankam.

Es war eine Renault Dauphine mit Heckmotor. Nicht das Eleganteste, was es auf Rädern gibt, ich gebe es zu, aber für meine Alltagsbedürfnisse in der Stadt und Valeries Schiausflüge am Wochenende durchaus brauchbar. Und in der Regel zuverlässig.

Ich schloß also auf, stieg ein, tat, was man so tun muß – und merkte, daß der Motor nicht ansprang.

Der Starter war in Ordnung, die Batterie ebenso, die Benzinuhr zeigte an, daß der Tank noch zur Hälfte gefüllt war, aber der Motor rührte sich nicht.

Mit Autos kenne ich mich nicht besonders gut aus, aber dies und jenes weiß ich doch. So weiß ich zum Beispiel, daß Benzinuhren gern verklemmen. Ich stieg also aus, klappte die Motorhaube hoch, schraubte den Tankverschluß ab und rüttelte so lange am Wagen, bis ich das Benzin plätschern hörte. Dann schraubte ich die Kappe wieder auf.

Wäre ich nun in meinen Entschlüssen frei gewesen, hätte ich als nächstes die Taschenlampe aus dem Handschuhfach geholt, um nachzusehen, ob am Motor etwas nicht in Ordnung war. Aber in diesem Augenblick blendeten mich die Scheinwerfer eines Autos, das um die Ecke an der Kirche bog. Und als ich gerade um meinen Wagen herumgehen wollte, hielt neben mir ein Citroën DS. Eine Tür öffnete sich.

»Schwierigkeiten, Monsieur Carter?« Es war die Stimme von Madame Coursaux.

Noch während sie sprach, wurde auch die hintere Tür des Citroëns aufgestoßen. Selbst wenn ich hätte flüchten wollen, wäre es mir nicht gelungen. Die beiden Türen und die Wagenwand waren wie eine Falle.

In seinem Innern wurde es hell. Am Steuer saß Morin, neben ihm Madame Coursaux. Im Fond sah ich noch einen anderen Mann.

»Wir haben Sie gesehen, als wir um die Ecke kamen«, sagte Morin. »Können wir Ihnen helfen?«

»Ich bekomme den Motor nicht an. Ich weiß nicht, was kaputt ist.«

»Batterie?«

»Nein, und Benzin ist auch noch genug drin. Er springt einfach nicht an.«

»Sie brauchen einen Mechaniker. Steigen Sie ein, wir fahren Sie hin.« Der Mann im Fond rutschte auf die andere Seite, um mir Platz zu machen.

»Sehr nett von Ihnen, aber ich kenne ganz in der Nähe eine Werkstatt. Ich kann leicht zu Fuß hingehen.«

»Unsinn. Steigen Sie ein.«

Ich tat es. Zur Werkstatt waren es höchstens dreihundert Meter, aber wenn jemand einem anbietet, man solle die kurze Strecke mitfahren, ist es einfacher anzunehmen als abzuschlagen. Ich hatte mich gerade neben den Mann im Fond gesetzt, als mir einfiel, daß der Zündschlüssel noch steckte.

Aber Morin winkte ungeduldig ab. »Wenn der Wagen nicht anspringt, kann er auch nicht gestohlen werden«, sagte er. »Außerdem braucht der Mechaniker ihn sowieso.«

Während Morin noch sprach, griff der Mann neben mir hinter meinem Rücken vorbei und schloß die Tür. Dann reichte er mir seine fleischige Hand und stellte sich vor.

»Schneider«, sagte er.

Er sprach seinen Namen französisch aus; trotzdem hielt ich ihn nicht für einen Franzosen. Sein dunkler Anzug saß zu korrekt. Und er roch nach Lavendel. Ich konnte ihn nicht genau sehen, doch immerhin erkannte ich, daß er jung war, einigermaßen beleibt, glattgescheiteltes Haar und ein merkwürdig unsymmetrisches Gesicht hatte.

Morin fuhr an. »In der Nähe unserer Wohnung ist eine Renault-Werkstatt«, sagte er über die Schulter. »Wir rufen dort an und bitten, daß man einen Mechaniker schickt.«

Ich habe es nicht gern, wenn man mich gängelt. »Das ist wirklich nicht nötig«, widersprach ich. »Es reicht, wenn Sie mich an der übernächsten Kreuzung absetzen.«

Er achtete überhaupt nicht darauf und bog an der nächsten Ecke nach links ab.

»Hören Sie ...«, wollte ich beginnen.

»Aber nein, Monsieur Carter.« Die Frau hatte sich umgewandt und warf mir über die Sitzlehne einen vorwurfsvollen Blick zu. »Überlassen Sie nur alles Pierre. Er weiß immer, was am besten ist. Draußen bläst heute abend ein kalter Wind. Warum also nicht auf ein Glas Whisky und eine anregende Plauderei zu uns kommen? Wir haben uns neulich nur so kurz unterhalten, und außerdem kann man nicht vernünftig miteinander reden, wenn dieser Trottel Strommin dabei ist.«

»Es ist wirklich nett von Ihnen, mich einzuladen, aber zu Hause erwartet man mich zum Abendessen.«

»Sie können sowieso nicht nach Hause fahren, ehe Ihr Wagen nicht repariert ist. Sobald wir bei der Garage Bescheid gesagt haben, können Sie Ihre Tochter anrufen und ihr sagen, daß Sie etwas später kämen. So ist doch alles am einfachsten.«

Ich antwortete nicht. Bis jetzt hatte mich nur Morins anmaßende Gängelei geärgert, doch plötzlich wurde alles ganz anders. Wenn ein Mann in meinem Alter sagt, er werde zu Hause erwartet, wird jede Zufallsbekanntschaft annehmen müssen, es sei das sehnende Eheweib und nicht die Tochter. Diese Frau wußte zuviel, als daß ich sie noch zu meinen Zufallsbekanntschaften zählen konnte. Und genau das war der Augenblick, in dem ich begann, mir Sorgen zu machen.

Ich sah zu Schneider hinüber, der mich bieder angrinste. Er sprach nun englisch.

»Ein kräftiger Scotch täte jetzt gut«, sagte er. »Nicht wahr, Mr. Carter?«

Er sprach mit Londoner Akzent, der mich freilich nicht überzeugen konnte. BBC-Imitation, von Berlitz geliefert. Ich sah ihn unverwandt an.

Er grinste noch immer. »So hält man es doch in England, nicht wahr?«

Er schien eine Antwort zu erwarten, also gab ich ihm eine. »Ich bin Kanadier, Mr. Schneider. Aber wenn es sein muß, bin ich als Bourbon-Trinker auch mit einem Scotch zufrieden.«

Er lachte laut auf. Morin kicherte. Sogar Madame Coursaux brachte es zuwege, sich darüber zu amüsieren.

Für einen kurzen Augenblick waren wir die besten Freunde, die man sich nur vorstellen kann.

Ich kannte das Château Europa, das Apartmenthaus, in das sie mich fuhren. In Genf gibt es noch zwei ähnliche Gebäude, gesichtslose Kaninchenställe mit uniformer Einrichtung. Die meisten Wohnungen dienen nur als Pieds-à-terre – steuerflüchtigen Ausländern, die einen Proforma-Wohnsitz im Kanton nachweisen müssen, reisenden Geschäftsleuten, die hier ihre Anzüge und Wechselwäsche aufbewahren, und den hiesigen Säulen der Gesellschaft, die sich nicht in den eigenen vier Wänden mit ihren Freundinnen vergnügen können. Die wenigen ständigen Bewohner solcher Häuser bleiben unter sich; sie sind Fremdkörper in einer Gemeinschaft der Abwesenden, der seltenen Gäste und Gelegenheits-Liebhaber. Die Zimmer sind so unpersönlich – und auch nicht viel größer – wie die Kabinen öffentlicher Bedürfnisanstalten, freilich jedoch besser nach außen isoliert, wenn man die Tür erst einmal hinter sich verschlossen hat. Im Château Europa gibt es keine Wartefrau, die einen Hilferuf hören könnte.

Sie brachten mich in ein Zwei-Zimmer-Apartment in der vierten Etage.

Ich sage »sie brachten mich«, weil es tatsächlich so war. Niemand bedrohte mich oder hielt mir eine Pistole unter die Nase, aber die Art, wie sie sich bewegten, ihre Entschlossenheit und ihre Sicherheit – all das machte mir unmißverständlich klar, daß jeder Versuch, ihre Gastfreundschaft abzuschlagen, als ungezogen, lächerlich und unstatthaft angesehen worden wäre.

Kaum hatte Morin auf dem Parkplatz des Château Europa angehalten, sprang er wie ein beflissener Chauffeur aus dem Wagen und kam auf meine Seite, um mir die Tür zu öffnen. Als ich ausstieg, schlüpfte auch Schneider hinter mir heraus. Von diesem Moment bis zum Erreichen des Apartments hatten die beiden mich in ihre Mitte genommen; Madame Coursaux bildete die Queue. Keiner von ihnen berührte mich, aber sie waren sehr dicht neben mir. Als wir durch die Flügeltür in das Haus traten, ging Morin voraus, Schneider blieb zurück. Das gleiche geschah, als wir in den Lift stiegen. Alles klappte, als wäre es auf dem Kasernenhof eingeübt worden. Und auf dem ganzen Weg vom Wagen bis zum Lift redete Madame Coursaux auf uns ein; man hätte meinen können, sie sei eine überängstliche Gastgeberin am Beginn einer langweiligen Party.

»In einem Hotel zu wohnen ist so ungemütlich, finden Sie nicht auch? Wenn ich reise – und meine Arbeit zwingt mich oft dazu –, versuche ich immer, etwas anderes zu finden. Ein kleines Apartment ist doch viel besser. Hier kann man sich mit seinen Freunden treffen, ohne unentwegt gestört zu werden. Ich weiß, daß viele meiner Kollegen nie von ihrem Schreibtisch wegkommen. Die Recherchen überlassen sie anderen. Ich würde solche Leute niemals anstellen. Manche sind richtige Gauner, und die meisten sind einfach so dumm, daß man sie zu nichts gebrauchen kann. Ich war schon immer mein eigener Rechercheur, und so kommt es, daß ich mich damit abfinden muß, immer auf Achse zu sein. Aber *wie* man reist, ja, darauf kommt es an ...«

Eine auf eigentümliche Weise wirksame Tarnung.

Niemand von denen, die uns begegneten, hätte argwöhnen können, daß ich gegen meinen Willen hierhergebracht wurde. Wenn an uns überhaupt etwas bemerkenswert war, dann die Tatsache, wie sich drei unglückliche Männer von einer Frau ducken ließen, die einfach nicht zu reden aufhören wollte.

Schließlich hörte sie doch auf, und ziemlich plötzlich sogar – als wir nämlich im Lift waren. Sie hatte ihren Auftrag erfüllt. Nun kam Morin an die Reihe.

Er schloß das Sicherheitsgitter und drückte auf den Knopf der vierten Etage.

»Ich kann mir denken, daß Monsieur Schneider die Arbeit unseres Freundes Carter sehr viel mehr interessiert«, sagte er. »Wußten Sie übrigens, Monsieur Carter, daß er einer Ihrer treuesten Leser ist? Nein, sicher wissen Sie es nicht. Woher auch.«

»Und selbst wenn er es weiß, was würde es ihn kümmern?« warf Schneider ein. »Schließlich bin ich nur einer unter vielen Tausend.«

»Achttausend, wenn man genau sein will«, sagte ich.

In dem hellen Licht der Kabine konnte ich jetzt sehen, daß er älter war, als ich vermutet hatte, und daß Narben seine linke Gesichtshälfte bedeckten. Das war es auch, was sein Gesicht so unsymmetrisch hatte erscheinen lassen. Solche Gesichter hatte ich schon bei ehemaligen Jagdpiloten oder Panzersoldaten gesehen, die einen Treffer abbekommen hatten. Der Gedanke daran ließ seinen korrekten Anzug mit einemmal seltsam unpassend erscheinen.

»Wenn man den Einfluß einer Zeitung an ihrer Auflagenhöhe messen wollte«, sagte Morin, »müßte man zu einigermaßen verwirrenden Schlußfolgerungen kommen.« Der Lift hielt in diesem Augenblick an, aber Morin sprach weiter, als er die Sperrgitter zur Seite schob und die Tür zum Etagenflur öffnete. »Überlegen Sie doch selbst. Welche Zeitung hatte den größten Einfluß, das größere historische Gewicht im besetzten Frankreich – der auflagenstarke *Le Matin* in der Hand von Kollaborateuren oder die kleine *Résistance*, die die Nazis nur dadurch zum Schweigen bringen konnten, daß sie den Herausgeber umbrachten? Ah!«

Dieser letzte Ausruf sollte Zufriedenheit ausdrücken. Madame Coursaux, die nun eine Nebenrolle zu spielen hatte, war zum Apartment 423 vorausgeeilt, um die Tür zu öffnen und das Licht einzuschalten. Morin zog seinen Regenmantel aus und wedelte ihn wie ein Cape, um mich hereinzubitten.

Im engen Flur, der die beiden Zimmer miteinander verband, half mir Schneider aus dem Mantel. Morin machte sich schon an dem kleinen Einbaukühlschrank zu schaffen, um Flaschen und einen Eiskübel herauszuholen.

»Das Wichtigste zuerst«, sagte er. »Whisky-Soda?«

»Danke, aber vor allem muß ich mich darum kümmern, daß mein Wagen repariert wird.«

Er schnalzte mit seinen Fingern, als ärgere ihn seine Vergeßlichkeit.

»Diese Garagisten spuren schneller, wenn eine Frau

sie bittet«, bot Madame Coursaux sich bereitwillig an. »Welche Nummer hat Ihr Wagen?«

Ich sagte sie ihr. Sie wiederholte sie, ging in das Schlafzimmer und schloß die Tür hinter sich.

»Everything under control«, sagte Schneider, und sein Englisch klang jetzt besonders fein. Er komplimentierte mich in das Wohnzimmer.

Es war mit einem jener unruhig gemusterten Teppiche ausgelegt, die angeblich jeden Flecken unsichtbar machen. Die Einrichtung bestand aus Stahlrohrsesseln – sie waren ohne Hinterbeine, so daß es aussah, als sitze man in der Luft –, einem Tisch mit Mosaikplatte und schmiedeeisernem Fuß, einem Bücherregal und einem blauen Sofa, auf dem rote Kissen lagen. Die Heizung tat, was sie konnte, und die Luft war entsprechend stickig.

Schneider drängte mich auf einen der Stühle, er selbst nahm auf dem Sofa Platz. Morin kam mit einem Tablett herein und schenkte ein.

Einen Augenblick lang blieb es still; man hörte nur das Klimpern der Eiswürfel in den Gläsern. Dann beugte sich Schneider lächelnd vor.

»Sagen Sie, Monsieur Carter«, fragte er leise, »hat man je versucht, *Sie* zu ermorden?«

Ich sah ihn geradeheraus an. Die kosmetische Gesichtsoperation hatte offensichtlich die Nerven der linken Hälfte in Mitleidenschaft gezogen, denn nur die rechte Hälfte lächelte mir zu. Ich fühlte mich verwirrt, als er mich so ansah.

»Ich dachte gerade über das nach, was Morin über den Herausgeber der *Résistance* sagte.«

»Es war nicht nur der Herausgeber«, warf Morin ein, »man brachte die gesamte Belegschaft um, sogar die Drucker. Da war es nur natürlich, daß das Erscheinen eingestellt werden mußte.«

Er drückte mir ein großes Glas in die Hand.

Schneider schüttelte nachdenklich den Kopf. »Diese Schweine«, sagte er.

Morin zuckte die Achseln. »O ja, sie waren Schweine. Wer möchte das abstreiten? Aber man muß die Sache auch anders sehen.« Er brachte zwei weitere Gläser herüber, von denen er eines Morin gab. »Man muß sich einmal in ihre Lage versetzen.« Er nahm sich einen Stuhl. »Diese Zeitung veröffentlichte Dinge, die ihnen nicht genehm waren, die ihre Sicherheit gefährdeten. Was blieb ihnen übrig? Die einzige Möglichkeit einer Zensur bestand darin, diejenigen umzubringen, die das Blatt fabrizierten. Unter den gegebenen Umständen war das nur natürlich.«

Schneider nickte. »Darum fragte ich ja Monsieur Carter, ob man jemals versucht habe, ihn umzubringen. Denn schließlich veröffentlicht auch er viele Dinge, gegen die einflußreiche Leute eine Menge einzuwenden hätten. Ich möchte fast behaupten, daß er an vielen Stellen eine äußerst unpopuläre Person ist.«

»Äußerst unpopulär, ja«, kam von Morin das Echo.

Sie sahen mich jetzt erwartungsvoll an, als meinten sie, ich würde einen Toast erwidern. Ich nahm einen herzhaften Schluck und schüttelte mich. Es war Whisky pur.

»Wenn jeder, der sich unbeliebt macht, ermordet wird, hätten wir das Problem der Übervölkerung der Erde schon längst gelöst«, antwortete ich.

Sie lachten beide so herzlich, daß ich einen Augenblick lang wirklich glaubte, etwas Lustiges gesagt zu haben; aber wahrscheinlich wären sie über alles andere ebenso erheitert gewesen. Ich habe gehört, daß sie es immer auf die muntere Tour versuchen, bevor sie in den Clinch gehen. Sie bilden sich ein – was nach allen meinen bisherigen Erfahrungen übrigens nicht stimmt –, sie könnten ihr Opfer auf diese Weise in ein Gefühl falscher Sicherheit lullen.

Madame Coursaux polterte in unser verbales Schulterklopfen, lächelte uns zu, weil wir uns so herrlich amüsierten, und schenkte sich einen Whisky ein.

»Ein Mechaniker kümmert sich um Ihren Wagen«, sagte sie, als ich mich erhob.

»Verbindlichen Dank, Madame.« Ich stellte mein Glas auf dem Tisch ab. »Dann sehe ich am besten selbst einmal nach dem Rechten.«

»Vollkommen überflüssig, Monsieur. Man wird anrufen, wenn alles in Ordnung ist.«

Als ich zögerte, drückte mich Morin mit seiner sommersprossigen Pfote wieder in meinen Stuhl. »Wir können Sie jetzt doch noch nicht laufenlassen, mein Freund«, sagte er. »Trinken Sie zuerst einmal aus. Trinken Sie aus, und dann sehen wir weiter.«

Sein Lächeln war dünn geworden, seine Stimme klang härter. Einen Augenblick lang überlegte ich, ob ich ihm nicht sagen solle, er solle zur Hölle fahren, ob es nicht besser wäre, einfach zu gehen. Aber ich bin ehrlich genug, es zuzugeben, Mr. L. – dazu fehlte mir dann doch der Mut. Sie sehen also, daß ich zu diesem Zeitpunkt sicher war, nicht mehr Herr meiner eigenen Entschlüsse zu sein, und auch zu feige, der Sache auf den Grund zu gehen. Ich hielt es für einfacher, ihr Spiel zu spielen und so zu tun, als habe ich keine Angst.

Ich setzte mich also.

»So ist's besser.« Er schob mir mein Glas zu. »Nun, Monsieur Carter, erzählen Sie uns ein wenig aus Ihrem gefährlichen Leben.«

»Was wollen Sie hören?«

Morin hob verblüfft seine Augenbrauen und sah zu Schneider hinüber. »Er fragt uns, was wir hören wollen. Ist das nicht ein großzügiges Angebot?«

»In der Tat.« Schneider erhob sich vom Sofa und lehnte sich an die Tischkante. »Ich werde ihn beim Wort nehmen. Wie Morin schon sagte, Monsieur, bin ich seit langem Leser von *Intercom*, aber bis vor einigen Wochen war mir nicht klar, daß Sie ein vorzüglicher Wissenschaftler sind.«

»Das bin ich wirklich nicht.«

»Sie geben sich zu bescheiden.«

»Ich stellte nur richtig.«

»Dann müssen Sie einen vorzüglichen Mann unter Ihren Mitarbeitern haben.«

»Nein.«

»Nein? Wie ermessen Sie dann die Bedeutung der wissenschaftlichen Informationen, die Sie seit kurzem veröffentlichen?«

»Sie stammen aus gemeinhin verläßlichen Quellen.«

Morin holte tief Luft. »Ah! Journalistengewäsch! Gemeinhin verläßliche Quellen. Wie wohltuend, es von den Lippen eines leibhaftigen Zeitungsmanns zu hören. Aber was sind das für Quellen? Offiziöse Sprecher? Der Regierung nahestehende Kreise? Ja? Ein Assistent des Staatspräsidenten? Ein vertraulicher Bericht, den einer Ihrer Korrespondenten eingesehen hat?«

»Das letzte wäre mir zu dilettantisch.«

»Dilettantisch?«

Ich hatte das Wort benutzt, weil ich vermutet hatte, es würde ihn verletzen, und offensichtlich war die erhoffte Wirkung eingetreten. Trotzdem hätte ich nicht versuchen sollen, Salz in die Wunde zu reiben.

»Sie würden einen schlechten Redakteur abgeben, Monsieur Morin«, ſuhr ich fort. »Ich hatte angenommen, daß es auf der Hand lag, woher ich meine Informationen bezog. Hätte mein Korrespondent Einblick in einen vertraulichen Bericht gehabt, würde ich das natürlich nicht zugeben. In einem solchen Fall sagt man, die Nachricht stamme zwar nicht aus offizieller Quelle, sei aber trotzdem verläßlich, oder man spricht von einem Informanten, der ungenannt bleiben will. Auf diese Weise verhindert man, daß der Überbringer der Nachricht kompromittiert wird, und gleichzeitig sichert man sich für den Fall ab, daß das Loch in der Geheimhaltung mit voller Absicht aufgerissen wurde.«

Drei Sekunden lang herrschte Schweigen, dann brach es aus Schneider heraus: »Aber Sie sind ein guter Redakteur, eh?«

»Ich verstehe mein Handwerk – ich nehme es jedenfalls an.«

»Warum halten Sie sich dann nicht an das, was Sie selbst predigen?«

»In der Regel tue ich es.«

»Sie müssen scherzen, Monsieur. Ist es üblich, daß man seinen Namen preisgibt?«

»Nein.«

»Aber genau das ist es, was *Intercom* getan hat. Stimmt es nicht?« Er beugte sich vor. »Wenn ich Mitglied einer sowjetischen Handelsmission wäre, das Ihnen vertrauliche Informationen hätte zukommen lassen, und plötzlich erlebte, daß mein Namen veröffentlicht wird – wie würden Sie reagieren, wenn ich Ihnen vorwerfe, mit mir ein übles Spiel getrieben zu haben?«

Das beste, was ich jetzt tun konnte, war, den Stier bei den Hörnern zu packen. »Ich nehme an, Sie sprechen von N. W. Skriabin. Er hat sich bis jetzt bei mir noch nicht beschwert.«

»Das ist keine Antwort«, sagte Morin. »Kennen Sie Skriabin? Sind Sie ihm je begegnet?«

»Ich habe von ihm gehört.«

»Wenn Sie von ihm gehört haben, dann müssen Sie

auch wissen, daß er unter keinen Umständen Informationen preisgibt, wie Sie sie ihm zuschreiben.«

»Warum nicht?« Ich spürte, daß ich in die Enge getrieben wurde; darum sagte ich das erstbeste, was mir gerade einfiel. »Als leitender Funktionär des KGB hatte er wahrscheinlich Zugang dazu.«

Ich sah noch, wie Schneiders Hand auf mich zuraste, aber ich hatte keine Zeit mehr, mich zu schützen. Sie traf mich knapp oberhalb des Wangenknochens; der Schlag war so hart, daß ich fast vom Stuhl fiel. Einen kurzen Moment wußte ich überhaupt nicht, was eigentlich los war. Der Schmerz jagte mir durch den Schädel, und ich konnte nicht mehr richtig sehen. Dann begann es in meinen Ohren zu singen, Tränen traten mir in die Augen, und ich merkte, daß meine Brille auf meinem Schoß lag, wo auch der größte Teil meines Whiskys langsam versickerte.

Automatisch setzte ich mir die Brille wieder auf. Das Gestell war verbogen.

Schneider sah drohend auf mich herab. »Wäre ich Skriabin«, sagte er, »wäre dies nur der Anfang gewesen. Da ich aber nicht Skriabin, sondern nur ein Leser Ihres Blattes bin, der ein besonderes Bedürfnis hat, die Wahrheit zu erfahren, mag Sie das davor warnen, weiterhin Unsinn zu erzählen. Wer hat Ihnen die Information gegeben?«

»Über den Seismographen?«

»Fangen wir damit an.«

Mir war klar, daß jetzt der Augenblick gekommen

war, Bloch beim Wort zu nehmen und einen Teil der Verantwortung auf seine Schultern abzuwälzen.

»Ich bekam sie nicht direkt«, antwortete ich. »Sie müssen verstehen . . .«

Ich sah, wie Schneiders Hand wieder zum Schlag ausholte, aber Morin war ebenso schnell und hielt sie zurück.

»Warte«, sagte er. »Ich fürchte, unser Freund Carter weiß noch gar nicht, worum es hier geht.« Er wandte sich an mich. »Sie dürfen nicht glauben, daß wir diese Fragen stellen, um unsere private Neugierde zu befriedigen.«

»Wie komisch«, sagte ich. »Genau dieser Gedanke kam mir eben in den Sinn. Aber Sie hätten viel schneller ohne diesen ganzen Hokuspokus zum Kern der Sache kommen können.«

Er überhörte es. »Wie Schneider schon sagte, haben wir ein ganz besonderes Bedürfnis, der Wahrheit auf die Spur zu kommen. Und für Sie wäre es am besten, wenn Sie sich damit abfinden, daß es uns gelingt.«

Im Glas war noch ein Rest Whisky; ich trank ihn aus. »Einverstanden«, sagte ich. »Ich finde mich damit ab. Aber wenn ich es mit solchen Rohlingen wie Sie zu tun habe, möchte ich auch gern wissen, wer Sie sind. Das macht die Angelegenheit weniger langweilig. Sie geben sich als Franzosen aus, also sind Sie wahrscheinlich nicht vom SDECE. Bleiben die CIA, der KGB und der BND. Mich interessiert es wirklich: Zu wem gehören Sie?«

Madame Coursaux schnaubte angewidert und kam mit der Flasche herüber.

»In unserer Akte über Sie steht, daß Sie ein intelligenter Mann sind, Carter«, sagte sie, während sie mir nachschenkte. »Wenn Sie heute abend das vorzügliche Mahl genießen wollen, das Ihnen Ihre Tochter bereitet hat, wenn Sie fit genug bleiben wollen, es überhaupt zu können, dann müssen Sie sich auch dementsprechend benehmen.«

»Sonst könnte es Ihnen übel ergehen«, fügte Schneider grimmig hinzu. »Sie sagten also, Sie hätten die Informationen Skriabins nicht direkt erhalten. Wie aber kamen sie in Ihre Hände? Auf welchem Umweg?«

»Über den Besitzer von *Intercom*, über Arnold Bloch.«

»Und der bekam sie von wem?«

»Das weiß ich nicht.« Schneiders Gesichtsmuskeln spannten sich; ich zog es also vor, meine Antwort laut zu wiederholen. »Ich weiß es nicht. Ich bekam den ganzen Bericht so, wie Sie ihn gelesen haben. Kein Wort daran wurde geändert; ich habe freilich gebeten, es tun zu dürfen.«

»Warum? Was wollten Sie damit erreichen?«

»Ich wollte Skriabins Namen streichen. Das nämlich hätte auch im Einklang mit unseren Gepflogenheiten gestanden. Keine Nennung von Namen. Ich schickte ein Telegramm nach München, in dem ich Herrn Bloch bat, die Quellenangabe streichen zu dürfen. Er antwortete mir, er könne es mir nicht gestatten.«

»Gab er einen Grund dafür an?«

»Nein. Er wies mich nur an, die Geschichte unverändert zu drucken.«

»Haben Sie Beweise dafür?«

»Die Korrespondenz wird im Büro aufbewahrt, aber warum zum Teufel, warum bin ich verpflichtet, Ihnen irgend etwas zu beweisen ...«

Er unterbrach mich mit einer Handbewegung.

»Sie sagten, Sie hätten den Bericht bekommen. Wie?«

»Mit der Post. In einem Kuvert, das in Kopenhagen aufgegeben worden war. Aber auf Blochs Papier mit Münchner Anschrift.«

»Irgendeine Kopenhagener Adresse?«

»Nein. Mir fielen nur die dänischen Briefmarken und der Kopenhagener Poststempel auf.«

»Sie sagten gerade, N. W. Skriabin sei Funktionär des KGB. Darüber steht in dem von Ihnen veröffentlichten Bericht nichts. Wissen Sie das auch von Bloch?«

»Nein.«

»Aha. Sie hatten also noch eine andere Quelle. Wer war es?«

»Die Handbibliothek der Vereinten Nationen.«

»Sie wollten uns doch nicht mehr verulken, Carter!«

»Ich verulke Sie nicht. Wie ich Ihnen schon sagte, zögerte ich, Skriabins Namen zu drucken. Ich fühlte mich nicht wohl dabei. Ich mußte etwas über ihn erfahren. Ein Bekannter in der UN-Bibliothek grub ein paar biographische Daten über ihn aus – Erziehung, berufliche Laufbahn, Ehrungen und ähnliche Dinge. Auf seine

Verbindung zum KGB schloß ich deshalb, weil seine Versetzung zu einer unbedeutenden Handelsmission nicht zu seinem früheren Lebenslauf paßte. Dieser neue Posten sollte offensichtlich als Tarnung dienen.»

Eine Weile sah er mich prüfend an, dann nickte er. »Für den Augenblick wollen wir das gelten lassen. Aber jetzt zu dem Bericht in der Ausgabe vom 22. November über die Operation Dreieck. Woher hatten Sie den?«

»Von Bloch.«

»Aber Sie wußten, was die Operation Dreieck war?«

»Nein. Ich hatte keine Ahnung. Ich weiß es immer noch nicht.«

»Haben Sie sich nicht danach erkundigt?«

»Fragen zu stellen war nicht meine Sache.«

»Nicht Sache des Chefredakteurs?«

»Ich veröffentlichte Informations-Bulletins technischen und kommerziellen Inhalts, die Anweisungen kamen von dem Besitzer, von Herrn Bloch.«

»Hätte man Ihnen gesagt, daß ›Operation Dreieck‹ der Codename für die erste Baustufe eines Anti-Raketen-Radarnetzes ist und auf der Geheimhaltungsliste der NATO steht – hätten Sie den Bericht auch dann veröffentlicht?«

»Ich kann nicht sagen, ob ich es getan hätte oder nicht. Das hätte davon abgehangen, wer es mir gesagt hätte und ob ich ihm glauben sollte.«

»Mir können Sie glauben, Carter.«

»Dann muß die NATO eben ihre Geheimhaltungsprozedur überprüfen«, antwortete ich. »Wahrscheinlich schreibe ich einmal eine Geschichte darüber, ohne natürlich Sie zu erwähnen.« Wieder spannten sich Schneiders Gesichtsmuskeln, also fuhr ich rasch fort: »Sehen Sie, Monsieur Schneider. Sie verschwenden Ihre Zeit, wenn Sie sich so mit mir abplagen. Arnold Bloch ist Inhaber von *Intercom.* Er kontrolliert das Blatt. Er ist außerdem Public-Relations-Berater für die Industrie. Die beiden Informations-Bulletins, von denen Sie sprachen, aber auch andere, die Sie noch nicht erwähnten, wurden auf seine Anweisung hin gedruckt, um die geschäftlichen Interessen seiner Geschäftsfreunde zu fördern.«

»Welcher Geschäftsfreunde?«

»Franzosen und Deutsche. So jedenfalls sagte er es mir. Sonst weiß ich nichts über sie. Und was den Inhalt dieser Bulletins betrifft, so konnte ich meistens überhaupt nichts damit anfangen. Ich übernahm sie von Herrn Bloch in der Annahme, daß zumindest ein Teil unserer Leser sie verstehen würde. Und offensichtlich habe ich mich darin nicht geirrt. Sie scheinen erhebliches Interesse zu wecken, und Sie wissen wahrscheinlich, warum dies so ist. Jedenfalls besser als ich.«

»Können Sie wirklich so unschuldig sein, wie Sie es behaupten, Carter?«

»Unschuldig woran?« erwiderte ich. »Wollen Sie damit andeuten, daß jemand gegen die Gesetze verstoßen hat, daß der Besitzer oder der Herausgeber von *Intercom* sich eines Verbrechens schuldig gemacht hat?«

Er schüttelte schwer den Kopf; nicht, um damit meine Frage zu verneinen, sondern um seine Verzweiflung über meine Unvernunft auszudrücken. »Erinnern Sie sich noch, daß Sie uns fragten, wer wir wären? Sie stellten Ihre Frage auf eine ganz besondere Weise. Wenn Sie nichts zu verbergen haben und keinen Verrat begangen haben – warum sollten Sie dann befürchten, von einem ausländischen Nachrichtendienst verhört zu werden?«

»Weil ich, Madame erinnerte mich liebenswürdigerweise daran, nicht dumm bin und weil dies in einer Woche nicht das erste Mal ist, daß vollkommen fremde Menschen mich mit denselben Fragen belästigen.«

Er nickte. Offenbar war er darüber nicht erstaunt. Nebenan begann das Telefon zu läuten. Er wartete, bis Madame Coursaux das Zimmer verlassen hatte, ehe er antwortete.

»Die CIA?«

»Möglich, aber ich habe nicht danach gefragt. Ihre Methoden«, fügte ich noch hinzu, »waren weniger grob als Ihre, aber sie ließen durchblicken, daß sie unangenehm werden könnten, wenn ich stur bliebe. Darum fragte ich, ob auch Sie von der CIA kämen. Jetzt sehe ich natürlich, daß ich mich darin irrte.«

»Warum?« fragte Schneider scharf.

»Weil die CIA sich wahrscheinlich nicht so sehr um den Genossen Skriabin gekümmert hätte, sondern um eine Geschichte über den neuen FG 115.«

»Kam das auch von Arnold Bloch?«

»Ja. Ist das nicht bezeichnend? Er lieferte auch das

Bulletin über den Ärger der Russen mit ihrem Raketentreibstoff. Nehmen Sie es ruhig in Ihr Protokoll auf.«

Wie nebenbei schüttete er mir den Rest seines Drinks ins Gesicht. Ein Eiswürfel rutschte an meiner Krawatte hinunter zum Whisky, der allmählich in der Unterhose versickert war.

»Und jetzt erzählen Sie uns etwas über Arnold Bloch«, sagte er. »Aber nicht mehr frech werden wollen!«

»Da gibt es nicht viel zu erzählen. Ich habe ihn noch nie gesehen. Ich habe noch nicht einmal mit ihm gesprochen. Wir haben uns bis jetzt nur brieflich oder telegrafisch verständigt. Wenn Sie mehr über ihn wissen wollen, müssen Sie ihn schon selbst fragen. Zufälligerweise hat er mich gerade heute ausdrücklich angewiesen, alle Nachfragen bezüglich der Bulletins, die Sie erwähnten, dahingehend zu beantworten, daß – wer immer der Fragende sei – ich auf ihn persönlich verweisen sollte. Seine Adresse ist ...«

»Wir kennen seine Adresse. Wenn wir jetzt mit Ihnen in Ihr Büro gehen, können Sie uns dann dieses Telegramm zeigen?«

»Natürlich.« Ich schnippte den Eiswürfel von meinem Bein. »Ich kann Ihnen auch die Adresse von Dr. Bruchner geben, dem Schweizer Geschäftsführer der Gesellschaft. Er wohnt in Basel. Und dann hätte ich noch Lust, Ihnen ein Memorandum Blochs zu zeigen, in dem er mich daran erinnert, daß jedes Eingreifen ausländischer Nachrichtendienste in die Tätigkeit eines Schweizer Unternehmens von den hiesigen Sicherheitsbehörden mit größtem Mißfallen zur Kenntnis genommen wird. Und wenn Sie eine Weile darüber nachgedacht haben, könnten wir die Polizei anrufen.«

Schneider hob seine Hände, als wären ihm schließlich doch die Worte ausgegangen, und schenkte sich noch einmal einen Whisky ein. Morin lachte. »Was wollen Sie der Polizei denn sagen, Carter? Daß Sie eine Autopanne haben? Daß wir zufällig vorbeikamen und Sie auf ein Glas einluden, bis der Wagen wieder flott war? Daß Sie beim Plaudern aus Versehen Ihren Whisky verschüttet haben? Ich glaube nicht, daß sich die Polizei sehr dafür interessieren würde.«

Madame Coursaux kam wieder ins Zimmer zurück. »Der Wagen ist fertig«, sagte sie.

»Schön, schön.« Morin lachte meckernd. »Es war hoffentlich nicht so schwer, die Plastikbombe einzubauen. Geht sie hoch, wenn er die Tür öffnet, oder erst dann, wenn er die Zündung einschaltet?« In gespieltem Schrecken hob er plötzlich die Hand. »Nein, sagen wir es ihm noch nicht. Es soll eine Überraschung werden.«

Ich stand auf.

»Sie verlassen uns?« fragte er.

»Was bin ich Ihnen schuldig, Madame?«

»Wofür, Monsieur?«

»Für die Reparatur meines Wagens. Denn ich nehme an, daß es das war, was Sie uns so lange ferngehalten hat.«

Sie warf mir einen bösen Blick zu. Morin pfiff eine Melodie.

»Seine Erfahrungen in den Händen der CIA haben ihn auf seltsame Gedanken gebracht«, sagte Morin, an Schneider gewandt. »Aber wir müssen so etwas verstehen, nicht wahr?«

Schneider beobachtete mich schweigend. Dann sagte er: »Diesmal sind Sie uns nichts schuldig, Carter – *diesmal.*«

Er entließ mich mit einem Kopfnicken. Morin folgte mir in den Flur hinaus. Als er mir in den Mantel half, sagte er mir: »Ein gutgemeinter Rat, Carter. Es kann ein nächstes Mal geben. Wir haben Kollegen, die Ihnen weitere Fragen stellen und andere Vorschläge machen könnten. Machen Sie es sich bitte nicht dadurch schwerer, daß Sie zur Polizei oder zu den Schweizer Sicherheitsbehörden gehen. Dort finden Sie keine Hilfe. Sie schaden dadurch nicht nur sich selbst, sondern auch anderen. Denken Sie lieber an das, worüber wir uns vorhin unterhielten: an das Ende der Männer und Frauen, die für die *Résistance* gearbeitet hatten. Und es war nicht nur der Herausgeber, der damals ums Leben kam. Sie haben mich verstanden?«

»Ja.« Ich wollte jetzt nichts anderes als fort von hier.

Lächelnd öffnete er mir die Tür. »Bon appétit«, verabschiedete er sich gutgelaunt.

Ich ging.

Meine Knie waren weich, aber als ich erst wieder

frische Luft atmete, fühlte ich mich wohler. Zu Fuß machte ich mich auf den Weg zu meinem Auto.

Als ich ein paar hundert Schritte zurückgelegt hatte und sich die Kopfschmerzen allmählich legten, sah ich den Fiat mit dem Fribourger Kennzeichen, der mich überholte und vor der nächsten Straßenkreuzung einparkte.

KAPITEL 7

VALERIE CARTER

Tonbanddiktat

Mein Vater sah furchtbar aus, als er nach Hause kam. Sein Gesicht war blaß und voller Flecken, seine Brille verbogen, und das Atmen schien ihm schwerzufallen. Er roch stark nach Alkohol.

Im ersten Augenblick dachte ich, er habe zuviel getrunken und sei gestürzt. Er murmelte etwas davon, man habe ihn aufgehalten, und ging dann zum Wohnzimmerfenster, um einen Blick hinunterzuwerfen. Er zog noch nicht einmal seinen Mantel aus.

»Was ist denn los?« fragte ich. »Sind sie dir wieder nachgefahren?«

»Ja«, antwortete er, »und offensichtlich sind sie noch immer unten. Mach dir nichts draus, Valerie.«

»Das Essen ist gleich fertig.«

»Zuerst muß ich noch ein Glas trinken. Ich rieche vielleicht wie ein ganzer Schnapsladen, aber das ist nur äußerlich.«

Ich widersprach nicht. Denn zu dieser Zeit war mir schon klar, daß er nicht betrunken, sondern furchtbar aufgebracht war.

»Was ist denn passiert?«

Er erzählte es mir nicht sofort. Er sagte nur: »Ich muß erst noch einmal darüber nachdenken, Valerie, ich muß mir erst selbst alles genau überlegen.«

Ich schenkte ihm also einen Whisky ein und ging wieder in die Küche.

Er stand noch immer am Fenster, als ich das Tablett hereinbrachte und damit begann, den Tisch zu decken.

Es gab Kalbsmedaillons in Weinsauce, ich erinnere mich noch gut daran; aber ich glaube nicht, daß es einem von uns schmeckte. Und während des Essens erzählte er mir, was er erlebt hatte.

Ich muß Ihnen etwas gestehen, Mr. Latimer. Ich bin kein allzu großer Freund von Kriminalromanen, und es kommt nur selten vor, daß ich einen lese. Manche Ihrer Bücher habe ich natürlich gelesen – diejenigen jedenfalls, deren englische Ausgabe mein Vater besaß –, aber erst dann, als ich Sie kennengelernt hatte. Weil es mir ein Gebot der Höflichkeit schien und weil ich wissen wollte, wie gut Sie zu schreiben verstanden. Sie gefielen mir wirklich sehr gut. Die Handlung ist äußerst raffiniert, der Stil besser als bei den meisten anderen. Vor allem aber ist keine einzige der darin vorkommenden Figuren gezwungen, sich unrealistisch zu benehmen. O Gott, das muß in Ihren Ohren sichtlich furchtbar impertinent und aufdringlich klingen, aber vielleicht wissen Sie doch, was ich damit sagen will. Was ich in solchen Geschichten nicht verstehen kann, sind jene Typen, die sich in eine bedrohliche Situation verstricken lassen und die gefährlichsten Abenteuer nur deshalb zu überstehen haben, weil sie aus nur schwer verständlichen Gründen die Polizei nicht rechtzeitig riefen. Die Autoren müssen ihre Leser wohl für Trottel halten, und das bringt mich immer wieder in Wut.

Und genauso ärgerlich wurde ich, als mein Vater mir zu erklären begann, warum er nicht zur Polizei gehen könne, um ihr alles zu sagen. Natürlich ärgerte ihn das auch. Er wurde richtig böse.

»Und was soll ich der Polizei erzählen? Was schlägt Fräulein Tollkühn vor?« fragte er.

»Du selbst hast gesagt, du wärest entführt worden.«

»Man hat mich tatsächlich entführt.«

»Und geschlagen.«

»Wie soll ich das beweisen? Mit meinem verbogenen Brillenrahmen?«

»Du könntest deine Aussage beeiden.«

»Mein Wort stünde gegen das ihre - eine Aussage gegen drei.«

»Ja«, antwortete sie, »aber gerade das ist es ja: sie sind zu einer Aussage gezwungen. Sie würden von der Polizei vernommen werden und müßten zu den Vorwürfen Stellung nehmen. Wenn es wirklich Leute vom

KGB waren, wie du annimmst, wäre ihnen das bestimmt nicht recht. Was meinst du wohl – warum haben sie dich davor gewarnt, zur Polizei zu gehen?«

»Weil ich, wenn ich es täte, ihnen gewisse Schwierigkeiten bereiten würde.«

»Und das ist immerhin besser als nichts. Zumindest begreifen sie, daß du dich nicht einschüchtern läßt.«

»Und sie wissen dann auch, daß ich auf Drohungen mit sinn- und wirkungslosem Trotz reagiere. Mir wäre es lieber, wenn sie das nicht in mein Dossier schrieben.«

»Du willst also gar nichts unternehmen?«

»Es bleibt mir nichts anderes übrig.«

»Du solltest zumindest Dr. Bruchner anrufen und ihn um Rat fragen.«

Darauf antwortete er nicht mehr. Ich glaube fast, er hörte es nicht einmal. Er war mit seinen Gedanken plötzlich irgendwo anders. Ich ging in die Küche, um Kaffee zu kochen.

Als ich zurückkam, saß er noch immer am Tisch und starrte auf seinen Teller.

»Eines verstehe ich überhaupt nicht«, sagte er.

Sonst hatte er alles durchschaut? Es kostete mich Mühe, es nicht laut zu fragen.

»Sie wollten nicht wissen, was ich als nächstes unternehmen würde«, fuhr er fort. »Ich an ihrer Stelle hätte bestimmt erfahren wollen, ob noch mehr solcher Bulletins existierten und, wenn ja, was mit ihnen geschehen würde. Aber das interessierte sie nicht. Morin deutete vage an, daß seine Kollegen unter Umständen weitere Fragen stellen und Vorschläge machen würden, aber das war auch alles. Das deutet darauf hin, daß ihre Aufgabe darin bestand, die Quelle der Bulletins zu erfahren und mich für die Zukunft ein wenig gefügig zu machen. Er warnte mich davor, zur Polizei oder den Schweizer Sicherheitsbehörden zu gehen; würde ich es doch tun, drohte er mit Repressalien. Aber er forderte mich nicht auf, nicht mehr zu veröffentlichen, was Bloch mir schickte. Ich wüßte nur zu gern, warum er es nicht tat.«

»Vielleicht stellen sie Bloch persönlich ein Ultimatum«, sagte ich. »Er bestimmt die Redaktionspolitik, nicht du. Das hast du ihnen ja auch gesagt. Übrigens – hat er dir denn noch mehr von diesen Bulletins geschickt?«

»Ja, eines.« Er erzählte mir von dem Electret-Artikel. »Ich nehme an«, fuhr er fort, »wenn die nächste Nummer erschienen ist, habe ich die Engländer am Hals.«

»Dann drucke es eben nicht.«

»Sei doch nicht albern, Valerie. Natürlich drucke ich es.« Er stand auf. »Jetzt erst recht. Und jetzt gehe ich ins Büro.«

»So spät noch? Warum?«

Er trank sein Glas leer und goß einen kräftigen Schuß Cognac in den Kaffee. »Weil mir gerade einfiel, daß der einzige Beweis dafür, daß ich die Wahrheit gesagt habe, in einem Aktenordner auf Nicoles Schreibtisch liegt – die Bulletins, die Korrespondenz mit Bloch, alles. Ich selbst habe sie dorthin gelegt, ehe ich ging. Aber nach dem, was sich heute abend ereignet hat, werde ich über das Wochenende besser schlafen können, wenn ich weiß, daß der Ordner an einem sichereren Ort aufgehoben ist.«

»Soll ich dich hinfahren?«

Er schüttelte den Kopf. »Bis du das Geschirr gespült hast, bin ich wieder zurück.«

Bevor er ging, trank er noch seinen Kaffee mit Cognac.

Das war kurz vor zehn Uhr. Um elf machte ich mich zum Schlafengehen fertig. Daß er noch nicht zurückgekommen war, bekümmerte mich nicht. Wenn er erst einmal im Büro saß, würde er kaum noch auf die Zeit achten; das wußte ich. Vielleicht arbeitete er noch – oder nahm es sich jedenfalls vor, um es bald wieder zu vergessen. Als ich gegen halb zwölf allmählich müde wurde, wollte ich ihn anrufen, um ihm zu sagen, daß ich nicht mehr auf ihn wartete. Aber niemand meldete sich. Ich nahm an, daß er noch auf einen Whisky in ein Café gegangen war. Dagegen war nichts mehr zu machen. Ich legte mich ins Bett.

Um sieben Uhr am nächsten Morgen kam der Anruf vom Krankenhaus.

THEODORE CARTER

Tonbanddiktat

Ich will offen zugeben, daß ich Valerie gegenüber nicht vollkommen ehrlich war. Ich war nicht nur deshalb ins

Büro gegangen, um den Bloch-Ordner an einen sicheren Ort zu bringen, sondern ich wollte noch einmal einen Blick in das Electret-Bulletin werfen, bevor ich mir endgültig darüber schlüssig wurde, ob ich es drucken sollte oder nicht.

Denn wenn ich es ihr gegenüber auch brüsk abgestritten hatte, erschien es mir in diesem Augenblick doch nicht besonders erstrebenswert, auch die Engländer zum Eintritt in den rasch wachsenden Klub der Carter-Jäger einzuladen. Nicht daß ich etwa befürchtet hätte, die Briten würden irgendwelche bulligen Typen schicken, die mich mit Schlägen traktieren und mir Whisky ins Gesicht schütten sollten, aber ich wußte doch, daß ihre Geheimdienstleute nicht immer jene Gentlemen sind, die zu sein sie oft vorgeben. Sie können ziemlich nachtragend werden. Wenn sie sich vornahmen, wirklich häßlich zu sein, und wenn sie es richtig einfädelten, würde es ihnen wahrscheinlich gelingen, meine, die kanadische Botschaft dazu zu bringen, mir ordentlich auf die Pfoten zu klopfen.

Andererseits war ich aber auch nicht bereit, das Handtuch nur deshalb zu werfen, weil man ein wenig ruppig wurde. Ich lasse mich nicht gern unter Druck setzen – das macht mich ziemlich blutrünstig –, und wenn ich Bloch auch nicht kannte, so blieb doch die Tatsache, daß er es schließlich war, von dem ich mein Gehalt bekam. Wenn er also seine verdammten technischen Bulletins in seiner Zeitschrift erscheinen lassen wollte, wie hätte ausgerechnet ich etwas dagegen einwenden dürfen? Als Herausgeber hatte ich das Recht, mich einer Änderung der Redaktionspolitik zu widersetzen; ich konnte, wenn darauf keine Rücksicht genommen würde und ich mich stark genug fühlte, kündigen. Wenn das für die Veröffentlichung vorgesehene Material verleumderisch oder obszön war, konnte ich juristische Gründe geltend machen. Ich hatte mir wegen des Hinweises auf Skriabin keine weiteren Gedanken gemacht, und niemand – außer vielleicht Monsieur Schneider vom KGB – hatte eine Verleumdung darin gesehen. Goodman hatte mir nicht vorgeworfen, wir hätten eine Falschmeldung über die FG 115 verbreitet, und ein Electret war gewiß nichts Obszönes, wenn man der Erklärung in Websters *Third International Dictionary* glauben durfte. *Intercom* hatte nicht die Aufgabe, einen Popularitätswettbewerb zu gewinnen. Solange nicht jemand kam – jemand, der dazu berechtigt war –, der mir den Auftrag erteilte, diese Veröffentlichungen einzustellen, schien es für mich keinen begründeten Anlaß zu geben, es von mir aus zu tun.

Und dennoch machte ich mir Sorgen. Auf dem Weg zum Büro hatte ich wenigstens einen Entschluß gefaßt: wenn ich das Electret-Bulletin noch einmal gelesen und mich endgültig dazu entschlossen hatte, es abzudrucken, wollte ich Blochs Vorschlag entsprechend seinen Namen als Quelle angeben. Wenn die Engländer wirklich jemanden suchten, den sie verprügeln konnten, würden sie sich vielleicht ihn vornehmen und nicht mich.

So spät am Abend war es nicht besonders schwer, einen Parkplatz in der Nähe des Büros zu finden. Den Wagen mit der Fribourger Nummer hatte ich unterwegs nicht mehr gesehen.

Unser Büro lag in der zweiten Etage. Die Briefkästen für das ganze Haus hingen im Erdgeschoß. Nicht so sehr, weil ich etwas zu finden erwartete, sondern aus purer Gewohnheit sah ich in unseren Kasten, als ich auf den Lichtschalter drückte. Ein Telegramm lag darin.

Ich schloß den Kasten auf und öffnete das Kuvert. Es war das Telegramm Bruchners, in dem dieser mir Blochs Brüsseler Postlageradresse angab. Abgesehen davon, daß es mir zeigte, daß Dr. Bruchner sich noch um mich kümmerte, konnte ich zu diesem Zeitpunkt freilich wenig damit beginnen. Ich steckte es in meine Manteltasche und ging die Treppe hinauf.

Ungefähr eine halbe Minute hatte es gedauert, bis ich das Telegramm aus dem Kasten geholt, geöffnet und gelesen hatte; als ich mitten auf den Stufen war, erlosch das Licht. Ich fluchte, während ich mich zum Schalter der *Minuterie* in der zweiten Etage vorwärtstastete. Das Treppenhaus war nicht mit einem Teppich ausgelegt, und man kann wirklich sagen, daß ich ziemlich viel Lärm machte, bis das Licht schließlich wieder brannte und der Schlüssel im Schloß steckte – genug Lärm jedenfalls, um jeden im Büro von meiner Ankunft zu unterrichten.

Die Tür war nicht durch ein Sicherheitsschloß gesichert, und wenn man sie abends nicht verschloß, konnte man sie durch einen Drehknauf öffnen. An diesem Abend hatte ich das Büro als letzter verlassen, und ich wußte genau, daß ich, wie sonst immer auch, abgeschlossen hatte. Aber als ich jetzt versuchte, den Schlüssel herumzudrehen, ging das nicht – die Tür war nicht verschlossen.

Mein erster Gedanke war, daß die Concierge aus irgendeinem Grunde hereingekommen war – sie besaß einen Hauptschlüssel – und beim Gehen vergessen hatte, wieder abzuschließen. Ich stieß die Tür auf und tastete nach dem Lichtschalter.

Das Treppenhauslicht war mittlerweile wieder verloschen, und ich hatte den Schalter noch immer nicht gefunden, als ich auf einmal roch, daß irgend etwas nicht in Ordnung war. Fast jedes Büro hat seinen ganz eigentümlichen Geruch. Bei uns roch es nach Vervielfältigerfarbe, nach Maschinenöl, nach Korrekturlack für die Matrizen und Nicoles französischen Zigaretten.

Was ich aber nun roch, war Lavendelwasser.

Mein Herz klopfte unangenehm heftig, und ich wandte mich zur Tür zurück. In diesem Augenblick leuchtete in nächster Nähe eine Taschenlampe auf.

Da dieses Licht sehr hell war, hielt ich zum Schutz eine Hand vor die Augen. Ich glaube, ich wollte gerade sagen: »Was zum Teufel soll das!« Aber ich kam nicht dazu. Als ich meinen Mund öffnete, hörte ich ein dumpf zischendes Geräusch – es klang, als öffnete man eine Bierdose –, und irgend etwas platschte mir ins Gesicht.

Eine Sekunde später – wahrscheinlich mit dem nächsten Atemzug – kam der Schmerz.

Tränengas war es nicht. Das kenne ich. Bei einer Straßenschlacht in Paris hatte ich Bekanntschaft mit ihm gemacht. Das hier war zehnmal schlimmer; ein Nervengas, man könnte fast sagen, ein chemischer Totschläger. Es hatte keinen besonderen Geruch, aber es wirkte fast sofort. Zuerst ein stechender Schmerz in den Schläfen, dann im Hals und schließlich in der Brust. Unmittelbar danach folgte ein Gefühl, als wollte der ganze Magen herauskommen, ehe schlimmeres Unheil geschah. Es war, als würde ich explodieren. Ich glaube nicht, daß ich das Bewußtsein verlor, denn das nächste, woran ich mich erinnern kann, war, daß ich mit geschlossenen Augen herumtaumelte, mich übergab und nach Atem rang. Dann stolperte ich über einen Stuhl und fiel hin. Ich versuchte gar nicht aufzustehen. Ich wollte nur noch, daß der Schmerz nachließ und ich wieder Luft bekam.

Ich weiß nicht, wie lange ich liegenblieb, wie lange es dauerte, bis die Magenkrämpfe nachließen; wahrscheinlich waren es zwanzig Minuten. Aber auch jetzt hatte ich Angst, mich zu bewegen. Ich fürchtete, die Schmerzen könnten von neuem beginnen, wenn ich mich rührte. Ich lag noch im kleinen fensterlosen Flur in völliger Dunkelheit. Nach einer Weile tastete ich meine Umgebung ab, um mich ein wenig zu orientieren. Ich berührte das Bein jenes Stuhles, über den ich gefallen war, und das gab mir einen kleinen Hinweis darauf, wo ich sein mußte, da im Flur nur ein einziger Stuhl stand. Ich wartete noch eine oder zwei Minuten und kroch dann zur Etagentür. Erst als ich den Türpfosten erreicht hatte, versuchte ich aufzustehen. Meine Schläfen schmerzten immer noch so, als habe jemand flüssiges Blei hineingegossen, aber der Magen schien sich wieder beruhigt zu haben. Ich suchte den Schalter und knipste das Licht an. Als ich mich daran gewöhnt hatte, aufrecht zu stehen, und sicher war, daß mir meine Beine den Dienst nicht versagen würden, ging ich im großen Bogen um den Schmutz auf dem Boden in mein Arbeitszimmer.

Mein Schreibtisch war durchsucht worden; ich hatte es nicht anders erwartet. Der Inhalt der Schubladen war säuberlich auf der Tischplatte aufeinandergestapelt. Daß der Safe offenstand, überraschte mich. Es war die Idee des Generals gewesen, daß wir einen Panzerschrank für unsere Dokumente haben müßten, aber ich hatte kaum einmal etwas anderes darin verwahrt als unsere Rechnungsbücher, und da es offenbar ein recht billiges Modell war, das eher vor Feuer als vor Dieben schützen sollte, ließ ich meistens den Schlüssel im Schloß stecken.

Ich ging hinüber in Nicoles Zimmer. Hier schien nichts angerührt worden zu sein. Der Ordner mit der Bloch-Korrespondenz lag noch dort, wohin ich ihn gelegt hatte.

Ein rasches Durchblättern zeigte mir, daß nichts fehlte. Ich nahm das Electret-Bulletin heraus, spannte es in Nicoles Schreibmaschine und setzte unter die Überschrift die Zeile: »Von unserem Münchner Korrespondenten Arnold Bloch«. Dann kopierte ich es und legte das Duplikat in die Mappe mit den anderen Manuskripten, die für die Ausgabe der nächsten Woche vorgesehen waren. Nicoles erste Aufgabe am Montag war es, sie alle noch einmal abzuschreiben, damit ich sie zum Druck fertig machen könnte. Bis dahin brauchte ich mir darüber keine Gedanken mehr zu machen.

Das Original des Bulletins legte ich wieder in den Ordner ab, den ich anschließend in mein Büro stellte. Zunächst hatte ich vor, ihn im Safe zu verschließen, zog es dann aber doch vor, ihn mit nach Hause zu nehmen. Ich steckte ihn deshalb in eine alte Aktentasche.

Als nächstes holte ich die Whiskyflasche aus ihrem Versteck hinter dem *Who's Who in America* und das Glas, das ich hinter *Satow's Guide to Diplomatic Practice* verborgen hielt, um endlich den Metallgeschmack des Gases aus meinem Mund zu vertreiben.

O ja, ich dachte wirklich daran, die Polizei zu verständigen. Ich überlegte es sehr sorgfältig. Aber was hätte ich sagen können, das man mir auch geglaubt hätte? Daß jemand in mein Büro eingedrungen war? Es gab keinen Beweis dafür, daß sich jemand gewaltsam Zutritt verschafft hatte; ich hatte die Etagentür sehr sorgfältig nach Spuren untersucht. Daß mich ein Dieb heimgesucht hatte? Mir war nichts gestohlen worden. Daß mir jemand etwas ins Gesicht geschüttet hatte, wovon mir übel wurde? Nun ja – man sah deutlich, daß ich mich übergeben hatte; zweifellos hatte ich etwas gegessen, was mir nicht bekommen war. Gas? Morgen fühlen Sie sich gewiß wieder wohler, Monsieur.

Ich würde von Glück reden müssen, wenn man mich noch so höflich behandelte.

Ich machte im Flur sauber, so gut es eben ging, und trank noch ein Glas Whisky. Man kann es nicht anders sagen: In diesem Augenblick fühlte ich mich miserabel – ich fror, und meine Knie waren weich. Wahrscheinlich eine nachträgliche Wirkung des Schocks. Denn betrunken war ich wirklich nicht. Ich hatte jetzt nur noch den Wunsch, sofort ins Bett zu gehen.

Und mit etwas Glück wäre ich sicher auch rasch ins Bett gekommen. Ich stellte die einigermaßen geleerte Whiskyflasche wieder in ihr Versteck, nahm die Aktenmappe unter den Arm und schaltete alle Lichter aus. Dann öffnete ich die Etagentür und drückte auf den Knopf der Treppenhausbeleuchtung. Das Ritual des Abschließens erschien mir sinnlos – jeder, der es wollte, konnte mit einer Papierklammer hereinkommen –, aber ich tat es doch, wie immer. Wenn ich ehrlich sein soll: ich war froh über die Verzögerung, die dadurch vor meiner Abfahrt entstand. Sie werden sicher verstehen, daß ich Angst davor hatte, hinaus auf die Straße zu gehen. Ich hatte Angst davor, daß Schneider mit Verstärkung zurückgekommen sein könnte und mich draußen erwartete. Aber ich war entschlossen, *dieses* Risiko auf mich zu nehmen. Erst als ich schon auf dem Weg die Treppe hinab war, sah ich diesen

CIA-Knilch Rich mit einem anderen Mann, den ich nicht kannte, dir mir entgegenkamen. Ich geriet in Panik.

Schon gut, Mr. L., ich weiß. Sie sind der Meinung, ich hätte mich benommen wie ein Clown; Sie denken, es wäre besser gewesen, wenn ich gelassen geblieben wäre, wenn ich ihnen höflich, aber entschlossen zu verstehen gegeben hätte, daß ich Besucher nur nach Vereinbarung und nur während der üblichen Bürostunden empfange. Nun ja – wenn Sie meinen, Sie hätten sich in meiner Lage so verhalten, kann ich Ihnen nur gratulieren. Sie dürfen nur nicht vergessen, Mr. L., daß dieser Tag mir recht unangenehme Erlebnisse gebracht hatte. Innerhalb weniger Stunden hatte man mich entführt, einem harten Verhör unterzogen, geschlagen, bedroht; man hatte bei mir eingebrochen und mich mit Gas außer Gefecht gesetzt. Nach einer solchen Behandlung neigt man gern dazu, ein wenig hyperpragmatisch zu reagieren. Und wenn dann noch jemand auftaucht, der auf noch mehr Ärger schließen läßt, denkt man nicht lange nach. Man läuft weg.

Und ich lief weg.

Ich sprang über die Treppe geradewegs auf sie zu, wirbelte die Aktentasche gegen Richs Gesicht. Er wich rückwärts aus und prallte gegen den anderen Mann, der hinter ihm ging. Ich weiß nicht, ob sie versuchten, mich festzuhalten, als ich an ihnen vorbeihastete. Wahrscheinlich nicht, denn sie waren völlig aus dem Gleichgewicht geraten, und ich ließ ihnen keine Zeit, sich von ihrer Verblüffung zu erholen.

Rich rief mir noch etwas nach – er wolle sich nur mit mir unterhalten oder so –, aber ich dachte gar nicht daran stehenzubleiben. Auch Schneider hatte im Château Europa nur mit mir reden wollen. Als ich die Tür zur Straße erreichte, hörte ich, wie sie hinter mir her die Treppe herunterpolterten.

Der Fiat mit der Fribourger Nummer stand direkt vor der Tür, und im Vorbeilaufen sah ich, wie sich das Gesicht des Fahrers nach mir umwandte. Mein Wagen stand auf der anderen Seite der Straße. Als ich ihn erreicht hatte und gerade die Tür aufschloß, sah ich Rich und den anderen Mann aus dem Haus laufen und auf mich zurennen. Rich rief meinen Namen.

Obwohl ich kaum noch Luft bekam und schrecklich zitterte, gelang es mir, den Zündschlüssel ins Schloß zu bekommen und abzufahren, noch ehe sie mich erreichen konnten. Ich raste los wie ein Verrückter.

Am frühen Abend hatte es geregnet, und die Straßen waren noch naß. Als ich auf den Pont de la Coulovrenière einbog, kam ich gefährlich ins Schleudern. Es gelang mir nur mit knapper Not, den Wagen wieder unter Kontrolle zu bekommen. Meine Verfolger kamen dicht auf; als wir über den Boulevard Fazy fuhren, waren sie nur noch hundert Meter hinter mir. Ich bildete mir ein, ich könnte sie in den Straßen hinter dem Bahnhof Cornavin loswerden. Warum, dürfen Sie mich nicht fragen. Jetzt ist mir natürlich auch klar, daß sie – hätte ich ihnen hier entkommen können – nur zu meiner Wohnung fahren und dort warten mußten, bis ich nach Hause kam. Damals aber dachte ich nur an das eine: Ich wollte fort von ihnen. Ich überlegte, daß es mir gelingen könnte, wenn ich vor einigen entgegenkommenden Wagen an der Place de Montbrillant unvermittelt nach links abbiegen würde.

Es gelang. Ärgerlich war nur, daß ich mir für diesen Trick eine sehr enge Gasse ausgesucht hatte, die durch einen abgestellten Lastwagen versperrt war, und daß ich zu plötzlich und zu schnell abgebogen war. Mit quietschenden Reifen und in einem Winkel von fünfundvierzig Grad brach ich in die Nebenstraße ein. Bei einem schleudernden Wagen mit Heckmotor hat es keinen Sinn, den Fuß vom Pedal zu nehmen; man muß Gas geben, damit das Heck wieder in die Spur kommt. Hätte der Lastwagen nicht dort gestanden, es wäre mir wahrscheinlich gelungen. So aber blieb mir kein Platz zum Manövrieren. Ich versuchte gegenzusteuern, aber das Heck kam nicht schnell genug herum. Ich erwischte den Lastwagen mit meiner linken Seite. Danach – so jedenfalls erzählte man es mir später – schleuderte mein Wagen über den Bordstein und gegen den Prellstein einer Toreinfahrt. Bei dem Aufprall stieß ich mit dem Kopf durch die Windschutzscheibe und verlor das Bewußtsein. Es war, als hätte jemand ein Kerzenlicht in mir ausgeblasen.

So und nicht anders bekam ich es mit der Polizei zu tun.

KAPITEL 8

COMMISSAIRE PAUL-EMILE VAUBAN

Police Judiciaire, Genève

Redigiertes Tonbandinterview [1]

Der von Ihnen erwähnte Unfall ereignete sich am Freitag, dem 16. Dezember, gegen 23.25 Uhr. Der Stadtteil Cornavin liegt innerhalb meines Zuständigkeitsbereichs.

Die Berichte über Verkehrsunfälle und andere wichtige Vorkommnisse gehen in der Regel an die diensthabenden Reviervorsteher; eine Zusammenfassung dieser im Laufe der Nacht eingegangenen Meldungen erhalte ich jeden Morgen bei Dienstbeginn. Bei Kapitalverbrechen – auch wenn sie nur vermutet werden – ist es dagegen selbstverständlich, daß man mich ohne Rücksicht auf die Tageszeit telefonisch unterrichtet. Wegen offenbar unbedeutender Vorkommnisse wie dem, um das es hier geht, werde ich natürlich nicht gestört.

Als ich am Morgen des 17. Dezember den Namen Theodore Carters in den Berichten sah, ersuchte ich sofort um eine genauere Unterrichtung. Wie Ihnen offensichtlich bekannt ist, war ich diesem Mann schon zuvor

[1] Ins Englische übersetzt von C. L.; deutsch von D. S.

begegnet, und es erschien mir angebracht, daß Polizei und Ausländeramt in diesem Fall zusammenarbeiten sollten.

Die schwerwiegendsten Vorwürfe, die zu diesem Zeitpunkt gegen ihn erhoben wurden, waren Trunkenheit am Steuer und Gefährdung des Straßenverkehrs. Dem Bericht nach gab es drei Unfallzeugen; einer von ihnen wäre von Carters Wagen fast getroffen worden, als dieser von der Fahrbahn abkam. Zur Unfallzeit befand sich eine Funkstreife vor dem Bahnhofsgebäude; anderthalb Minuten später war sie an Ort und Stelle.

Der Streifenführer unterrichtete die *Policlinique* von dem Unfall und forderte für Carter einen Rettungswagen an. Carter, so sagte er, habe stark nach Alkohol und Übergebenem gerochen. Blut- und Urintests kurz nach seiner Einlieferung ins Krankenhaus bestätigten seine Beobachtung: Es wurde eine Menge von 320 Milligramm Alkohol pro 100 Milliliter Blut und 440 Milligramm Alkohol pro 100 Milliliter Urin festgestellt. Es steht somit zweifelsfrei fest, daß Carter schwer angetrunken war. Seine Verletzungen – Abschürfungen und Schnittverletzungen im Gesicht, hervorgerufen durch das gesplitterte Sicherheitsglas – schienen leichter Natur zu sein. Da er jedoch das Bewußtsein verloren hatte, hielten die behandelnden Ärzte es für angebracht, ihn zur Beobachtung so lange im Krankenhaus zu lassen, bis sich erwiesen hatte, daß seine Gehirnerschütterung keine weiteren Folgen nach sich ziehen würde.

Als Carter wieder zu Bewußtsein gekommen war, machte er zur Ursache des Unfalls eine Reihe offensichtlich unsinniger Aussagen, was man zunächst durch seine Trunkenheit zu erklären versuchte. Als er jedoch später darauf beharrte und gewaltsam versuchte, das Krankenhaus zu verlassen, vermutete man ernsthaftere Schädigungen seines Gehirns. Der behandelnde Arzt entschloß sich, einen Spezialisten der neuropsychiatrischen Abteilung zu konsultieren.

Im Lichte meiner eigenen Erfahrung mit Monsieur Carter erschien mir dies zu jener Zeit als durchaus angemessen. Ich bat darum, mich über die weitere Entwicklung in diesem Falle auf dem laufenden zu halten.

Carters Tochter war mittlerweile schon darüber unterrichtet, daß ihr Vater einen Unfall erlitten habe und im Krankenhaus liege. Als sie dort eintraf, konnte sie ihn jedoch nicht sofort besuchen, da er fest schlief.

Später dann besuchte Mlle. Carter mich in meinem Büro.

Wie Ihnen sicher nicht entgangen sein wird, ist Mlle. Carter eine sehr gut aussehende junge Frau. Ich bedauerte es zutiefst, daß ich ihrer Bitte, man möge ihren Vater noch am Vormittag dem Richter vorführen und *sous caution* entlassen, nicht entsprechen konnte. Sie selbst sei, so sagte sie, bereit, die erforderliche Summe zu stellen.

Ich erinnerte sie daran, daß die Beschuldigungen gegen ihren Vater schwerwiegend waren, daß ein Verhandlungstermin nicht vor Montagvormittag möglich sei und ihr Vater ohnehin nicht aus dem Krankenhaus entlassen werden könne. Ich sagte ihr außerdem, daß die Entscheidung über weitere polizeiliche Maßnahmen erst dann getroffen würde, wenn das Gutachten des Psychiaters vorlag.

Darauf wurde sie widerborstig. Es war wirklich kein leichtes Gespräch. Die jungen Leute von heute haben keinen Respekt mehr vor der Autorität. Ich versuchte, so gut es ging, ihr meine schwierige Lage zu erklären. Dabei erwähnte ich auch – möglicherweise ein wenig zu spöttisch –, ihr Vater habe seine Verletzung der Verkehrsvorschriften damit zu entschuldigen versucht, er sei zu diesem Zeitpunkt von Agenten ausländischer Nachrichtendienste gejagt und gehetzt worden.

»Und woher wollen Sie wissen, daß er nicht die Wahrheit sagte?« fragte sie mich.

Da ich eine Antwort für sinnlos hielt, zuckte ich nur mit den Schultern.

Das brachte sie noch mehr in Wut. »Genau. Sie wissen es nicht. Und jetzt« – dabei deutete sie mit dem Finger auf mich –, »jetzt verfolgt ihn auch noch die Polizei. Man sollte sich schämen.«

»Mademoiselle ...« begann ich, aber sie hatte offenbar keine Lust, einer vernünftigen Antwort zuzuhören.

»Jawohl, man sollte sich schämen«, fuhr sie fort. »Und ich war dumm genug, ihm vorzuschlagen, daß er sich von der Polizei helfen lassen sollte.«

Schließlich erklärte sie noch, sie werde sich an einen Rechtsanwalt wenden. Dann ging sie.

Rückblickend kann ich nur sagen, daß ich mich absolut korrekt und den polizeilichen Vorschriften entsprechend verhalten hatte. Wie Sie selbst wissen, war dieser Fall höchst außergewöhnlich. Aus den unzulänglichen Informationen, die mir zu diesem Zeitpunkt zur Verfügung standen, konnte ich nur schließen, daß sowohl Carter als auch seine Tochter ein wenig überspannt waren. Mlle. Carters Kritik an meiner Person und ihr späteres Verhalten erschienen mir absolut unangebracht.

Wenn Mlle. Carter auch eine attraktive Frau sein mag, so ist bei ihr doch zweifellos eine charakterliche Ähnlichkeit mit ihrem Vater festzustellen.

DR. MICHEL LORIOL

Schriftlicher Bericht [1]

Am Vormittag des 17. Dezember wurde ich in Abwesenheit des Chefarztes der neuropsychiatrischen Abteilung, Dr. Thomas, gebeten, einen im Laufe der Nacht in die *Policlinique* eingelieferten Unfallverletzten zu untersuchen.

Bei diesem Patienten handelte es sich um Theodore Carter.

Vor meiner Untersuchung konsultierte ich den Unfallarzt, der ihn behandelt hatte, und ließ mir von ihm die Krankengeschichte geben. Die Gehirnerschütterung

[1] Ins Englische übersetzt von C. L.; deutsch von D. S.

war allem Anschein nach durch einen heftigen Aufprall verursacht worden. Die Röntgenuntersuchung hatte ergeben, daß irgendwelche Frakturen nicht vorlagen. Blutdruck und Puls waren normal. Die Behandlung beschränkte sich auf strikte Bettruhe und intravenöse Vitamin-B_6-Injektionen, die den Abbau des Alkohols im Blut des Patienten beschleunigen sollten. Obwohl er jedoch mittlerweile sechs Stunden geschlafen hatte und der Alkoholspiegel auf eine fast normale Höhe abgesunken war, sprach er, wie mir mein Kollege sagte, noch immer dieselben zusammenhanglosen und unverständlichen Dinge wie zum Zeitpunkt seiner Einlieferung in die Klinik. Sein Verhalten war aggressiv. Zweimal hatte er versucht, das Krankenhaus zu verlassen, was unter Anwendung von Gewalt verhindert werden mußte. Da er unter Polizeiarrest stand, wurde er von der Unfallstation in einen Raum des Klinikanbaus verlegt. Außerdem nahm man seine Kleider unter Verschluß.

Ich ging also zu ihm.

Er saß in seinem Bett – ein blasser, grauhaariger Mann mit eingefallenen, unrasierten Wangen und angsterfüllten Augen. Über die linke Gesichtshälfte zogen sich Hautabschürfungen, und vier der Schnittwunden waren mit Pflaster verklebt. Er schielte ein wenig, als er mich ansah.

»Ah. The young Dr. Kildare, I presume«, sagte er auf englisch. In seiner Stimme schwebte ein ausgesprochen feindseliger Unterton.

Ich stellte mich vor und fragte ihn, ob er es vorziehen würde, daß wir uns auf englisch unterhalten.

Er antwortete auf französisch, wenn es ein sinnvolles Gespräch werden würde, sei es ihm gleichgültig, welcher Sprache man sich dabei bediene; andernfalls würde er es vorziehen, überhaupt nichts zu sagen. Das war kein guter Anfang.

Ich antwortete, daß ich überzeugt wäre, es könne ein vernünftiges Gespräch werden.

»Sind Sie Psychiater?« fragte er.

»Ja. Ich gehöre der neuropsychiatrischen Abteilung der Klinik an.« Ich begann mit der Untersuchung.

»Sie sollten vielleicht doch wissen«, sagte er, »daß ich André Gides Ansicht über die Psychiatrie teile.«

»Und die wäre?«

»Er sagte, die Forderung, sich selbst zu erkennen, sei ebenso gefährlich wie niederträchtig, denn wer sich selbst zum Objekt seiner Beobachtung macht, bringt die eigene Entwicklung zum Stillstand.«

Ich mußte lächeln. »Ich kenne diese Passage, von der Sie sprechen. Gide sagte dann, eine Raupe, die versucht, sich selbst zu erkennen, könnte nie ein Schmetterling werden. Das ist doch ziemlich unwahrscheinlich. Denn eine Raupe muß ganz einfach ein Schmetterling werden. Dieser natürliche Prozeß hat mit dem Wissen darum überhaupt nichts zu tun.«

»Es war natürlich nur ein bildhafter Vergleich«, widersprach er mir. »Aber sei's drum. Alles, was ich Ihnen zu verstehen geben wollte, ist, daß ich weder verrückt noch wahnsinnig bin. Gummizelle und Zwangsjacke werden nicht nötig sein.«

»Das freut mich zu hören, Monsieur«, antwortete ich. »Denn hier im Haus gibt es beides nicht.«

Danach unterbrach er mich nicht mehr in meiner Untersuchung. Hinweise auf organische Schäden konnte ich nicht feststellen.

Als ich mich wieder von seinem Bett erhob, starrte er mich ein wenig verängstigt an. »Nun, Herr Doktor?«

»Wie schlimm sind Ihre Kopfschmerzen?«

»Nicht sehr. Ich habe Ärgeres erlebt.«

»Haben Sie Ihre Brille bei dem Unfall verloren?«

»Wahrscheinlich. Sie muß zerbrochen sein, als ich gegen die Scheibe flog. Ich habe schon versucht, meiner Tochter ausrichten zu lassen, daß sie mir die Ersatzbrille bringt. Sie ist zwar schon ziemlich alt, aber immerhin besser als nichts. Ich bezweifle nur, daß man es meiner Tochter überhaupt gesagt hat«, fügte er vorwurfsvoll hinzu. »Ihr idiotischer Kollege nahm wahrscheinlich an, ›Brille‹ sei ein Codewort für irgend etwas anderes; vielleicht argwöhnte er, ich habe sie damit bitten wollen, mich in einem Rucksack hinauszuschmuggeln.«

»Als Sie schliefen, war sie schon einmal hier. Ich glaube, daß sie noch einmal kommt. Wollen Sie mir bitte noch etwas über den Unfall erzählen?«

Er sah mich zögernd an. »Sie wollen wissen, wie es zu dem Unfall kam? Das ist doch die Geschichte, die schuld an der ganzen Verwirrung ist. Und der Grund, warum *Sie* hier sind.« Er schüttelte nachdenklich den Kopf. »Es wäre besser gewesen, wenn ich den Mund gehalten hätte.«

»Beginnen wir mit dem Unfall selbst«, sagte ich. »Können Sie sich noch daran erinnern?«

Er runzelte die Stirn. »Nein, ich kann es nicht. Jedenfalls nicht mehr in allen Einzelheiten. Ich weiß noch, wie ich scharf nach links abbog, ins Schleudern kam und gegen einen Lastwagen prallte. Und danach... Ich weiß es nicht mehr. Ist das schlimm?«

»Es ist ganz normal, daß man vergißt, was sich kurz vor einer Gehirnerschütterung abgespielt hat. Deswegen braucht man sich keine Gedanken zu machen. Aber Sie müssen noch für ein paar Tage im Bett bleiben. Selbst bei einer leichten Gehirnerschütterung ist größte Vorsicht geboten.«

»Montag drucken wir«, antwortete er. »Kann ich bis Montag wieder aufstehen?«

»Vielleicht, aber ...«

»O ja, natürlich, ich stehe unter Arrest. Ist es nicht so?«

»Haben Sie sehr viel getrunken?«

»Ein wenig schon, glaube ich. Mehr oder weniger«, sagte er zögernd. »Aber das meiste habe ich wieder ausgespuckt.«

»Wann war das?«

»Nach der Sache mit dem Gas.« Nun sah er mich ziemlich mißtrauisch an.

Ich nickte. »Erzählen Sie mir das. Man hat Sie mit Gas beschossen?«

»Ich wollte am Abend noch einen Ordner holen, den ich im Büro vergessen hatte. Und dort war jemand, der kein Recht dazu hatte. Ich habe Grund zu der Vermutung, daß es jemand war, den ich kannte, ein gewisser Herr Schneider. Jedenfalls leuchtete er mir mit einer starken Taschenlampe in die Augen und schoß irgendein Gas auf mich. Ich ging buchstäblich zu Boden und mußte mich übergeben.«

»Sie sagten, Sie hätten Grund zu der Vermutung, daß es sich um einen Bekannten gehandelt hatte. Sind Sie sich dessen sicher?«

»Es war dunkel. Ich konnte ihn nicht erkennen. Aber ich roch ihn. Er benutzt Lavendelwasser.«

»Roch das Gas nach Lavendel?«

Er holte tief Luft und stieß sie ungeduldig wieder aus. »Herr Doktor, warum wollen wir die ganze Sache nicht einfach vergessen?« fragte er. »Sagen Sie doch ganz einfach, ich hätte wegen meiner Gehirnerschütterung ein wenig phantasiert, und in ein paar Tagen wäre alles wieder in Ordnung. Einverstanden?«

»Das ist nicht so einfach«, versuchte ich ihm zu erklären. »Ich weiß nicht, ob Sie nun phantasieren oder nicht.«

»Ich habe den Eindruck, daß Sie mir nicht ein einziges Wort glauben.«

»Was ich glaube, ist hier unwesentlich. Mich interessiert nur, was Sie glauben.« Ich fuhr fort, noch ehe er Gelegenheit zu einer Antwort hatte. »Rauchen Sie, Monsieur?«

»Ja, ich rauche. Aber man hat mir ja alles weggenommen. Ich habe keine Zigaretten hier. Warum?«

Ich bot ihm eine Zigarette an, und er nahm sie. Aber er sah mich amüsiert an. »Orale Befriedigung?« fragte er mit einem Augenzwinkern. »Sie wollen mir zu einem Brustsymbol verhelfen?«

Halbgebildete Patienten sind oft sehr unangenehm. Ich hatte eigentlich nicht selbst rauchen wollen, aber seine Interpretation meiner Geste zwang mich dazu. Ich durfte ihm nicht das Gefühl geben, daß er die Fäden des Gesprächs in der Hand hatte. Glücklicherweise hatte ich die Schachtel noch in der Hand. Lächelnd suchte ich nach meinem Feuerzeug.

»Glauben Sie, daß Sie eine solche Hilfe nötig haben?« fragte ich.

»Nein«, antwortete er ohne zu zögern, »was ich jetzt brauche, ist ein kräftiger Drink. Aber ich fürchte fast, daß Sie mir mit dieser Art der oralen Befriedigung nicht dienen können.«

Ich gab ihm Feuer und zündete auch meine Zigarette an. »Kommen wir noch einmal auf diesen Herrn Schneider zu sprechen. Sie sagten, daß Sie ihn kennen, daß er nach Lavendelwasser riecht.«

Er machte eine ärgerliche Geste. »Vergessen wir das Lavendelwasser für den Augenblick. Wenn ich Ihnen die ganze Geschichte erzählen soll, muß ich es von Anfang an tun.«

»Sehr gut.«

»Ich gebe ein Nachrichtenblatt heraus. *Intercom.* Haben Sie schon je davon gehört, Herr Doktor?«

»Ich habe einmal ein Exemplar gesehen.« Ich sagte ihm nicht, daß es mir ein Kollege vor einiger Zeit als typisches Beispiel für das paranoide Denken der Amerikaner gezeigt hatte, aber dem Patienten war nicht entgangen, daß ich nur sehr zögernd geantwortet hatte.

Er grinste. »Ich wollte Sie nicht fragen, was Sie davon halten, Herr Doktor. Das kann ich mir schon denken. Jedenfalls ist es vor einem oder zwei Monaten in andere Hände übergegangen.«

Es dauerte über eine Stunde, bis er seine Geschichte beendet hatte. Am Anfang mußte ich ihn ein paarmal unterbrechen, nicht nur, weil ich nicht gleich begriff, was er sagen wollte, sondern vor allem, weil ich sehen wollte, wie es sich auswirkte, wenn der Erzählfaden abriß. Später dann stellte ich keine Zwischenfragen mehr. Wenn ein Patient bereit ist, offen und frei zu sprechen, soll man ihn gewähren lassen. Wie er mir seine Geschichte erzählte, war in gewisser Weise verrückt, aber nach einer Weile begann ich zu vermuten, daß dies bei ihm ein ganz bewußt gepflegter Tick war, daß man es durch seinen Beruf erklären konnte. Zu diesem Zeitpunkt versuchte ich nicht, mir ein Urteil darüber zu bilden, ob er mir die Wahrheit sagte. Wenn er alles erfunden hatte, so war es ihm jedenfalls gelungen, es echt klingen zu lassen. Andererseits hatte dieser Mann selbst zugegeben, die Phantasie zu seinem Geschäft zu machen, und er war fast stolz darauf, damit so erfolgreich gewesen zu sein – eine schizoide Persönlichkeit. Ich benötigte weitere Hinweise, ehe ich mir ein endgültiges Urteil bilden konnte.

Als er geendet hatte, stellte ich ihm zwei Fragen:

»Haben Sie mit irgend jemandem schon einmal darüber gesprochen? Nicht hier im Krankenhaus, sondern vor dem Unfall?«

»Valerie weiß ein wenig darüber.«

»Valerie?«

»Valerie, meine Tochter.«

Er hatte sich wieder zurückgelegt und sah ziemlich müde aus. Ich entschloß mich, alle weiteren Fragen auf ein anderes Mal zu verschieben.

»Ich schaue später noch einmal herein«, sagte ich ihm.

»Tun Sie das«, sagte er und schloß seine Augen. Aber als ich schon an der Türe war, hielt er mich noch einen Augenblick zurück.

»Die Aktentasche, Herr Doktor. Ich hatte sie mit im Wagen. Ich wäre sehr erleichtert, wenn ich wüßte, daß sie in Sicherheit ist. Und ich möchte, daß Sie einen Blick in den Ordner werfen, der in ihr ist. Ich glaube, die Polizei hat an sich genommen, was sich noch im Wagen befand.«

»Ich werde sehen, was sich tun läßt«, antwortete ich.

Der Stationsarzt saß in der Kantine und trank eine Tasse Kaffee. Er gehört zu jenen Menschen, die ihr Mißtrauen der Psychiatrie gegenüber – aber auch ihre Unwissenheit auf diesem Gebiet – hinter Spott verbergen. Er begrüßte mich mit einem erwartungsvollen Grinsen.

»Wie sieht das Urteil des Experten aus?« wollte er wissen. »Verrückt oder nur ein wenig übergeschnappt?«

»Wahrscheinlich weder das eine noch das andere.«

Er sah mich mit einer Miene an, die darauf schließen ließ, daß er *mich* für übergeschnappt hielt.

»Ich würde mich gern einmal mit seiner Tochter unterhalten«, fuhr ich fort. »Wissen Sie, ob sie schon wieder hier ist?«

»Sie war da. Aber selbst wenn sie noch nicht wieder gegangen ist, werden Sie nur wenig aus ihr herausbekommen. Sie hat eine ziemlich üble Laune. Sagt, die Polizei hätte Papa einen bösen Streich gespielt, und wir helfen dabei.« Sein Lächeln wurde böse. »Ich nehme fast an, sie hält nicht viel von der Psychiatrie. Seien Sie vorsichtig, sonst hackt sie Ihnen noch die Augen aus.«

Mlle. Carter hatte ihn offensichtlich beeindruckt. Ich freute mich darauf, sie kennenzulernen.

Ich fand sie schließlich in einem leeren Warteraum im Hauptgebäude der Klinik.

Hier sollte ich rasch etwas anderes einfügen. Mlle. Carter und ich sind uns in den letzten Monaten recht nahegekommen, und ich hoffe, daß wir in naher Zukunft heiraten. Ich sage dies deshalb, weil der Bericht über unsere erste Begegnung möglicherweise durch unsere gegenwärtigen Beziehungen etwas verfärbt sein könnte. Ich kann nur den Versuch unternehmen, objektiv zu bleiben.

Eine Krankenschwester stellte uns einander vor.

Mir gegenüber stand eine außergewöhnlich hübsche Frau mit klarem, hellem Teint, dunklem, fast schwarzem Haar und den bösen Augen ihres Vaters. Sie trug einen schwarz-roten Wollmantel.

Ihre Reaktion auf die Vorstellung war verwirrend. Nach einem knappen Kopfnicken sagte sie: »Mein Vater soll von einem Psychiater untersucht worden sein. Ich würde diesen Herrn gern sprechen.«

Ich verbeugte mich. »Genau deswegen bin ich hier, Mademoiselle.«

Sie sah mich verblüfft an. »Sie sind Psychiater?«

»Dr. Thomas ist Leiter der neuropsychiatrischen Abteilung dieser Klinik«, antwortete ich. »Gegenwärtig hält er sich auf einem Fachkongreß in Paris auf. Ich als sein Vertreter habe deshalb Ihren Vater untersucht. Nehmen Sie doch bitte Platz, Mademoiselle.«

Ich wirke tatsächlich jünger, als ich bin. Mir war klar, daß sie mich am liebsten danach gefragt hätte, ob ich denn qualifiziert genug für eine solche Untersuchung sei; aber sie hielt sich zurück. Sie wollte hören, was ich ihr zu sagen hatte. Wenn das, was sie dabei erfuhr, nicht paßte, würde sie meine Fähigkeiten in Frage stellen. Nicht früher.

Sie setzte sich.

»Wie geht es meinem Vater, Herr Doktor?«

»Körperlich scheint ihm nichts zu fehlen, aber bei Kopfverletzungen muß man immer vorsichtig sein. Montag werden wir sicherlich mehr wissen.«

»Sie sagten, daß ihm körperlich nichts zu fehlen scheint. Soll das heißen, daß er geistigen Schaden davongetragen haben könnte?« Eine leichte Röte flog ihr über das Gesicht, und ihre Pupillen verengten sich. Ich bewegte mich auf gefährlichem Boden.

»Gerade darum will ich mich mit Ihnen unterhalten.«

Sie musterte mich einen kurzen Augenblick und nickte dann kurz. »Einverstanden. Aber ich will Ihnen schon jetzt sagen, Herr Dr. Loriol, daß ich schon bei diesem unmöglichen Commissaire war. Er schien anzunehmen, daß das, was mein Vater nach seinem Unfall sagte, ein Scherz sei. Wenn Sie derselben Meinung sind, wäre jedes weitere Wort zwischen uns Zeitverschwendung.«

»Mich interessiert allein die medizinische Seite. Ich weiß nicht genau, was Ihr Vater nach dem Unfall sagte. Ich war nicht dabei. Ich weiß nur, daß er davor sehr viel getrunken hatte. Ich kann mir denken, daß er deshalb nicht unbedingt im Zusammenhang redete.«

»Mein Vater redet *immer* im Zusammenhang.«

»Sie dürfen nicht vergessen, daß er eine Gehirnerschütterung erlitten hatte und bewußtlos war. Es wäre deshalb nur natürlich, wenn er eine Weile etwas verwirrt war. Aber wie dem auch sei – was er zuerst gesagt haben mag, interessiert uns hier nicht. Mir geht es vor allem um das, was er mir gerade jetzt sagte.«

»Nun?« Sie war noch immer äußerst vorsichtig.

»Meiner Ansicht nach ist dies ein Fall, der unbedingt aufgeklärt werden muß.«

»Durch die Polizei?«

»Zunächst einmal durch uns beide, wenn Sie mitmachen wollen. Ihr Vater erzählte mir von einer Reihe merkwürdiger Begebenheiten, deren Opfer er wurde.«

»Sie glauben ihm nicht?«

»Ich glaube, daß er davon überzeugt ist, daß dies alles geschah und daß die einzelnen Ereignisse in einem gewissen Zusammenhang zueinander stehen. Aber das ist es nicht, was mich interessiert. Ich fragte ihn, ob er irgend jemandem davon erzählt habe – ich meine, vor dem Unfall –, und er sagte mir, Sie seien der einzige Mensch, der davon etwas erfahren hätte. Er hat Ihnen etwas gesagt?«

»Natürlich.« Sie sah mich an, als habe sie Mitleid mit mir. »Aber – was hilft das Ihnen? Wenn mein Vater glaubt, was er sagt, ist der Beweis dafür, daß er nicht phantasiert, noch lange nicht erbracht, wenn er mir dasselbe erzählt hat.«

»Nein. Aber ich glaube, daß Sie in eines dieser Ereignisse selbst verwickelt waren. Sie kamen nach Hause, als ihn zwei Amerikaner in seiner Wohnung verhörten, wenn ich ihn richtig verstanden habe.«

Zum erstenmal wirkte sie nicht mehr so mißtrauisch und zurückhaltend. »Ja, das stimmt.«

»Ihr Vater sagte, es wären Leute von der CIA gewesen?«

»Er sagte mir, einer von ihnen wäre ein CIA-Mann. *Sie* hingegen behaupteten, sie kämen von irgendeiner Zeitschrift. Aber für Journalisten benahmen sie sich etwas zu eigenartig. Es war nicht gerade gemütlich.«

»Wollen Sie mir noch etwas darüber erzählen?«

Und sie erzählte mir davon. Sie sagte mir auch, daß sie Nachforschungen über jenen Skriabin angestellt und was sie in der UNO-Bibliothek über ihn erfahren hatte. Das zum Beispiel hatte mir ihr Vater verschwiegen. Aber es paßte in die Geschichte. In diesem Augenblick begann ich anzunehmen, daß das, was ihr Vater berichtet hatte, stimmte, so phantastisch es auch im ersten Moment klingen mochte.

Ich sagte es ihr nicht sofort, und das war nicht nur in einer Hinsicht schade. Aber ich war in einer schwierigen Lage. In diesem Fall trug ich nicht nur medizinische, sondern auch eine juristische Verantwortung, und äußerste Vorsicht war geboten. Wenn ich davon überzeugt war, daß mein Patient nicht phantasiert hatte, sondern bei der Wahrheit geblieben war, mußte ich die Polizei und wahrscheinlich auch noch andere Dienststellen einschalten – natürlich dachte ich dabei auch an die Schweizer Sicherheitsbehörden. Die Polizei ist bekannt dafür, daß sie sich den Argumenten eines Psychiaters widersetzt, wenn es darum geht, der eigenen vorgefaßten Meinung zum Erfolg zu verhelfen. Ich hatte keinen Grund zu der Ansicht, daß mit den Sicherheitsbehörden leichter umzugehen sei. Bevor ich mir eine endgültige Meinung bildete, mußte ich genau wissen, daß ich auf absolut sicherem Boden stand. Schließlich mußte ich das Ansehen Dr. Thomas', das Ansehen der Klinik und meinen eigenen Ruf im Auge behalten.

Valerie beobachtete mich mit zusammengekniffenen Augen. Noch immer wartete sie auf eine Antwort auf ihre Frage. So unverfänglich wie ich nur konnte, sagte ich ihr:

»Ich danke Ihnen, Mademoiselle. Sie haben mir sehr geholfen.«

»Ich habe auch das Auto gesehen, das ihn verfolgt hat«, sagte sie. »Den Fiat mit dem Fribourger Kennzeichen.«

»Haben Sie beobachtet, wie man ihm folgte?«

»Nein, aber er parkte unserem Haus gegenüber am Straßenrand.«

»Sie haben ein Auto mit Fribourger Nummer gesehen«, antwortete ich vorsichtig. »Ist das hier in Genf denn etwas so Außerordentliches?«

Sie seufzte. »Nein. Ich verstehe. Ein Beweis ist es nicht.«

Ich erhob mich. »Wahrscheinlich wollen Sie jetzt mit Ihrem Vater sprechen. Er sagte, er habe Sie gebeten, ihm seine alte Ersatzbrille mitzubringen. Hat man es Ihnen ausgerichtet?«

»Ja. Und ich habe die Brille mitgebracht.« Auch sie stand jetzt auf. »Herr Dr. Loriol, Sie können doch nicht annehmen, daß mein Vater verrückt ist?«

Diese Frage war gleichzeitig Ausdruck ihrer eigenen Überzeugung und ein Appell an mich, sie zu teilen. Leider reagierte ich ausweichend.

»Ich versichere Ihnen, Mademoiselle, daß ich mich nur höchst ungern davon überzeugen lassen würde. Sein

Zimmer ist im Nebengebäude. Wenn Sie mit mir kommen, will ich Ihnen gern den Weg zeigen.«

Sie erwiderte nichts, aber ich wußte, daß ich sie enttäuscht hatte. Im Nebengebäude stellte ich sie der Schwester vor; danach ging ich zurück in mein Büro.

Von dort aus rief ich im Polizeipräsidium an und bat, man möge mich mit Commissaire Vauban verbinden. Da er nicht zu sprechen war, wurde ich mit seinem Vertreter verbunden. Ich sprach mit ihm nicht über meinen Patienten; ich wollte nur etwas über die Aktenmappe erfahren, in der der Bloch-Ordner steckte und von der Carter behauptet hatte, sie müsse noch in seinem Wagen liegen. Der Beamte war zwar hilfreich, aber in diesem Fall konnte er nicht viel tun. Der beschädigte Wagen war in die Polizeigarage abgeschleppt worden, wo er jetzt noch stand. Ohne ausdrückliche Genehmigung durfte aus ihm nichts entfernt werden. Der Polizeibeamte versprach mir, er werde die Angelegenheit zur Sprache bringen, sobald Commissaire Vauban wieder zu sprechen sei.

Fast vierundzwanzig Stunden vergingen, ehe ich den Inhalt der Mappe sehen durfte.

Aber da war es schon zu spät.

VALERIE CARTER

Tonbanddiktat

Der Tag hatte mit einem Schrecken begonnen. Und je länger er währte, desto häßlicher wurde er.

Nachdem die Polizei mich angerufen hatte, ging ich ins Krankenhaus, wo ich erfuhr, daß man meinem Vater Trunkenheit am Steuer anlastete. Dann hatte ich es mit diesem schwachköpfigen Polizisten Vauban zu tun. Vom Kommissariat ging ich in Maître Perriots Büro. Er hatte als Notar meinem Vater bei der Regelung des Mietvertrags und bei der Abfassung seines Testaments geholfen.

In meiner Verwirrung hatte ich nicht daran gedacht, daß heute Samstag war. Perriots Büro war natürlich geschlossen. Ich machte seine Privatnummer ausfindig und rief ihn an. Er zeigte sich so lange hilfsbereit, bis ich ihm das mit der Trunkenheit sagte. Da versuchte er einen Rückzieher. Ich gab nicht auf, aber alles, was ich bei ihm erreichen konnte, war das Versprechen, daß er am Montag meinen Vater in der Klinik besuchen wollte. Vorher könne man ohnehin nichts unternehmen, behauptete er. Vielleicht hat er ja recht damit, aber an diesem Tag glaubte ich es ihm nicht.

In einem Café aß ich ein Sandwich; danach ging ich wieder in die Klinik. Meinen Vater durfte ich noch nicht sehen; statt dessen sagte mir ein Riesentrottel von Stationsarzt alles mögliche über eine psychiatrische Untersuchung, und außerdem richtete er mir aus, ich solle meinem Vater eine Ersatzbrille mitbringen. Ich ging also nach Hause, um sie zu holen. Als ich zum drittenmal in die Klinik kam, bat man mich zu warten.

Nicht so enttäuscht war ich über Michel, über Dr. Loriol. Sondern wütend. Ich gebe zu, es war unvernünftig von mir. Er hatte vollkommen recht, vorsichtig zu sein. Nein, es war wirklich unfair. An diesem Nachmittag war ich ganz einfach nicht mehr ganz zurechnungsfähig.

Wäre ich es gewesen, hätte ich meinem Vater nicht geholfen, das zu tun, was er dann tatsächlich tat.

Als ich in sein Zimmer trat, machte er ein recht niedergeschmettertes und verzeihungheischendes Gesicht, aber das hielt nicht lange vor. Bestimmt nicht länger als zwei Minuten. Denn dann erzählte er mir, was sich in der vergangenen Nacht ereignet hatte, nachdem er in sein Büro gegangen war.

Natürlich war ich sehr erschrocken, und er war ungeheuer böse. Ich sagte ihm, wie zögernd sich Maître Perriot bereitgefunden hatte, in die Sache verwickelt zu werden, und ich erzählte ihm von meinem lächerlichen Gespräch mit Vauban.

Er konnte sich an den Commissaire noch gut erinnern.

»Dieser triefäugige Hanswurst«, meinte er. »Das hätte ich dir vorhersagen können.« Dann sagte er noch ein paar andere ungehörige Worte über ihn, die ich hier nicht wiederholen möchte.

Ich glaube, wir beide waren ziemlich erschöpft, vielleicht auch deprimiert und verzweifelt. An diesem Tag sah alles so trübe aus. Auf der einen Seite diese Butzemänner, wie mein Vater sie immer nannte, die sich wie Gangster benahmen, und auf der anderen

Seite die Polizei, die meinen Vater für verrückt hielt und ihm wegen Trunkenheit am Steuer nachstellte, als er ihnen erzählte, was vorging. Alles war so hoffnungslos verworren, und wir hatten niemanden, der uns hätte helfen können. An Michel dachte ich nicht; zu diesem Zeitpunkt zählte ich ihn noch zu unseren Gegnern. Jetzt ist es natürlich leicht zu sagen, daß alles wieder ins Lot gekommen wäre, wenn wir nur klug und geduldig gewartet hätten, bis Gras über die Sache gewachsen und die Wahrheit ans Licht gekommen wäre. Es ist ebenso leicht und genauso sinnvoll, als wollte man jemandem, der gerade von einem Dach gefallen ist, sagen, er hätte nur geistesgegenwärtig genug sein müssen, um im Fallen seine Muskeln zu entspannen, um sich beim Aufprall nicht so viele Knochen zu brechen.

Ich versuche nicht, mich zu entschuldigen. Ich will nur erklären, wie alles kam, daß wir beide nach dem Strohhalm griffen, der zufällig vorbeischwamm.

Mein Vater hatte überlegt, ob man nicht besser Dr. Bruchner über das Vorgefallene unterrichten sollte, oder ob er vielleicht nicht anders reagieren würde als Maître Perriot.

»Vielleicht kennt er jemanden im Nationalrat«, sagte ich, »vielleicht sogar jemanden im Bundesrat.«

Mein Vater schüttelte den Kopf. »Das würde auch nichts nützen. Die Polizei hier würde sich um die Leute in Bern nicht kümmern. Was wir tun müssen: Über den Kopf von Vauban uns an jemanden wenden, der uns zuhören will.« Nach einer kurzen Pause fügte er noch hinzu: »Oder an jemanden, den wir dazu bringen können, daß er uns zuhört.«

»Wie willst du denn jemanden dazu bringen, uns zuzuhören?« fragte ich zweifelnd.

»Indem ich ihnen die Hölle heiß mache«, erwiderte er und schnalzte plötzlich mit den Fingern. »Jawohl, das ist es. Der ganzen Sache ein Ende machen. Bluthunde auf ihre Spur ansetzen. Sie festnageln und schwitzen lassen.«

Ich mußte noch eine ganze Weile solche markigen Worte über mich ergehen lassen, ehe ich ihn dazu überreden konnte, er möge mir doch zuerst einmal sagen, was er überhaupt im Schilde führte. Nachdem er es mir aber erklärt hatte, war ich nicht weniger begeistert als er.

Und darin bestand sein Plan: Er wollte *Intercom* dazu benutzen, seine Geschichte publik zu machen; zuvor jedoch sollten auch die Presse-Agenturen unterrichtet werden. Auf diese Weise gewann sowohl er als auch *Intercom* größte Publizität; man müßte die Story nur so sensationell wie möglich aufziehen. Commissaire Vaubans Vorgesetzten würde nichts anderes übrigbleiben, als von der Angelegenheit Notiz zu nehmen. Man würde Fragen stellen – und die Behörden wären in die Defensive gedrängt.

Ich sollte in diesem Spiel die Rolle eines Kuriers übernehmen. Zuerst mußte ich ihn mit Schreibzeug versorgen, und danach – wenn er seine Meldung geschrieben hatte – war es meine Aufgabe, sie aus der Klinik zu bringen. Anschließend sollte ich sie mit der Maschine abschreiben und Nicole anweisen, sie auf die erste Seite der Ausgabe vom nächsten Donnerstag zu setzen. Das war eine Vorsichtsmaßnahme für den Fall, daß mein Vater entweder von der Klinik oder der Polizei daran gehindert werden würde, am Montag wieder ins Büro zu gehen.

Als nächstes sollte ich den Bericht ins Deutsche und Französische übersetzen, diejenigen Pressekorrespondenten anrufen, mit denen mein Vater persönlich bekannt war, außerdem einen Journalisten von der *Tribune de Genève,* und ihnen allen eine Kopie der Meldung anbieten.

Das Schreibmaterial zu beschaffen war nicht schwer. Ich gab ihm einen Kugelschreiber, den ich in meiner Handtasche hatte, und bevor ich ging, bat ich die Krankenschwester, ihm ein paar Zeitschriften zum Lesen zu bringen. Während sie sie holte, stahl ich aus einem Regal im Korridor ein Päckchen Papiertaschentücher.

Mein Vater versteckte sie unter seinem Kopfkissen. »Morgen früh kannst du es abholen«, sagte er. »Jetzt wollen wir es ihnen einmal richtig zeigen.«

Beim Weggehen traf ich Michel.

»Was für einen Eindruck machte Ihr Vater auf Sie?« fragte er mich.

»Natürlich einigermaßen verärgert«, erwiderte ich kurz angebunden, »und nicht verrückter als Sie, Herr Doktor.«

Bei unserer ersten Unterhaltung hatte er auf mich ziemlich steif und förmlich gewirkt. Jetzt aber überraschte er mich mit einem Lächeln. Es war einfach entwaffnend. Und ich merkte plötzlich, daß ich ihn ein wenig mochte.

»Daß er verärgert ist, tut mir leid«, sagte er. »Ich will mir alle Mühe geben, nicht auch noch dazu beizutragen. Besuchen Sie ihn morgen wieder?«

»Wenn es möglich ist, gleich am Vormittag.«

»Gegen zehn Uhr wäre es am besten.« Er zögerte einen Augenblick. »Darf ich Ihnen einen Vorschlag machen?«

»Worüber?«

»Sicherlich haben Sie viele Bekannte, aber ich denke doch, daß es zumindest jetzt am besten ist, wenn Sie sich mit ihnen nicht über die Behauptungen Ihres Vaters unterhalten.«

»Weil es absurd klingt – oder weil sie wahr sind?«

Er lächelte wieder. »Ich würde sagen, daß beides Grund genug ist, diskret zu sein.«

Er tat also alles, um mich zu warnen, aber ich richtete mich noch nach der Ansicht meines Vaters und schlug seine Worte in den Wind. Ich hatte ihn im Verdacht, er würde versuchen, mich an der Zurechnungsfähigkeit meines Vaters zweifeln zu lassen, und einen kurzen Moment lang war ich drauf und dran, ihm zu sagen, was ich wirklich zu tun vorhatte. Doch rechtzeitig genug fiel mir ein, daß er es in der Hand hatte, unseren Plan zunichte zu machen, wenn er es wollte, und ließ es sein. Ich erwiderte ihm, ich danke ihm sehr für seinen Rat; ob ich mich aber nach ihm richten wollte oder nicht, sagte ich nicht.

Als ich meinen Vater am nächsten Tag besuchte, sah er schon viel besser aus. Er war zwar noch unrasiert, und die Wunden machten einen schauerlichen Eindruck, aber seine Wangen hatten etwas Farbe, und die Augen blickten viel heller. Die Schwester sagte mir, er habe in der vergangenen Nacht sehr gut geschlafen.

Kaum hatte sie das Zimmer verlassen, holte er ein zusammengefaltetes Bündel von Papiertaschentüchern unter seinem Kissen hervor und drückte es mir in die Hand.

»Da ist es«, sagte er. »Lies es und sag mir, was du davon hältst.«

Ich faltete das Paket auseinander. Die Überschrift lautete: ›Eine unheilige Allianz‹, und als Untertitel las ich: ›CIA-Gangster fanden neue Verbündete‹.

Die Story selbst begann folgendermaßen:

Wie sehr sich die Central Intelligence Agency der friedlichen Koexistenz und einer brüderlichen internationalen Zusammenarbeit verpflichtet weiß, ist weithin bekannt. Und es war wohl unausbleiblich, daß eine solche Haltung gelegentlich auch auf seltsame und recht häßliche Nebenwege führte. Wie seltsam und häßlich diese Nebenwege aber sein können, wird sogar den Kongreß und das Volk der Vereinigten Staaten – und erst recht seine NATO-Verbündeten – überraschen.

Es wird sie überraschen und erschrecken.

In der neutralen Schweiz hat sich die CIA nun mit dem berüchtigten sowjetischen Komitee für Staatliche Sicherheit, besser bekannt unter der Abkürzung KGB, zu einer gemeinsamen Verschwörung des Terrors und der Nötigung verbündet.

Unglaublich, so hätte man annehmen und hoffen müssen. Unglücklicherweise ist dies aber traurige Wahrheit, und wir können es beweisen.

Unsere Beweise beruhen nicht auf Hörensagen. Sie sind hieb- und stichfest. Sie stammen aus erster Hand. Das letzte Opfer dieser schändlichen und verbrecherischen Zusammenarbeit zwischen Ost und West war kein anderer als der Herausgeber der Zeitschrift Intercom, *und dieser Bericht erreicht Sie direkt von seinem Krankenhausbett aus.*

Und dies sind die häßlichen Fakten: ...

Wenn mein Vater es sich vorgenommen hat, kann er fast alle ›Fakten‹ in einem häßlichen Licht erscheinen lassen, und hier ging er mit einer solchen Liebe zum Detail ans Werk, daß ich Mühe hatte, einige von ihnen wiederzuerkennen. Der Besuch von Goodman und Rich in unserer Wohnung erinnerte nun fast an die Schilderung eines grausamen Gemetzels. Er sagte zwar nicht ausdrücklich, daß wir beide am Ende in einer Lache von Blut lagen, aber sehr viel anderes konnte man seinen Worten nicht entnehmen. Die Beschreibung seiner Unterhaltung mit Morin und Schneider im Château Europa war natürlich ungeheuerlich. Wie er in seinem Büro attackiert wurde und von dort entkommen konnte, war ein Alptraum, der einem alten deutschen Stummfilm entnommen sein konnte. Aus seinem Autounfall wurde der Versuch, *Intercom* ein für allemal dadurch zum Schweigen zu bringen, daß man seinen Herausgeber ermordete. Ich mußte darüber lachen.

Er war nicht beleidigt. »Das wird wirken, meinst du nicht auch?«

»Es wird. Aber hast du nicht Angst, daß der Schuß in die verkehrte Richtung losgeht? Willst du nicht wenigstens den Ton ein wenig mildern?«

»Für solche Kleinigkeiten ist jetzt keine Zeit.«

»Du willst doch, daß man dir glaubt.«

Er begann, den Bericht noch einmal zu überarbeiten. Nach zehn Minuten gab er ihn mir wieder. Der Anfang war unverändert geblieben, aber die ›häßlichen‹ Fakten standen nun in einem völlig anderen Licht. Sie waren zwar immer noch häßlich genug, klangen aber nicht mehr allzu unglaubwürdig. Immerhin hatte er die wildesten Adjektive und Adverbien gestrichen.

Ich steckte die Papiertücher in meine Handtasche, außerdem die Liste jener Leute, die ich anrufen oder denen ich schreiben sollte. Ich versprach, am Abend wiederzukommen und ihm über die Reaktion zu berichten.

Ich muß sagen, daß Nicole an diesem Tage sehr

nett war. Sie hatte natürlich noch nichts von dem Unfall gehört, aber als ich ihr alles erzählt und den neuen Leitartikel gegeben hatte, war sie sofort bereit, ins Büro zu gehen und beim Abschreiben zu helfen. Dadurch war es mir möglich, schon bald nach Mittag mit den Telefonaten zu beginnen.

Die Reaktion des Amerikaners, der die Liste anführte, war ziemlich typisch. Nachdem ich ihm die Meldung vorgelesen hatte, entstand ein Augenblick des Schweigens. Dann sagte er: »Jetzt ist Ted tatsächlich vollkommen übergeschnappt.«

»Er ist nicht übergeschnappt.«

»Das will er wirklich drucken?«

»Donnerstag erscheint die Meldung.«

Er seufzte: »Okay, Miss Carter. Zuhause soll man auch einmal lachen. Ich lasse eine Kopie bei Ihnen abholen.« Als er sich gerade verabschieden wollte, kam ihm noch ein Gedanke. »Was mir gerade einfällt, Miss Carter – in welcher Klinik liegt Ihr Vater?«

Ich sagte es ihm.

Bei den anderen ging es nicht ganz so glatt.

Mein Vater hatte bei seinen häßlichen Fakten nicht alle Namen genannt. Aus Goodman zum Beispiel war ein ›übler Gauner, der als amerikanischer Journalist posierte‹, geworden, Madame Coursaux war eine ›französisch sprechende Agentin, die behauptete, mit alten Manuskripten zu handeln‹, und Morin war ›Bullyboy Nummer zwei‹. Der Franzose, mit dem ich sprach, wollte Namen wissen, und als ich sagte, ich würde sie selbst nicht kennen, glaubte er überhaupt nichts mehr.

Mit dem Deutschen war es gar noch komplizierter. Er nahm mich fast in ein Kreuzverhör. Die Behauptung meines Vaters, er sei das *letzte* Opfer der CIA-KGB-Verschwörung, sagte er, deutete doch einwandfrei darauf hin, daß er auch über andere Fälle etwas wußte. Wollte er etwa damit behaupten, daß Generalmajor Horst Wendland, der stellvertretende Chef des Bundesnachrichtendienstes, und Konteradmiral Hermann Luedke, der NATO-Chef für das Nachschubwesen, zu diesen Opfern gehörten?

Als ich ihm sagte, ich hätte von diesen Leuten noch nie etwas gehört, wurde er sarkastisch. Der angebliche Selbstmord General Wendlands und der Mord an Admiral Luedke, so unterrichtete er mich, seien von der Presse schließlich nicht totgeschwiegen worden. Wie war es möglich, daß ich davon nichts gehört hätte? Und auch er wollte wissen, in welchem Krankenhaus mein Vater lag.

Es war sechs Uhr abends, als ich wieder in die Klinik zurückkam.

Aber dort sagte man mir, ich könne meinen Vater nicht sehen. Ich müßte Dr. Loriol sprechen.

Ich fragte, warum man dies angeordnet habe. Es sei auf Anweisung Dr. Loriols geschehen. Nein, im Befinden meines Vaters sei keine Änderung eingetreten.

Ich bat darum, Dr. Loriol sprechen zu dürfen. Er sei nicht verfügbar, erwiderte man mir.

Schriftliche Aussage [1]

Meine Anweisungen hinsichtlich Valerie waren mißverstanden worden. Ich war nämlich deshalb ›nicht verfügbar‹, weil ich Commissaire Vauban in seinem Büro aufgesucht hatte.

Am frühen Vormittag war ich von der Polizei unterrichtet worden, daß sich Monsieur Carters Aktenmappe nun auf dem Kommissariat befinde und ich, wenn ich überhaupt noch daran interessiert sei, ihren Inhalt dort ansehen könne.

Ich fuhr also auf das Kommissariat. Nachdem ich den Schriftwechsel mit Arnold Bloch durchgelesen hatte, rief ich Commissaire Vauban in seiner Wohnung an und teilte ihm mit, daß die Aussagen Carters meiner Meinung nach nicht aus der Luft gegriffen seien. Was er am Tage zuvor dem Stationsarzt, der Polizei und mir gegenüber ausgesagt hatte, sollte man mit allem Ernst als zutreffend betrachten.

Er sagte, er wolle sofort in sein Büro kommen und bat mich, ich möge ihn hier erwarten. Da man mich unterdessen im Hospital erwartete, rief ich dort an und sagte, daß ich erst später eintreffen werde. Man teilte mir mit, zwei Journalisten hätten darum gebeten, Monsieur Carter interviewen zu dürfen.

Ich gab die Anweisung, daß *außer Mlle. Carter* nie-

[1] Ins Englische übersetzt von C. L.; deutsch von D. S.

mand zu ihm gelassen werden dürfe. Ich fügte allerdings noch hinzu, daß ich Mlle. Carter sprechen wolle, bevor sie zu ihrem Vater ging, wenn sie am Abend käme. Ich gebe zu, daß mir viel daran lag, ihr persönlich die doch offensichtlich recht erfreulichen Nachrichten zu überbringen. Unglücklicherweise interpretierte irgend jemand in der Klinik meine Anweisungen als Anweisung, Mlle. Carter dürfe ihren Vater erst nach Rücksprache mit mir aufsuchen.

Nachdem Vauban angekommen war, berichtete ich ihm ausführlich von meiner Unterhaltung mit Carter und zeigte ihm die Bloch-Akte. Er las sie und meinte, er wolle dies alles gern selbst zu Protokoll nehmen. Er fragte mich, ob dies noch am Abend in der Klinik möglich sei.

Ich gebe zu, daß es wahrscheinlich weitaus besser gewesen wäre, wenn ich sofort meine Zustimmung gegeben hätte. Die Sicherheitsbehörden wären früher alarmiert worden, und wenn auch die Presseagenturen im Besitz von Carters Version der Geschichte waren, so hätte er doch zumindest noch Zeit genug gehabt, von einer Veröffentlichung in seinem Blatt abzusehen.

Aber wie dem auch sei, ich gab ihm meine Zustimmung noch nicht; ich versuchte Zeit zu gewinnen. Vor allem dachte ich dabei natürlich an die Vorwürfe, die man gegen Valeries Vater erhob. Wenn man die Gefährlichkeit seines Zustands etwas übertrieb, so meinte ich, und wenn man an die psychische Belastung erinnerte, der Carter unterworfen war, könnte man den Commissaire vielleicht dazu bewegen, die Anzeige fallenzulassen. Ich sagte ihm deshalb, ich könnte einer Vernehmung nicht widersprechen, wenn sie absolut notwendig sei, daß ich es jedoch lieber sähe, wenn man sich damit noch etwas Zeit ließe. Der Patient habe noch nicht zu seiner alten Reaktionsfähigkeit zurückgefunden. Wenn sich sein Zustand jedoch bis morgen nicht verschlechtere, könne man ihn nach Hause entlassen, damit er sich in einer gewohnten Umgebung rascher erholen könne. Wahrscheinlich wäre es besser, riet ich zum Schluß, die Vernehmung dort durchzuführen.

Valerie und ihr Vater waren in ihrem Urteil über Commissaire Vauban nicht gerade zimperlich, meiner Ansicht nach vielleicht auch ein wenig ungerecht. Er machte sich wirklich Vorwürfe, weil er Carters erste Aussagen so rasch von der Hand gewiesen hatte, und er war bereit, seinen Fehler wiedergutzumachen. Und obwohl ihm sehr daran gelegen war, fand er sich doch bereit, meiner Ansicht zu folgen und mit der Vernehmung bis zum nächsten Morgen zu warten. Allerdings bestand er darauf, daß dies vor Carters Entlassung zu geschehen habe. Das, so muß ich zugeben, war unter den gegebenen Umständen nicht unvernünftig.

Wenn hier also jemand einen Fehler gemacht hatte, dann war ich es. Ich hätte einer Vernehmung noch am Abend zustimmen sollen, und ich hätte ihm sagen sollen, daß zwei Journalisten um ein Interview mit ihm nachgesucht hatten. Dann nämlich wäre Valeries Vater sehr viel Ärger erspart geblieben.

Mündliche Mitteilung

›Ärger‹? Um Gottes willen.

Ich war mit einer Gefängnisstrafe von zwei Jahren und einer Geldbuße von fünfzigtausend Franken bedroht. Und er nennt so etwas ›Ärger‹!

Ich weiß ein besseres Wort dafür, Mr. L. Am Anfang sagte ich Ihnen, daß da noch ein paar Dinge seien, über die ich noch nicht sprechen kann. Und das meinte ich auch so. Nein, nicht einmal vertraulich, nicht einmal unter vier Augen.

An einem Käfig im Pariser Zoo hing einmal ein Schild, das einigermaßen berühmt wurde. Wissen Sie, welches ich meine?

»Vorsicht! Dieses Tier ist gefährlich! Wenn es angegriffen wird, verteidigt es sich.«

So ungefähr ließe sich mein Verhältnis zu den schweizerischen Sicherheitsbehörden umschreiben. Als ich angegriffen wurde, verteidigte ich mich mit den einzigen Waffen, die ich zu führen verstehe – mit Worten –, und sie reagierten damit, daß sie mich einketteten und zum Schweigen brachten.

Nun gut, die Ketten mögen abgenommen sein – der Knebel ist es noch nicht. Solange ich in der Schweiz leben und arbeiten will, ist daran nichts zu ändern.

Was Sie bis jetzt von mir erhalten haben, ist ein detaillierter persönlicher Bericht über das, was sich gewissermaßen auf dem öffentlichen Sektor abgespielt hat. Damit möchte ich nicht sagen, daß Sie es auch von einem x-beliebigen anderen bekommen haben könnten – ich bin der einzige, der wirklich Bescheid weiß –, aber mit vertraulichen Informationen kann ich nicht helfen. Wenn Sie den Butzemännern auf die Füße treten wollen, bitten Sie mich nicht um Hilfe.

Ich bin bestimmt nicht übervorsichtig. Aber wenn Sie wissen wollen, was meine lieben alten Freunde Major X und Captain Y vom Bureau H sagten oder taten, müssen Sie sie schon selbst fragen.

Ich an Ihrer Stelle würde mich auf Vermutungen beschränken, auf ›Rekonstruktionen des Geschehens‹, wie Sie es nennen. Das ist sicherer.

Okay. Sie müssen sich selbst entscheiden. Aber sagen Sie nachher nicht, ich hätte Sie nicht gewarnt.

KAPITEL 9

REKONSTRUKTION DES GESCHEHENS

19. bis 23. Dezember

Theodore Carters Weigerung, noch einmal das Risiko einzugehen, sich den Unwillen der schweizerischen Spionageabwehr-Behörden zuzuziehen, kam nicht unerwartet; seine Verärgerung darüber, daß man auf ihn aufmerksam wurde, ist freilich schwerer zu verstehen. Nur wenigen Ausländern, die in der Schweiz lebten und arbeiteten, und gewiß keinem ausländischen Journalisten, konnte die überaus große Empfindlichkeit der Eidgenossen verborgen bleiben, mit der sie die Spionage innerhalb der Landesgrenzen behandelten, und auch die Gründe hierfür waren leicht einzusehen. Selbst wenn die Sicherheit der Schweiz nicht bedroht ist und kein Schweizer Staatsbürger verwickelt ist, betrachtet man doch jedwede Spionage als verwerflich, weil sie die Neutralität der Republik bedroht.

Es steht fest, daß Carter tatsächlich einige Zeit hindurch vom Paragraphen 301 des schweizerischen Strafgesetzbuches bedroht war:

Nachrichtendienst gegen fremde Staaten

1. Wer im Gebiete der Schweiz für einen fremden Staat zum Nachteil eines anderen fremden Staates militärischen Nachrichtendienst betreibt oder einen solchen Dienst einrichtet,

wer für solche Dienste anwirbt oder ihnen Vorschub leistet,

wird mit Gefängnis oder mit Buße bestraft.

2. Die Korrespondenz und das Material werden eingezogen.

Rudolph Rössler, der bemerkenswerte Spion des Zweiten Weltkriegs, der unter dem Decknamen ›Lucy‹ gearbeitet hatte, war 1953 nach diesem Paragraphen verurteilt worden. Die Staatsanwaltschaft hatte seinerzeit geltend gemacht, Rössler habe die schweizerische Neutralität dadurch verletzt, daß er von Luzern aus für den tschechischen Nachrichtendienst den Interessen der Vereinigten Staaten, Großbritanniens, Frankreichs, Westdeutschlands und Dänemarks entgegengearbeitet hatte.

Carter hatte sich natürlich nie auf eine Spionagetätigkeit dieser Art eingelassen, dennoch gehörte er einem Nachrichtendienst an, der nach diesem Paragraphen 301 illegal war, und wenn die Nutznießer auch keine ausländischen Staaten waren, so doch die Geschädigten. Zweifellos war er selbst der Meinung, er habe ohne böse Absicht und unwissend gehandelt, jedenfalls wäre er sich nicht bewußt gewesen, gegen die Gesetze zu verstoßen, und da gegen ihn nie ein Verfahren eröffnet wurde, wird man ihm dies wohl geglaubt haben. Und doch ist anzunehmen, daß man ihm nur schwerlich Glauben schenkte. Er selbst gibt zu, daß er nach dem vierten Bulletin den Verdacht hegte, man benutze *Intercom* dazu, Geheimnisse zu verbreiten. Angesichts dieses Eingeständnisses erscheint seine Verärgerung ungerechtfertigt, wenn nicht gar geheuchelt. Der wahre Grund liegt wahrscheinlich darin, daß er sich selbst über seine eigene Torheit ärgerte. Er verstand nicht, daß er sich in eine Verschwörung hatte verwickeln lassen, er hatte zuerst den Kopf verloren und dann ganz bewußt eine monumentale Indiskretion begangen.

Die Schweizer lassen sich nicht gern daran erinnern,

daß ihr Land einer der beliebtesten Tummelplätze von Spionen der ganzen Welt ist, und wenn die nationale Sicherheit der Schweiz nicht direkt betroffen ist, werden Spionagefälle kaum einmal ausführlich in der Presse erwähnt. Spionageskandale, die in anderen westlichen Ländern die Titelseiten der Zeitungen füllen würden, werden hier – wenn überhaupt – nur kurz und auf einer der hinteren Seiten erwähnt. Solche Dinge gelten hier als äußerst unerfreulich. Nichts hätte die schweizerische Polizei und die Behörden, die sich mit der Gegenspionage beschäftigen, mehr gegen Carter voreinnehmen können als die Aufregung, die er in der internationalen Presse hervorrief. Die Rechercheure, die ihre Ermittlungen in der Regel in aller Stille und geschützt von den Barrieren der Geheimhaltung abwikkeln, sahen sich unvermittelt dem Ansturm zudringlicher ausländischer Reporter und der Aufmerksamkeit der Öffentlichkeit ausgesetzt.

Doch auch andere Schwierigkeiten ergaben sich. Carters kühne Vermutung eines terroristischen Komplotts zwischen CIA und KGB war von einigen französischen und deutschen Zeitungen, die auch in der Schweiz verbreitet werden, ernst genommen worden. Bald kamen erboste diplomatische Proteste und Dementis. Und die Folge davon war, daß auch die ermittelnden Behörden gezwungen waren, sich mit diesen Vermutungen zu beschäftigen.

Während es leicht ist, eine Story als Unsinn abzutun, weil sie schlicht unvernünftig ist, fällt es doch oft schwer, dies auch zu *beweisen.* Und wenn dieser Beweis auch gelingt, bleiben doch immer einige wenige, die auch durch Beweise einfach nicht zu überzeugen sind. Das Ärgerliche an Carters Geschichte war natürlich, daß einige Dinge wahr waren. Er hatte einige unangenehme Begegnungen sowohl mit der CIA als auch mit dem KGB hinter sich – und das aus Gründen, die einen gleichen Ursprung hatten: die Veröffentlichung der SESAM-Bulletins. Für einen Mann mit seiner Phantasie, der sich zudem in einer Periode äußerster Anspannung befand, war es vielleicht nur natürlich zu vermuten, daß CIA und KGB zusammenarbeiten mußten. Und trotzdem war es leichtsinnig von ihm, seinen Verdacht in einer Weise hinauszuposaunen, die annehmen ließ, daß er die reine Wahrheit verkündete. Die Leute von der Gegenspionage nahmen natürlich an, daß er mehr wußte, als er zugeben wollte. Das Ergebnis war, daß es sie einige Zeit kostete, die Fakten in seiner Story vom schmückenden Beiwerk zu trennen.

Seine Bereitschaft, zur Aufklärung des Falles mit beizutragen, war alles andere denn überschwenglich. Der kanadische Konsularbeamte, der sechs Tage nach dem Unfall Gelegenheit zu einem Gespräch mit Carter im Polizei-Kommissariat erhielt, teilte mit, Carter habe die vernehmenden Dienststellen erst Donnerstag abend davon unterrichtet, daß er seine Vermutungen über ein Komplott zwischen CIA und KGB in *Intercom* veröffentlicht habe. Zu diesem Zeitpunkt war natürlich die Ausgabe vom 20. Dezember schon in der

Post und nicht mehr greifbar [1]. Über das Electret-Bulletin sagte er überhaupt nichts, obwohl es in derselben Ausgabe abgedruckt wurde, und auf Vorhalt behauptete er leichthin, er habe einfach vergessen, es herauszunehmen.

Seine journalistische Indiskretion hatte also, wie wir gesehen haben, nichts anderes bewirkt, als die Untersuchungsbehörden ins Lager seiner Gegner zu drängen. Seine spätere Beharrlichkeit – seine Weigerung nämlich, reinen Tisch zu machen – hatte ganz natürlich zur Folge, daß sich ihr Verhalten ihm gegenüber noch weiter verhärtete. Und der Entschluß, ihn zu verhaften, war aller Wahrscheinlichkeit nach in ihrem Wunsch begründet, ihn von den ausländischen Reportern fernzuhalten, die sie ununterbrochen bedrängten, wie auch darin, daß sie ihm eine Lehre erteilen wollten.

Verhaftet wurde er am Mittwoch vormittag, dem Haftrichter vorgeführt am Nachmittag desselben Tages. Man erließ Haftbefehl gegen ihn. Eine Freilassung gegen Stellung einer Kaution wurde abgelehnt. Der Haftrichter ordnete außerdem eine Durchsuchung des *Intercom*-Büros und seiner Wohnung an.

Was Carter übrigens nicht wußte: Dieser Tag – es war der 21. Dezember, ein Mittwoch – war sein letzter Tag als Herausgeber von *Intercom*.

[1] Dr. Loriols – übrigens gutgemeinte – Behauptung, eine Begegnung mit den Gegenspionage-Behörden zu einem früheren Zeitpunkt hätte den Entschluß seines zukünftigen Schwiegervaters hinsichtlich der Veröffentlichung ändern können, ist eher den Regungen seines Herzens als denen seines Verstandes zuzurechnen.

Auch Dr. Bruchner mußte sehr sorgfältig abwägen, was er über den *Intercom*-Skandal aussagte. Dennoch, einige der wesentlichsten Ereignisse dieser Woche sind protokollarisch festgehalten, und manches andere läßt sich schlußfolgern.

Am Montag, dem 19. Dezember, erhielt Dr. Bruchner ein zweites Angebot – wieder über das Bankhaus Schwob – für die Aktien der Intercom Publishing Enterprises AG. Er übermittelte dieses Angebot telegrafisch an Arnold Blochs Postlageranschrift, die er einige Tage zuvor erfahren hatte. Am folgenden Tag antwortete Bloch ihm – ebenfalls telegrafisch –, er wolle akzeptieren, und gab ihm Anweisungen, wie der Betrag überwiesen werden solle: die Kaufsumme sei auf das Nummernkonto eines Basler Korrespondenten einer libanesischen Bank einzuzahlen.

Dr. Bruchner teilte dem Bankhaus Schwob sofort mit, das Angebot sei akzeptiert worden.

Keine einzige in Basel erscheinende Zeitung hatte an diesem Morgen auf Carters Mißgeschick hingewiesen, kein Wort wies darauf hin, was sich in Genf ereignet hatte, aber am späten Nachmittag machte ihn einer seiner Partner auf einen Leitartikel einer in Paris gedruckten amerikanischen Zeitung aufmerksam. Dieses Blatt nämlich hatte sich dazu entschlossen, Carters Behauptungen lächerlich zu machen, und wer den Artikel geschrieben hatte, war wohl der Spaßvogel der Redaktion. Er war mit Eifer ans Werk gegangen. Nachdem er an General Novaks seltsame Karriere erinnert hatte, beschrieb er *Intercom* als »erste Geige in einem Orchester von Wahnwitzigen« und seinen Herausgeber als dessen »mondsüchtigen Dirigenten«. Illustriert wurden diese Vergleiche durch eine Liste der absurdesten ›*Intercom*-Ausflüge nach Wolkenkuckucksheim‹. Es war ein amüsanter, vernichtender Einspalter.

Dr. Bruchner freilich reagierte seltsam darauf.

Man muß hier daran erinnern, daß er zwei verwirrende Tage hinter sich hatte. Das zweite Angebot des Bankhauses Schwob hatte ihn verwundert, seine Annahme zutiefst verblüfft. Es war ihm zwar gelungen, mit Dr. Schwob über die Zahlungsmodalitäten so zu verhandeln, als ginge es um die selbstverständlichste Sache der Welt, aber es war ihm doch schwergefallen. Und als das Gespräch abgeschlossen war, glaubte er, geträumt zu haben.

Der Preis für die *Intercom*-Aktien lag mittlerweile bei zwei Millionen Franken. In Dr. Bruchners Hirn begann es zu wirbeln. Als er dann aber die Kolumne in der Pariser Zeitung las, wirbelte es in die entgegengesetzte Richtung. Aus dem Mann, der zunächst seinen Sinnen nicht getraut hatte, wurde jemand, der merkte, daß er ein Geschäft verpaßt hatte, jemand, der etwas für zwei Millionen verkauft hatte, das kurz zuvor nach aller Ansicht nichts wert gewesen war.

Dr. Bruchner rief im *Intercom*-Büro an, sprach mit Mlle. Deladoey und erfuhr von ihr, Carter sei aus dem Hospital entlassen. Danach vergaß er alles über den Herausgeber und seine Beschuldigungen. Den Rest des

Tages hoffte er nur, weder Dr. Schwob noch sein Klient würden englischsprachige Zeitungen lesen, und bereitete die Verkaufsunterlagen vor. Noch am selben Abend schickte er sie per Luftpost nach Brüssel. Solange das Geschäft noch nicht abgeschlossen war, wollte er keinen Augenblick verlieren.

Am folgenden Morgen kamen bange Minuten für Dr. Bruchner. Sowohl die links wie die in der Mitte stehenden Zeitungen veröffentlichten Artikel über *Intercom*. Und überall stand ungefähr dasselbe. Die Genfer Polizei und die Staatsanwaltschaft, so schrieben sie, hätten nach einer Klage Theodore Carters, des Herausgebers der Informationsschrift *Intercom* (derzufolge er behauptete, er sei von Vertretern gewisser ausländischer Spionageorganisationen überfallen worden, außerdem würden diese Nachrichtendienste zusammenarbeiten, die Verbreitung von Informationen zu behindern), ihre Ermittlungen aufgenommen. Eine dieser Zeitungen berichtete kommentarlos, Carter, ein kanadischer Staatsbürger, sei vor kurzem in einen Verkehrsunfall verwickelt gewesen, bei dem er sich eine Kopfverletzung zugezogen habe.

Dr. Bruchner war sicher, daß Schwob, auch wenn er diese Artikel nicht selbst gelesen hatte, von einem seiner Angestellten darauf aufmerksam gemacht worden war. Trotzdem erwähnte weder er noch sein Prokurist den Namen Carters, als sie an diesem Tag zu einer Unterredung zusammenkamen. Alles verlief in einer nüchternen Atmosphäre. Der am Ende sehr erleichterte

Dr. Bruchner erhielt einen Kaufvertrag über zwei Millionen Franken, die sofort auf ein Sperrkonto einzuzahlen waren. Sobald Blochs Unterschrift vorlag, war diese Summe auf das Konto der libanesischen Bank zu überweisen, das Zuger Handelsregister entsprechend abzuändern und das Bankhaus Schwob zu unterrichten. Bruchner hoffte, bei dieser Gelegenheit zu erfahren, wen der Bankier vertrat, und – da er noch alleiniger Geschäftsführer der Firma war – die Instruktionen des neuen Besitzers zu erhalten.

Der von Bloch unterzeichnete Vertrag traf Donnerstag bei ihm ein. Zusammen mit den Aktien brachte er ihn persönlich zu Schwob. Die Transaktion war abgeschlossen.

»Wann werde ich etwas von dem neuen Besitzer hören?« fragte Dr. Bruchner.

»Alles Notwendige werden Sie auch weiterhin von mir erfahren«, erwiderte Schwob. »Meine Instruktionen laufen darauf hinaus, daß man eine Umorganisierung der Firma plant. Als erster Schritt dieser Maßnahmen soll das Erscheinen von *Intercom* ab sofort eingestellt werden.«

Dr. Bruchner war zu verblüfft, um antworten zu können. Dr. Schwob fuhr fort:

»Die Belegschaft – also auch Carter – soll eine Abfindung in Höhe von zwei Monatsgehältern erhalten. Ihre Aufgabe ist es, bestmöglich über die Büroräume in Genf zu verfügen und die Einrichtung zu verkaufen. Sämtliche Akten von *Intercom* und die Liste der Abonnenten – das ist sehr wichtig – werden von Ihnen in Verwahrung genommen, bis Sie weitere Anweisungen erhalten.«

Die einzigen ›weiteren Anweisungen‹, die je gegeben wurden, erhielt Dr. Bruchner drei Wochen später. Sie besagten nichts anderes, als daß die Intercom Publishing Enterprises AG liquidiert werden sollte. Nähere Erklärungen wurden nicht gegeben. Allerdings war dies auch gar nicht mehr nötig. Dr. Bruchner war mittlerweile von der Gegenspionage verhört worden.

Über das Bankgeheimnis in der Schweiz wird viel Unsinn gesagt und geschrieben. Wahr daran ist, daß ein schweizerischer Bankangestellter, der seine Schweigepflicht mißachtet, mit Geld- oder Freiheitsstrafen zu rechnen hat. Er macht sich sogar schon dann strafbar, wenn er die Existenz eines Bankkontos ohne die Erlaubnis des Besitzers preisgibt.

Dieses Bankgeheimnis ist jedoch keinesfalls unverletzlich. Wenn Anlaß zu dem Verdacht besteht, es schütze jemanden, der eine strafbare Handlung begangen hat, kann ein richterlicher Beschluß erwirkt werden, der die Bank zur Auskunft verpflichtet.

Es ist sehr wahrscheinlich, daß in der Woche nach der Aktientransaktion von den Spionageabwehr-Behörden ein solcher Antrag gestellt wurde; es ist anzunehmen, daß ihm stattgegeben wurde, und nicht weniger wahrscheinlich ist, daß Dr. Schwob den ermittelnden Behörden den Namen des Käufers der *Intercom*-Aktien mitteilte.

Wer aber war dieser Käufer?

Zweifellos ein Strohmann eines ausländischen Nachrichtendienstes. Aber für wen handelte er? Und unter welchem Vorwand?

Dr. Schwob schweigt sich darüber natürlich aus, aber es ist doch möglich, einige Schlußfolgerungen zu ziehen. Kein Bankier vom Ansehen und Können eines Dr. Schwob würde im Auftrag eines Kunden verhandeln, den er nicht gut kennt und dessen Seriosität er bezweifelt. Andererseits ist aber auch nicht anzunehmen, daß er sich von jemandem mißbrauchen ließ, von dem bekannt war, daß er mit einem ausländischen Nachrichtendienst zusammenarbeitete. Er mußte deshalb glaubhaft machen können, daß ihn handfeste geschäftliche Motive dazu veranlaßten, *Intercom* aus der Welt zu schaffen. Man muß also schließen, daß nur eine Firma, die auf dem gleichen Sektor wie Blochs angebliche Geschäftsfreunde arbeitete, solche Gründe überzeugend hätte vorbringen können. Die Vermutung, daß hier eine große Firma eingeschaltet worden war, wird dadurch verstärkt, daß der Bankier sagte, man solle ›vorsichtig‹ sein, als er Blochs Forderungen erfuhr. In diesem Hinweis liegt versteckt eine gewisse Drohung. Männer wie Dr. Schwob drohen nicht mit Gewalt, aber es ist durchaus üblich, daß sie allzu Übermütige in ihre Schranken weisen und Abenteurer daran erinnern, daß mächtige Firmen die Mittel haben,

Widerspenstige zu strafen. Die Anweisung an Dr. Bruchner, die Abonnentenliste von *Intercom* unter Verschluß zu nehmen, deutet an, was Dr. Schwobs Kunden im Auge hatten. *Intercom* sollte sterben und tot bleiben. Eine Auferstehung unter anderem Namen sollte verhindert werden.

Es gibt eine ganze Reihe von Firmen mit Sitz in der Schweiz – die Aktienmehrheit liegt zum größten Teil bei ausländischen Unternehmern –, die weitgehend von Rüstungsaufträgen leben. Ein Teil von ihnen arbeitet hauptsächlich mit NATO-Ländern zusammen, andere hingegen – Maschinenbaufirmen und chemische Fabriken – arbeiten für die Sowjetunion, Ostdeutschland, Rumänien oder Ungarn. Und jede von ihnen hätte als Käufer in Frage kommen können. Die Weigerung der schweizerischen Spionageabwehr, in dieser Frage Antwort zu erteilen, wurde übrigens von der westdeutschen Presse heftig kritisiert.

Aber auch in der Schweiz selbst und in einigen NATO-Stäben wurde Kritik laut. So behauptete man, daß die ganze *Intercom*-Transaktion gestoppt und die Identität des Arnold Bloch ermittelt hätte werden können, wenn die Behörden energischer vorgegangen wären. Theodore Carter wurde von der Spionageabwehr am Dienstag, dem 20. Dezember, zum erstenmal verhört und am Mittwoch verhaftet. Das *Intercom*-Büro wurde am selben Tag durchsucht. Und warum, so fragten die Kritiker, hatte man Dr. Bruchner nicht mitgeteilt, daß gegen *Intercom* ein Ermittlungsverfahren eingeleitet worden war? Zu diesem Zeitpunkt stand er mit Bloch in brieflichem und telegrafischem Kontakt. Wie kam es, daß man seine Brüsseler Postlageradresse nicht früher ausfindig machte und die belgischen Behörden bat, den Benutzer zu identifizieren?

Diese Vorwürfe lassen auf mangelnde Informiertheit oder bösen Willen schließen. Man muß daran erinnern, daß die Spionageabwehr die Verletzung eines schweizerischen Gesetzes zum Schutz der schweizerischen Neutralität auf dem Boden der Schweiz vermutete. Ihr ging es zunächst einmal um Carter und jene nebulosen Figuren, von denen er behauptet hatte, sie hätten ihn in Bedrängnis gebracht. Schauplatz der Handlung war Genf. Bloch war nicht innerhalb ihres Zuständigkeitsbereichs. Die Herren Schwob und Bruchner hatten nicht gegen die Gesetze verstoßen, und kein Gerichtshof hätte die Aktientransaktion stoppen können. Carter besaß zwar die Brüsseler Adresse, das stimmt, aber in der Verwirrung hatte er überhaupt nicht mehr daran gedacht.

An jenem Abend, als er in seinem Büro überfallen worden war, hatte er das Telegramm Bruchners, in dem er über Blochs Adresse unterrichtet werden sollte, in seine Manteltasche gesteckt, und als er sich wenige Minuten später übergeben mußte, wurde der Mantel beschmutzt. Als er am Montag aus der Klinik entlassen wurde, übergab man ihm seine Kleider, doch sobald er zu Hause angekommen war, brachte seine Tochter Mantel und Anzug in die Reinigung. So kam es, daß das Telegramm erst am Freitag zusammen mit dem Mantel wieder zurückkam. Miß Carter übergab es sofort den Behörden, aber zu diesem Zeitpunkt war es schon zu spät. Bloch hatte sich in Luft aufgelöst, und die zwei Millionen Franken waren unterwegs in den Libanon. Das Weihnachtsgeschenk lag sicher unter dem Baum.

Wer aber war der Weihnachtsmann?

Es gibt vier Hauptverdächtige.

THEODORE CARTER

Hier endet Latimers Manuskript.

Wie Nicole Deladoey aussagte, arbeitete er mit Notizzetteln, die er in einem kleinen Kasten aufbewahrte. Wahrscheinlich waren hier die Namen der vier von ihm verdächtigten Firmen zu finden. Im Zusammenhang mit den Ermittlungen nach seinem Verschwinden wurden diese Karten jedoch aus seinem Hotelzimmer entfernt. Auch sie sind also verschwunden.

Intercom wurde zum Schweigen gebracht.

Charles Latimer wurde zum Schweigen gebracht.

Diejenigen, die das taten, sagen nichts.

Ich bin der einzige, dessen Stimme noch nicht verstummt ist.

KAPITEL 10

THEODORE CARTER

Der letzte, von dem man weiß, daß er Charles Latimer lebend gesehen hatte, ist der Avis-Angestellte im Flughafen, dem er die Schlüssel seines Leihwagens zurückgab. Das war gegen zwölf Uhr gewesen.

Ein französischer Grenzposten am nahe gelegenen Übergang nach Ferney-Voltaire sagte aus, er habe einen älteren Herrn gesehen, auf den die Personenbeschreibung Latimers zutraf. Er habe die Grenze in einem Wagen, in dem außer ihm noch zwei Männer saßen, gegen 12.30 Uhr überschritten. Wenn sich der Grenzer aber auch noch an die Uhrzeit erinnern konnte, hinsichtlich des Tages war er sich nicht sicher. Vor allem sei ihm dieser Mann, der sich mit einem Paß des Vereinigten Königreiches auswies, wegen seiner tiefdunklen Sonnenbrille aufgefallen. Der Beamte hatte ihn gebeten, seine Brille abzunehmen, damit er die Fotografie im Ausweis mit seinem Gesicht vergleichen konnte. Über die beiden anderen Wageninsassen wußte er nichts auszusagen.

Man ermittelte, daß dieser Beamte sich gegenüber Trägern von Sonnenbrillen außerordentlich pedantisch gab und Reisende schon oft gebeten hatte, sie abzunehmen. Sein Hinweis wurde letzten Endes als unergiebig abgetan, wenn er die Kantonspolizei auch in ihrer Ansicht bestärkte, Latimer habe die Schweiz lebend und wohlauf verlassen – und aus freien Stücken. Ihr Interesse an seinem späteren Geschick war deshalb allenfalls theoretisch, und da über sein Ergehen nach dem 31. Mai nichts bekannt wurde, begann auch die Öffentlichkeit den Fall zu vergessen. Wenn über neue Entwicklungen nichts zu berichten ist, sind ungelöste Rätsel für die Zeitungen nur wenig ergiebig.

Valerie hatte einmal gesagt, ich habe Latimer bewundert und beneidet. Tatsächlich, ich bewundere seine Bücher; sie haben mir viele vergnügliche Stunden bereitet. Und vielleicht beneidete ich ihn auch. Gewiß aber hätte ich ihn gern besser kennengelernt. Auch jetzt kann ich mir nur schwer vorstellen, daß er nicht mehr am Leben ist. Und an die Art seines Todes mag ich überhaupt nicht denken.

Ich bedauere es sehr, daß sich unsere Beziehungen, die früher einmal mehr oder weniger freundschaftlich waren, unmittelbar vor seinem Verschwinden einigermaßen abgekühlt hatten. Meine Weigerung, ihm etwas über die Nachforschungen der Gegenspionage zu erzählen, hatte ihn verärgert, und ich war wütend gewesen, weil er versucht hatte, Valerie darüber auszuhorchen. Sie und Dr. Loriol hatten ein- oder zweimal mit ihm zu Abend gegessen; ich selbst hatte abgesagt, obwohl auch ich eingeladen war.

Aber ich hatte nicht nur deshalb abgesagt, weil ich wütend war – wenn er das wahrscheinlich auch vermutete –, sondern ich war damals vollauf damit ausgelastet, mein Übersetzungsbüro aufzubauen. Mit meiner Wohnung als Büro und Nicole Deladoey als Halbtagssekretärin war es am Anfang ganz gut gegangen, aber als die Arbeit immer mehr anwuchs, wurde es notwendig, sich nach anderen Möglichkeiten umzusehen. Daß Nicole für Latimer arbeitete, beschleunigte alles nur. Ich stellte eine Ganztagssekretärin ein und besorgte mir ein Vervielfältigungsgerät. Die Leute, die in der Wohnung unter mir wohnten, beschwerten sich bald über den Lärm; es ergab sich also die Notwendigkeit, ein richtiges Büro zu mieten. Ich hätte in diesen Wochen wirklich nicht viel Zeit für Latimer gehabt.

Die Nachricht von seinem Verschwinden unterbrach alles. Trotz aller Vernebelungsversuche der Sicherheitsbehörden konnte Latimers Verstrickung in die *Intercom*-Affäre nicht verborgen bleiben, ebenso die Tatsache, daß er an einem Buch darüber arbeitete. In amerikanischen und englischen Verlegerzeitungen war das entstehende Buch bereits angekündigt worden.

Über diese Meldungen wird später noch zu sprechen sein. Es ist fast sicher, daß die eine oder andere von ihnen schuld an seinem Verschwinden hatte. Zunächst jedoch muß ich ein paar Worte über meine eigene Lage verlieren.

Die unmittelbare Wirkung war, daß sich die Presse einige Tage lang wieder für mich interessierte. Da nichts Handfestes aufzutreiben war, suchten die Reporter natürlich nach einem anderen Aufhänger für ihre Stories, und sie fanden ihn in mir. Das schadete nicht nur meinem neuen Job, sondern brachte mich auch noch einmal Butzemännern wie der Polizei in Erinnerung. Aber ich hatte mein Lehrgeld nicht vergebens gezahlt. In allem, was ich sagte, war ich äußerst vorsichtig, und meistens sagte ich nichts. Es kam, wie ich gehofft hatte: die Reporter langweilten sich bald, und nicht viel länger dauerte es, bis die Polizei erkannte, daß ich ihr bei der Suche nach Latimer nicht weiterhelfen konnte. Nicole Deladoey wußte natürlich, daß Latimer mir eine Kopie seines Rohentwurfs Kapitel um Kapitel zur Begutachtung geschickt hatte, doch ich bezweifle, daß sie sich dazu hätte überwinden können, ihre Lippen mit meinem Namen zu beschmutzen, auch wenn es ihr eingefallen wäre, die Polizei darüber zu unterrichten. Zu dieser Zeit erfuhr ich zudem von Latimers Verlag, daß sie im Besitz einer revidierten Fassung war; damit war ich – jedenfalls für die Polizei – als Zeuge nicht mehr interessant.

Als ich die revidierte Fassung bekam und zwischen den Zeilen zu lesen begann, konnte ich das, was ich dort entdeckte, für mich behalten.

Wenn ich sage, ich hätte ›zwischen den Zeilen‹ gelesen, so stimmt das freilich nicht ganz. Denn tatsächlich waren es die Änderungen Latimers, die mich zum Kern der Wahrheit führten. Vor allem zwei Unterschiede zwischen der ersten und der zweiten Fassung waren von größerer Bedeutung.

Das erste Kapitel – ursprünglich der Briefwechsel zwischen Latimer und mir – war als eine ›Rekonstruktion des Geschehens‹ neu geschrieben worden; nur wenige Zitate daraus waren übernommen und als Dialoge angeordnet worden. In einer dieser Passagen stellte ich eine bemerkenswerte Streichung fest: In einem Brief hatte er mir einmal geschrieben: »Über einen Freund – *er lebt in dem Land, in dem ich meinen Lebensabend verbringe* – lernte ich jenen Mann kennen, den ich in meinem Buch ›Oberst Jost‹ nennen will.« Die hier kursiv wiedergegebene Parenthese war in der Neufassung gestrichen.

Warum?

Vielleicht hatte ihn sein literarisches Gewissen dazu gebracht; das wäre durchaus möglich. Denn das Bild des ›Lebensabends‹ zu bemühen, ist ziemlich abgedroschen, und wenn Latimer auch zu schmückenden Schnörkeln neigt, war er doch kein schlechter Schriftsteller. Doch wenn er diesen Satz auch aus Geschmacksgründen gestrichen hatte – warum gab er die Information, die dort, nur schlecht getarnt, stand, nicht in anderer Form? Warum sagte er nicht: »Über einen Freund in Mallorca lernte ich jenen Mann kennen . . .«?

Die Antwort mußte meiner Meinung nach sein, daß Oberst Jost jetzt auf Mallorca lebte und Latimer erkannt hatte, selbst ein versteckter Hinweis darauf hätte ihn in die Hinterhand bringen müssen.

Die andere Streichung, die mich besonders interessierte, war umfangreicher. Ich hatte ihm in aller Ausführlichkeit berichtet, wie ich im *Intercom*-Büro jenen Mann traf, der sich Werner Siepen nannte. Ich war damals zu dem Schluß gekommen, daß es sich bei ihm um Oberst Jost handeln mußte, und hatte ihm eine sorgfältige Beschreibung geliefert. Latimer gab damals zu, daß sie auch auf Oberst Jost zutraf.

Alles, was ich über dieses Zusammentreffen geschrieben hatte, war ebenso gestrichen wie alle späteren Hinweise darauf. Und nicht nur durchgestrichen: acht Seiten des ursprünglichen Typoskripts fehlten. Auf den Seiten vor und nach der herausgenommenen Passage hatte er mit Bleistift einige Überbrückungssätze geschrieben.

Meine Reaktion auf diese Änderung war zwiespältig: zunächst war ich verärgert. Ich dachte, er habe diese Seiten herausgenommen, weil sie ihn weniger informiert erscheinen ließen, als er zu sein behauptete. Doch dann wich die Verärgerung der Erleichterung. Eine Zeitlang war ich Latimer fast dankbar: was ich gesehen hatte, war ihm aufgefallen. Jemand, von dem man wußte, daß er den Oberst identifizieren konnte, würde nach Veröffentlichung des Buches bösen Ärger mit den Butzemännern bekommen.

Das war der Augenblick, als sich meine Gedanken entwirrten, als ich damit begann, das ganze Bild, wie es sich mir dargestellt hatte, noch einmal genauer anzusehen.

Beim ersten Blick sah es so aus, als habe Latimer diese Seiten herausgenommen, um mich zu schützen. Wie aber sorgte er für seine eigene Sicherheit? Dadurch etwa, daß er verschwand und sein Buch nicht zu Ende schrieb? Offenbar nicht. Wie aber sonst?

Als geachteter Wissenschaftler und bekannter Schriftsteller war er wahrscheinlich in der Lage, Schnüfflern und Butzemännern eine lange Nase zu machen. Andererseits lebte er auf einer spanischen Insel, und Spanien gehört nicht der NATO an. Was er auch über den Käufer von *Intercom* gesagt hätte, man würde es glattweg abgestritten haben, und alle Spekulationen über den Nachrichtendienst, der die Transaktion finanziert hatte, wären kühl ignoriert worden. Wenn er sich hinsichtlich der kaufenden Firma nicht irrte – dann nämlich hätte er wegen Verleumdung belangt werden können –, hatte er aus dieser Richtung nicht viel zu befürchten.

Was freilich Jost und Brand betrifft, so lagen die Dinge anders. Wenn man sie identifizierte, würden sie in ihren Heimatländern als Verräter gelten, in dem Land – oder den Ländern –, in dem sie jetzt lebten, als politisch unerwünschte Personen. Die Konsequenzen wären also im besten Falle höchst unangenehm. Latimer und sein Buch stellten damit einen unerfreulichen Unsicherheitsfaktor dar. Latimer hatte durch nichts die Tatsache verschleiert, daß er in der Lage wäre, Jost zu identifizieren. Es war mehr als wahrscheinlich, daß er Josts – und wahrscheinlich auch Brands – Staatsangehörigkeit wußte. Zweifellos hatte er bei der Niederschrift seiner ersten ›Rekonstruktion des Geschehens‹ annehmen müssen, daß ihr keine verräterischen Hinweise zu entnehmen waren. Die meisten der beiläufigen Hinweise – so etwa die Behauptung, daß Jost aus einem Land kam, das an die Nordsee grenzte – hatte er vielleicht nur deshalb eingefügt, um auf die falsche Fährte zu locken. Gegenüber den Techniken professioneller Rechercheure allerdings mußten sich solche Tricks eines Geschichtenerzählers als hoffnungslos inadäquat erweisen. Die NATO hat nur fünfzehn Mitglieder, und nur acht von ihnen waren während des Hitlerkriegs von der deutschen Wehrmacht besetzt worden. Für jemanden, der Zutritt zu den Geheimunterlagen hatte, konnte es also nicht schwer sein, die beiden zu identifizieren. Jost und Brand hätten in dem Augenblick, als sie etwas über Latimers Pläne erfuhren, zumindest versucht, ihn an ihrer Verwirklichung zu hindern.

Latimer selbst schien sich dieses Aspekts der Situation nicht bewußt gewesen zu sein. In einem Brief hatte er sich mir gegenüber zwar dahingehend geäußert, daß er gewisse Risiken einginge, aber im weiteren Verlauf der Diskussion war er nie wieder darauf zu sprechen gekommen. Seine Einstellung dem Buchprojekt gegenüber war nicht anders als die, die er den beiden Obersten auf dem Höhepunkt ihres Unternehmens zugeschrieben hatte: er tat so, als spiele er ein einigermaßen amüsantes intellektuelles Spiel, das in keinem Bezug zur Wirklichkeit stand. Ich hatte angenommen – zu Recht, wie ich meine –, daß das Erscheinen des Buches Jost und Brand unangenehm überraschen mußte, und als ich mich an meine eigenen Erfahrungen erinnerte, freute ich mich fast auf diesen Tag. Je größer und unangenehmer diese Überraschung war, desto besser. Daran, daß Latimer nicht darauf geachtet haben könnte, nichts über den Inhalt des Buches bekannt werden zu lassen, hatte ich nicht gedacht.

Seine fast spielerische Art, das Material zu verarbeiten, hatte auch zu einigen seltsamen Widersprüchen geführt. An einer Stelle hatte er Jost und Brand als »harte, gerissene und ideenreiche« Männer beschrieben, Männer mit den Fähigkeiten, »die man braucht, will man unentdeckt operieren«. Ihre Verschwiegenheit sei, so ließ er erkennen, schon fast zum Instinkt geworden. An anderer Stelle jedoch stellte er Jost als jemanden dar, der »gern redete«, um seiner Rekonstruktion des Geschehens den Anschein größerer Wahrscheinlichkeit zu geben. Wäre Jost wirklich so geschwätzig gewesen, wie man aus Latimers Rekonstruktion hätte schließen müssen, wäre er wohl eines der größten Plappermäuler aller Zeiten gewesen und für den Geheimdienst nicht besser geeignet als ein notorischer Alkoholiker. Wäre ich nicht selbst mit Haut und Haaren in die Verschwötung des Arnold Bloch verwickelt gewesen, wäre ich sicherlich in Versuchung gekommen, seine ganze Geschichte als unglaubwürdig abzutun und zu vermuten, daß er wohl eher zu den Märchenerzählern zu rechnen sei. So, wie die Dinge nun standen, konnte ich alles nur mit größter Vorsicht betrachten, und ich durfte auch nicht vergessen, daß der Autor aus unerfindlichen Gründen und unter merkwürdigen Umständen verschwunden war.

Latimer hatte meine Lage einmal als die eines Zufallszeugen bei einem Banküberfall umschrieben. War er nun etwa in die gleiche Situation geraten?

Zwei Monate nach seinem Verschwinden besuchte mich sein Londoner Verleger. Ich besprach mit ihm einige der Fragen, die ich gerade erwähnte. Das Ergebnis unserer Verhandlung war, daß ich die Erlaubnis erhielt, während Latimers aller Wahrscheinlichkeit nach erzwungener Abwesenheit als redaktioneller Deus ex machina zu fungieren, dessen Aufgabe es war, soviel Material wie nur möglich zu sammeln und einige der schlimmsten Lücken zu füllen. Zuerst sollte ich nach Mallorca fahren und versuchen, Kontakt mit Oberst Jost aufzunehmen. Wenn dies gelang – was freilich sehr unwahrscheinlich war –, hatte ich herauszubekommen, ob er zu einem Interview bereit war. Wenn er absagte, konnte ich ihn immerhin um eine schriftliche Äußerung bitten.

Am Ende der ersten Augustwoche flog ich nach Mallorca.

Latimers Haus stand auf einem Hügel über einer kleinen Hafenstadt an der Südostküste der Insel. Steile, pinienbestandene Berge, die sich von einem sanften Sandstrand erhoben, schlossen die überwältigend schöne Stadt vom Hinterland ab. Um diese Jahreszeit war es noch sehr heiß. Glücklicherweise fand ich Unterkunft in einem Hotel, das eine Terrasse im Freien besaß.

Eine Woche wollte ich bleiben. Wenn Jost in der Stadt oder in ihrer näheren Umgebung lebte, wäre das wohl Zeit genug, ihn aufzuspüren. Und wenn ich ihn bis dahin nicht gefunden hatte, konnte ich mit Sicherheit annehmen, daß er sich hier nicht aufhielt. In diesem Falle wollte ich noch der Nachbarstadt und den beiden Dörfern, die im Umkreis von zehn Kilometern lagen, einen Besuch abstatten, und wenn auch dies fehlschlug, aufgeben und nach Hause fahren.

Über Erfolg oder Mißerfolg meines Unternehmens gab ich mich keinen Spekulationen hin. Als junger Reporter hatte ich gelernt, daß man nicht nur Glück braucht, sondern auch geschickt und beharrlich sein muß, will man jemanden aufspüren, der sich weder finden noch interviewen lassen will. Auf das nötige Glück kann man nur hoffen; ich verließ mich auf andere Dinge. Ich wußte weder, unter welchem Namen Jost hier lebte, noch kannte ich seine Staatsangehörigkeit – und ich war mir klar darüber, daß er sich eine neue Identität zugelegt haben konnte. Aber ich wußte, wie er aussah und daß er kein Spanier war. Der Londoner Verleger hatte mir gesagt, daß das mallorkinische Hausmeisterehepaar noch in Latimers Villa lebte; schließlich gab es noch keinerlei Anzeichen dafür, daß er nicht mehr am Leben war. Bezahlt wurden die beiden über Dauerauftrag von seinem Konto in Palma. Ich hatte vor, mit ihnen zu reden, um zu erfahren, mit welchen seiner Nachbarn Latimer bekannt oder befreundet gewesen war. Befand Jost sich unter diesen Leuten, würde ich ihn gewiß mühelos ausfindig machen können. Ich nahm mir vor, am nächsten Morgen als erstes seinem Haus einen Besuch abzustatten.

Ich tat es nie. Es war nicht mehr nötig.

Gegen halb neun aß ich zu Abend. Für spanische Verhältnisse ist das sehr früh, und da die anglo-amerikanische Touristeninvasion diese Stadt noch nicht erreicht hat, gehörte die ganze Terrasse eine Weile mir allein. Ein herrlicher Mittelmeerabend. Es war windstill, und doch hatte es sich ein wenig abgekühlt. Das Zirpen der Grillen und die Brandung versetzten mich in eine romantische Stimmung. Ich aß eine riesige Paella und trank eine Flasche Weißwein. Gegen halb zehn füllte sich die Terrasse, und ich überlegte, ob ich mich nicht ins Bett legen sollte. Aber ich blieb doch. Hier war es angenehm, hier fühlte ich mich wohl, während die Luft in meinem Zimmer wahrscheinlich noch immer heiß und stickig war. Ich bestellte einen *Coñac.*

Und in diesem Augenblick kam Jost.

Er wirkte zehn Jahre jünger als damals in Genf. Gesicht und Arme waren braungebrannt, sein Haar von Sonne und Meer gebleicht. Eine Brille trug er nicht mehr. Bekleidet war er mit einer blauen Leinenhose, Segeltuchschuhen und einer leichten Weste. Er machte einen recht gesunden Eindruck, und wenn er auch immer noch jenes traurige Lächeln zur Schau trug, hätte man doch vermuten können, daß er ein Mann war, der es in seinem Leben zu etwas gebracht hatte. Zusammen mit ihm kam ein junges Mädchen, das ohne weiteres seine Tochter hätte sein können, was sie jedoch offensichtlich nicht war. Sie hatte langes, lichtbraunes Haar, ein Modigliani-Gesicht und einen schlanken, verführerischen Körper. Die beiden schienen durchaus zusammenzupassen. Wenn sie ein Mädchen war, das gern mit älteren Männern ins Bett ging, so war er der Typ des kerngesunden älteren Mannes, den solche Mädchen gemeinhin im Sinn haben. Allem Anschein nach hatte Oberst Jost ein besseres Mittel gegen die Langeweile des Nichtstuns gefunden als Reden und Lesen von Kriminalromanen.

Sie waren gerngesehene Gäste. Die Wirtsfrau ging selbst an ihren Tisch, rückte gestenreich Gläser und Servietten zurecht und nahm die Bestellung entgegen. Ich hörte sie, wie sie zur Küche rief: »Zweimal Hummer – aber große Portionen für Señor Siepen und die Señora!«

Dieser Name nun brachte mich wirklich auf Touren. Latimer mag nicht weniger verblüfft gewesen sein, als ich ihm die Geschichte von Josts Besuch bei *Intercom* erzählt hatte. Aber gleichzeitig wurde mir auch so manches klar. Jene umfangreiche Streichung im Manuskript sollte nicht mich schützen, sondern Jost.

Er hatte mich nicht gesehen, was mir nur recht sein konnte. Ich brauchte Zeit zum Nachdenken.

Werner Siepen aus Hamburg: Ein Aliasname, der offensichtlich bestens durch Formulare und Dokumente gefestigt war. Aller Wahrscheinlichkeit nach hatte Jost jahrelang darauf hingearbeitet, ihn sich anzupassen. Und er paßte ihm. Der bundesdeutsche Reisepaß, der seine Identität bezeugte, war zweifellos hieb- und stichfest, und in Mallorca würde sicherlich nur wenigen auffallen, daß sein Deutsch nicht über den s-pitzen S-tein s-tolperte – und Anstoß nehmen würde daran erst recht niemand.

Trotzdem war es unvorsichtig gewesen, diesen Aliasnamen auch in Genf zu benutzen. Soweit es mich betraf, war seine Tarnung durchschaut. Ich hatte nichts anderes zu tun, als ihn das wissen zu lassen – allerdings in einer Weise, die ihn erkennen ließ, daß er von mir nichts zu befürchten hatte, wenn er mir auf einige Fragen antwortete.

Noch immer hatte er mich nicht gesehen. Ich nippte an meinem Coñac und überlegte, wie ich mich an ihn heranmachen sollte. Leicht würde es nicht sein, das wußte ich. Ich hatte ihn zwar durchschaut, aber trotzdem befand er sich in einer starken Position. Der schwache Punkt bei mir war, daß ich immer noch nicht wußte, wer er eigentlich war. Die es wußten – seine ehemaligen Vorgesetzten –, hatten mittlerweile wahrscheinlich erkannt, daß ihr früherer Nachrichtenchef die eine Hälfte des Teams war, die ihnen in Arnold Bloch begegnet war. Natürlich posaunten sie diese Erkenntnis nicht laut in alle Welt hinaus, solange sie nicht dazu gezwungen wurden; in politischer Hinsicht wäre es äußerst ärgerlich, wenn der Skandal an die Öffentlichkeit dringen würde.

Oberst Jost hatte auf dem Höhepunkt der Affäre zwei Möglichkeiten: Entweder blieb er im Amt und stellte sich dumm, wenn Verdächtigungen laut und Fragen gestellt wurden; dann mußte er einfach alles abstreiten und darauf hoffen, daß man ihm glaubte. Oder er ging allen Fragen von vornherein aus dem Wege, ließ die Leute mit den zornroten Gesichtern dort, wo sie waren, gestattete ihnen, sich ihr eigenes Urteil zu bilden, und wurde Werner Siepen.

Wahrscheinlich war es das klügste, was er tun konnte, daß er die zweite Möglichkeit wählte. Dadurch hatte er zwar seine Pension und seinen guten Namen verloren – aber wer braucht schon das Ruhegeld eines Obersten, wenn er eine Million Schweizer Franken auf dem Konto hat, und wem macht es etwas aus, seinen guten Ruf zu verlieren, wenn dieser Verlust niemandem bekannt wird? Jost hatte tatsächlich von mir nicht viel zu befürchten; allenfalls die unangenehme Notwendigkeit, seinen Namen noch einmal zu ändern und einen neuen Ruhesitz zu suchen.

Er war gerade dabei, seinem Mädchen Wein einzuschenken, als er mich sah und erkannte. Einen kurzen Augenblick trafen sich unsere Blicke, dann fuhr er fort, das Glas zu füllen. Er vergoß keinen einzigen Tropfen. Nervensache.

Ich überlegte, ob ich zu ihm hinübergehen sollte, aber dann entschloß ich mich doch, darauf zu warten, bis er zu mir kam. Sicherlich würde er wissen wollen, ob ich mich nur zufällig hier aufhielt, und es war besser, ihn den ersten Schritt tun zu lassen. Und wenn der erste Kontakt einmal geknüpft war, mußte ich den Köder auslegen. Wenn er erst einmal gemerkt hatte, daß er mir besser aus dem Wege ging, konnte nichts ihn daran hindern, die erste Maschine zum Festland zu nehmen und mir aus dem Wege zu gehen. Und selbst wenn ich ihm auf der Spur bleiben konnte – was allerdings sehr zu bezweifeln war –, war ich doch nicht in der Lage, ihn kreuz und quer durch Spanien zu verfolgen. Dazu fehlte mir einfach das Geld.

Ich bestellte noch einen Coñac und beobachtete sie, wie sie ihren Hummer verspeisten. Mit größtem Appetit, wie deutlich zu sehen war. Um mir die Zeit zu vertreiben, versuchte ich, mich in Wut auf die beiden hineinzusteigern, oder doch zumindest auf ihn. Jost-Siepen war immerhin einer von denen, die mir das Leben ziemlich sauer gemacht hatten – es war die böseste Zeit, an die ich mich erinnern kann –, und das zu keinem anderen Zweck, als genug Geld auf der Bank zu haben, um mit einem verführerischen Mädchen auf einer Terrasse sitzen und sich den Wanst mit Hummer vollstopfen zu können. Und ich war nicht der einzige Verlierer in diesem ›Spiel für zwei‹. Auch Latimer war auf dem Schlachtfeld geblieben. Über Umfang und Schwere seiner Blessuren war zwar noch nichts bekannt, aber daß sie unbedeutend waren, konnte man nicht annehmen. Und hier war Jost-Siepen, einer der Gewinner, führte sich auf wie ein Pascha und ...

Aber das nutzte nichts. Ich konnte ihm nicht böse sein. Die einzige Regung, der ich fähig war – wenn man das überhaupt als Regung bezeichnen kann –, war Neugier. Ich wollte nichts anderes, als alles erfahren.

Nach einiger Zeit zahlte Siepen, die beiden erhoben sich, um zu gehen. Ich sah, wie er dem Mädchen etwas sagte und mit dem Kopf in meine Richtung wies. Sie lächelte, warf mir einen kurzen Blick zu und verließ die Terrasse. Oberst Jost (so will ich ihn von nun an wieder nennen) kam zu mir herüber. Ich erhob mich.

»Ich glaube, wir kennen uns«, sagte er auf spanisch. »Señor Carter?«

Spanisch zu sprechen gehört nicht zu meinen starken Seiten. Da ich wußte, daß er Englisch verstand, antwortete ich ihm in dieser Sprache.

»Ja. Wir lernten uns in Genf kennen, Herr Oberst.«

Bei diesem Wort flackerten seine Augen ein wenig, aber er lächelte noch immer. »Mein Name ist Siepen.«

»Ja«, erwiderte ich, »ich kann mich noch erinnern. Aber wir haben gemeinsame Freunde, Herr Oberst, die Sie besser kennen als ich.«

»Haben wir?« Sein Blick war nun wachsam.

»Charles Latimer, Ihr ehemaliger Nachbar.«

»O ja. Und Sie waren mit ihm befreundet?«

»Eigentlich kannte ich Herrn Bloch aus München besser, Herr Oberst. Tatsächlich war er es, der mich bat, hierher zu fahren und mit Ihnen zu sprechen.«

Diese ungeheuerliche Lüge schluckte er gelassen. »Geht es um finanzielle Fragen?«

»Nein, um Informationen. Er sagte, Sie hätten etwas zu verkaufen.«

»Welchen Preis haben Sie im Auge, Mr. Carter?« Er sprach jetzt sehr leise.

»Anonymität, Herr Oberst. Ihre ungestörte Ruhe.«

Er nickte. »Ich sehe keinen Grund, warum wir nicht wenigstens darüber sprechen sollten. Paßt es Ihnen morgen? Oder vielleicht übermorgen?«

»Das ist leider nicht möglich.«

Er machte eine Bewegung, als wolle er gehen, darum fuhr ich schnell fort: »Herr Oberst, als wir uns zum letztenmal sahen, gaben Sie mir einen guten Rat. Wenn jemand unter Druck gesetzt wird, sagten Sie, soll er sich gefügig zeigen. Wenn Sie also aus irgendeinem Grund morgen oder übermorgen keine Zeit für mich haben, wenn Ihre Geschäfte Sie plötzlich zu einer Reise zwingen, müßte ich also annehmen, daß Ihnen an Anonymität und ungestörter Ruhe nicht allzu viel gelegen ist.«

Er zuckte die Achseln. »Kein vernünftiger Mensch läßt sich gern in seiner Ruhe stören. Draußen steht mein Wagen, und eine Dame wartet. Wenn Sie wollen, können Sie uns begleiten.«

Seine Ruhe brachte mich aus dem Konzept. »Jetzt, heute abend?«

»Warum nicht, wenn es Ihnen doch so eilig ist?« Er wandte sich zum Gehen. An der Tür zur Küche holte ich ihn wieder ein.

»Nur einen Augenblick noch, Herr Oberst«, sagte ich. »Wo gehen Sie hin?«

Er hielt an und warf mir einen amüsierten Blick zu. »Sorgen Sie sich nicht, Mr. Carter. Sie kommen sicher wieder nach Hause.« Er steckte seinen Kopf durch die

Tür und rief die Wirtin. »Señor Carter ist ein alter Freund. Er kommt noch auf ein Glas Wein zu mir. Schließen Sie ihn bitte nicht aus, Señora.«

Sie kam heraus und versicherte ihm mit überschwenglichen Worten, daß alles in Ordnung sei. Als ein Freund von Señor Siepen war ich in ihrer Achtung zweifellos gestiegen.

Es war ein BMW; das Mädchen saß hinter dem Lenkrad. Jost stellte mich ihr vor, als er sich neben sie setzte: »Das, mein Schatz, ist Herr Carter. Er ist ein Freund von Herrn Lewinson, und wir müssen noch über einige geschäftliche Dinge reden. Es wird nicht lange dauern.« Er tätschelte ihren Oberschenkel.

Wie sein ›Schatz‹ hieß, sagte er mir nicht. Als ich auf den hinteren Sitz kletterte, lächelte sie mir kurz zu. Dann ließ sie den Motor an.

Josts Haus lag auf der gegenüberliegenden Seite der Bucht am Ende einer hügeligen Straße, die von zahlreichen Leitungsdrähten gekreuzt wurde. Unterwegs sagte er nur ein einziges Mal etwas. Als wir ein schweres Holztor passierten, wandte er sich zurück.

»Lewinsons Haus. Waren Sie schon einmal dort?«

»Nein.«

»Ein wunderschönes Grundstück. Mit einem Zitronengarten.«

Seine Villa stand unter Feigenbäumen; sie sah aus wie ein Bauernhaus. Das Wohnzimmer – der einzige Raum, den ich zu sehen bekam – war im Stil eines spanischen Landhauses eingerichtet; Polstermöbel und

Sofas machten es noch gemütlicher, ebenso ein mächtiger Kamin. Zum Meer hin war eine gepflasterte Terrasse angelehnt; Weinreben, über eine bäuerliche Pergola gezogen, gaben Schutz vor der Sonne. Und von der Terrasse führte ein Pfad steil zum nahen Strand.

Jost entzündete die Kerzen, die auf schmiedeeisernen Haltern steckten, und wandte sich mir zu.

»Brandy oder Scotch Whisky?«

»Brandy bitte.«

Das Mädchen ging zurück ins Haus, und wenige Augenblicke später brachte eine ältere Frau ein Tablett mit einer Flasche und einigen Gläsern.

Jost hatte mir einen Stuhl angeboten, aber zu nichtssagendem Geplauder schien er keine Lust zu haben. Das war mir nur recht. Er zündete sich eine Panatella an; schweigend warteten wir, bis die Frau gegangen war. Er füllte zwei Gläser und schob eines zu mir herüber.

»Damit wir uns nicht mißverstehen«, begann er; »wir haben uns einmal kurz miteinander unterhalten, als ich ein Abonnement auf jenes Blatt bestellte, das Sie herausgaben. Wir haben einen gemeinsamen Bekannten, einen Schriftsteller namens Lewinson oder Latimer, der allem Anschein nach von der Erdoberfläche verschwunden ist. Das dürfte wohl alles sein, was uns verbindet. Von diesem Arnold Bloch, den Sie vorhin erwähnten, habe ich noch nie etwas gehört. Wenn Sie hypothetische Fragen stellen wollen, werden meine Antworten ebenso ausfallen. Ob Sie mir glauben oder nicht, liegt bei Ihnen. Habe ich mich verständlich genug ausgedrückt?«

»Verständlich genug, Herr Oberst. Sie wissen nichts, Sie geben nichts zu.«

Er stieß eine Rauchwolke aus und sah mich durch die Schwaden an. »Wenn Sie mich mit ›Herr Oberst‹ anreden, werden Sie nicht weiterkommen«, sagte er. »Und wenn Sie sich einbilden, Sie könnten mir mit diesem Wissen imponieren, irren Sie sich gewaltig.«

»Ich wollte Ihnen damit nicht imponieren«, log ich. »Aber da dies eine hypothetische Diskussion ist, hielt ich eine hypothetische Höflichkeitsfloskel für angemessen. Latimer sagte in seinem letzten Buch – das ich im Auftrag seines Verlegers zu Ende führe –, Sie seien Oberst gewesen. Danach habe ich mich gerichtet. Wenn er sich irrte, bin ich natürlich bereit...«

Mit einer Handbewegung tat er das Thema ab. »Das ist absolut unwichtig.«

»Er schrieb auch, daß Sie gern erzählen.«

Seine Lippen verkniffen sich. »Ich weiß nur zu gut, was er geschrieben hat.«

»Sie haben sein Manuskript gelesen?«

»Teilweise, ja.«

»Hat er es Ihnen gegeben?«

»Nein, Mr. Carter, er gab es mir nicht. Als ich erfuhr, daß er an einem Buch über den Fall arbeitete, den die Zeitungen die ›*Intercom*-Affäre‹ nannten, entschloß sich jemand, der daran interessiert ist, sich das Manuskript einmal anzusehen.«

»Ohne Latimers Wissen?«

»Natürlich.«

»Jemand, der daran interessiert ist ... Waren Sie es? Oder Oberst Brand?«

»Ich kenne niemanden, der Brand heißt.« Er zuckte die Achseln. »Nehmen wir an, es wäre Brand gewesen.«

»Und er gab es Ihnen. Ich verstehe. Es muß für Sie beide ein böser Schock gewesen sein.«

Er nippte an seinem Brandy und sah mich düster an. »Mr. Latimer war ein ziemlich ausgefuchster Mann«, sagte er. »Aber er war auch – ich bedauere, dies sagen zu müssen – ebenso verantwortungslos. Wegen der Dinge, die er geschrieben hat, machte man mir den Vorwurf, einen mir teuren Freund betrogen zu haben.«

»Wollen Sie damit sagen, daß das Gespräch zwischen Ihnen und Latimer gar nicht so verlief, wie er es beschrieben hat?«

»Natürlich war es nicht so. Wofür halten Sie mich denn?« Jetzt war er ernstlich beleidigt. Als er fortfuhr, stocherte er mit seiner Zigarre durch die Luft. »Weil ich ihn für einen sympathischen Kerl hielt, erzählte ich ihm ein paar Geschichten und Anekdoten aus der Arbeit im Geheimdienst. Ich weiß, daß er während des Krieges für die englische Abwehr gearbeitet hat. Und so kam es, daß wir hin und wieder ins Erzählen kamen. Eines Tages sprachen wir auch über diesen mexikanischen Fälscher. Das war der einzige Fehler, der mir unterlief.«

»Aber an dieser Geschichte ist doch nichts, was man

geheimhalten müßte«, warf ich ein. »Sie ist bekannt. In Zeitungen wurde darüber geschrieben. Wer will, kann sich darüber unterrichten.«

»Ja, aber erst jetzt. Aber er wußte nichts davon, und *ich* habe es ihm erzählt. Und ich verwendete den Ausdruck ›rein fiktiver Wert‹. Ein paar Tage später kam er wieder und begann, über die *Intercom*-Affäre zu reden.«

»Sie meinen also, er hat zwei und zwei zusammengezählt?«

Jost ließ seinen Zigarrenstummel auf das Pflaster fallen und zertrat die Glut mit dem Absatz. »Er riet einfach ins Blaue hinein. Wie ein billiger Wahrsager. Natürlich erzählte er mir das Ganze so, als sei es eine von ihm erfundene Geschichte. Er amüsierte sich köstlich dabei. Ab und zu konnte er gar nicht mehr sprechen, so sehr lachte er darüber. Er hatte sogar den Tag herausbekommen, an dem ich die Aktien gekauft hatte.«

An unserer Unterhaltung war nun nichts mehr hypothetisch. Er schien diesen Nachmittag noch einmal zu erleben.

»Und was taten Sie, Herr Oberst?«

»Was konnte ich tun? Auch ich benahm mich so, als sei es ein Scherz. Was wäre mir sonst übriggeblieben?«

»Sie konnten es nicht abstreiten?«

»Natürlich nicht. Ich sagte es Ihnen ja. Ich mußte es als einen Scherz betrachten – und das meiste war ja auch unsinnig genug. Alberner Unsinn.«

»Mit Ausnahme jener gefährlichen Passagen, in denen er sich nicht irrte. Ich verstehe.«

Er runzelte die Stirn. »Ich konnte nicht sicher herausbekommen, was er wirklich glaubte. Glaubte er an die Geschichte? Glaubte er nur, daß er sie erfunden hatte? Ich hoffte, wenn ich sie so wenig ernst nahm, wie er bei sich den Anschein erweckte, würde sein Interesse daran erlahmen.«

»Das aber war nicht der Fall. Warum jedoch halten Sie ihn für verantwortungslos, Herr Oberst?«

Er zögerte. »Vertrauliche Gespräche zu verfälschen und dann die Verfälschung ohne mein Wissen gegen mich zu verwenden – zeugt das von Verantwortungsbewußtsein? Ist das ehrliches Spiel?«

Ich wollte sagen, daß Arnold Bloch diese Frage wohl besser beantworten könne als ich, aber dann ließ ich es doch sein. Ich war hier, um ihm zuzuhören, und nicht, um als Causeur zu glänzen.

»Als er verschwand«, fuhr Jost fort, »war ich zunächst erleichtert. Das bedeutete nämlich, daß ich ihn nicht mehr sehen und seinem Nonsens nicht mehr zuhören mußte. Dann aber erfuhr ich, daß er in der Schweiz arbeitete, und bekam Angst. Nicht so sehr meinetwegen, sondern um Brand. Sie wissen, daß er krank ist, und er lebt noch in seinem Heimatland. Zusammen mit seiner Familie.«

»Woher wußte Latimer, daß Brand leberkrank ist?« fragte ich. »Sie müssen es ihm erzählt haben.«

Er schüttelte ungeduldig den Kopf. »Ich habe ihm nur erzählt, ich hätte mich einmal heimlich in Evian mit einem Kollegen getroffen, der dort einen Nierenspezialisten konsultierte. Das ist alles. Wer dieser Kollege war, habe ich nicht gesagt. Latimer behauptet das Gegenteil.« Er schob die Brandyflasche zu mir herüber und nickte mir zu, ich solle mich bedienen. »Das war eine seiner gewagtesten Vermutungen.«

»Vielleicht sagten Sie ihm mehr, als Sie ahnen«, sagte ich. »Schließlich haben Sie lange Zeit darüber geschwiegen, Herr Oberst. Man behauptet, in solchen Fällen könne das Unterbewußtsein einem böse Streiche spielen.«

Er sah mich geringschätzig an. »Psychologischer Heckmeck hat mich noch nie beeindrucken können, Mr. Carter. Latimer war ein gerissener Fuchs, das kann ich Ihnen versichern, und ich hätte ihm die Geschichte von dem mexikanischen Fälscher einfach nicht erzählen dürfen. Das habe ich schon zugegeben. Dadurch nämlich kam er erst auf den Gedanken. Aber alles andere sind Vermutungen.« Er nahm sich eine neue Zigarre aus dem Etui und deutete damit auf mich. »Schlicht und einfach Vermutungen.«

»Sie dürfen nicht vergessen«, warf ich ein, »daß er in den Zeitungen über die *Intercom*-Affäre gelesen hatte. Wenn man zwei Stücke eines Puzzlespiels sieht, die zusammengehören könnten, versucht man doch, sie aneinanderzupassen. Und wenn es einem gelingt, sucht man nach anderen Stücken, die sich anschließen. Das hat mit Vermuten wenig zu tun.«

»Nennen Sie es, wie Sie wollen. Seine Märchenerzählerei war gefährlich – gefährlich vor allem für Brand.«

»Was haben Sie mit Brand unternommen?«

»Ich schrieb ihm einen Brief, der ihn auf die Gefahr aufmerksam machen sollte.«

»Mit Hilfe einer französischen Zehn-Francs-Note?«

Er antwortete nicht darauf. »Er schickte mir als Antwort einen Ausschnitt aus einer Zeitschrift, einem Verlegerblatt. Darin ging es um ein Buch, das Latimer gerade schrieb. Brand wollte wissen, ob ich Latimer kannte. Ich mußte es zugeben.« Er schwieg einen Augenblick. »Und in seinem nächsten Brief warf er mir vor, ich habe ihn betrogen. Ich versuchte ihn zu beruhigen, natürlich. Ein kranker Mann ...« Er unterbrach sich mit einem Achselzucken und suchte nach seinen Streichhölzern.

»Was geschah mit Latimer?« fragte ich.

Es dauerte lange, bis seine Zigarre angezündet war. »Ich weiß es nicht«, antwortete er schließlich; »ich kann es nur vermuten. Wie ich schon sagte, war Brand krank und wohl auch nicht mehr fähig, klar zu denken. Er hielt es für möglich, man könne Latimer dadurch zum Schweigen bringen, daß ...« Er zeichnete mit seinem abgebrannten Streichholz kleine Kreise in die Luft. »Er meinte, man solle ihn dorthin bringen, wohin er gehört. Ich warnte ihn davor, es zu tun, sagte ihm, dies sei nicht der richtige Weg, es gäbe schließlich Unterlagen, an die wir nicht herankonnten, es gäbe Dokumente und Leute, die gegen uns aussagten ... Daß Sie hier sind, beweist, wie recht ich hatte. Ich hatte ihm vorgeschlagen, daß wir uns –

gemeinsam oder jeder für sich – mit ihm arrangieren sollten, ihn dazu überreden, daß er schwieg, ihm, wenn es sein mußte, Geld anbieten . . .«

»Mit Geld wäre es Ihnen nicht gelungen.«

»Wahrscheinlich nicht. Aber wir hätten ihn wenigstens dazu bringen können, die gefährlichsten Passagen herauszunehmen. Aber wie dem auch sei – Brand traute mir nicht mehr. Er hörte nicht mehr auf mich. Er sagte, er sei viel verwundbarer als ich, er wolle selbst entscheiden. Ich versuchte, ihn zu überzeugen, aber da war es schon zu spät.«

»Was geschah mit Latimer?« fragte ich noch einmal.

Er schenkte noch einmal nach. »Ich nehme an, daß er ihm schrieb, er wolle sich mit ihm treffen, wenn er weiteres Material für sein Buch brauche. Voraussetzung sei jedoch, daß er, Brand, den Ort der Begegnung festlegen dürfe und daß äußerste Diskretion gewahrt werden müsse. Wahrscheinlich sagte er ihm auch, er solle verbreiten, er würde zu einem Interview nach Evère fahren.« Er lachte grimmig. »Ich bin sicher, daß es Latimer Spaß machte, auch einmal bei diesem ›Räuber und Gendarm‹-Spiel mitzumachen.«

»Gab er ihm noch andere Anweisungen?«

»Das ist anzunehmen. Sie kennen den Genfer Flughafen. Das neue Abfertigungsgebäude ist ziemlich groß. Wenn man erst einmal sein Flug-Ticket vorgewiesen und die Paßkontrolle passiert hat, achtet kein Mensch mehr darauf, was man tut. Nachdem Latimer den Schlüssel seines Mietwagens abgegeben hatte, war er so gut wie verloren. Brand hatte ihn wahrscheinlich angewiesen, das Gebäude zu durchqueren und es bei einem anderen Parkplatz zu verlassen, wo ihn jemand erwartete, der ihn zum Treffpunkt in Frankreich fahren würde.«

»Glauben Sie, daß man ihn nach Ferney-Voltaire brachte? Wie Sie wahrscheinlich wissen, gibt es Hinweise dafür, daß er die Grenze in dieser Richtung überschritten hat.«

»Ich halte es für wahrscheinlich.«

»Und was kam dann?«

»Ich weiß es nicht.«

»Was vermuten Sie?«

Er seufzte. »Sehr viel von dem, was ich sagte, ist Vermutung. Aber ich sage Ihnen, was ich für das wahrscheinlichste halte. Es macht jetzt doch nichts mehr aus. Brand ist sehr krank. Bis Ihr und Latimers Buch erscheint, wird er nicht mehr am Leben sein.«

Er schwieg eine Weile. Ich wartete.

»Wenn es darauf ankommt, jemanden umzubringen, ist jeder ein Spezialist auf einem besonderen Gebiet«, fuhr er bedächtig fort. »Wer mit einem Messer umzugehen versteht, wird diese Waffe immer einer Pistole vorziehen. Der Giftmischer wird nie jemanden erwürgen, der Würger wird nie einen anderen erschlagen. Im Krieg, wenn das Morden erlaubt ist und die Wahl der Waffe freisteht, ist es nicht anders. Der Soldat benutzt die Waffe, die ihm am meisten liegt; der Befehlshaber verläßt sich auf die Waffengattungen und Taktiken, die seinem Temperament am ehesten entsprechen – in der Regel diejenigen, mit denen er bisher die größten Siege errang. Brand ist keine Ausnahme von dieser Regel. Brands Taktik bestand darin, seinen Gegner aus dem Hinterhalt zu überfallen und unter die Erde zu bringen.«

»Unter die Erde?«

»Ursprünglich war Brand Pionier. Er wußte, wie man mit Dynamit und hochbrisanten Sprengstoffen umgeht. Als sein Land von den Deutschen besetzt war, gelang es ihm einmal, eine gegnerische Nachschubkolonne dadurch zu beerdigen, daß er einen ganzen Hügel mit Dynamit auf sie herabsprengte. Das Gelände war für eine solche Operation wie geschaffen, und es gelang ihm, mit dieser Methode noch öfter zum Erfolg zu kommen. Einmal begrub er einen ganzen Zug dadurch, daß er einen Tunnel sprengte. Er sagte nie, daß er gegen einen Gegner kämpfen müsse, sondern daß er ihm sein Grab schaufeln wolle.«

»So ungewöhnlich ist diese Redensart nun aber auch nicht.«

Er schüttelte den Kopf. »Für Brand bedeutete es keine Redensart. Er dachte tatsächlich so. Ich weiß es. Als wir vor ein paar Jahren einmal von Brüssel nach Köln fuhren, wurden wir wegen einer Baustelle aufgehalten. Man war gerade damit beschäftigt, eine Brücke für eine Autobahnüberquerung hochzuziehen, und wir sahen zu, wie das Betonfundament für einen Pfeiler gegossen wurde. Die Grube reichte bis tief in die Erde, die Moniereisen verliefen kreuz und quer wie ein Käfig. Es war imposant zu beobachten, wie die Arbeiter den Beton hineingossen – Tonnen um Tonnen. Brand war fasziniert. Als wir weiterfuhren, sagte er etwas, das ich nie vergessen werde: ›Wenn ich je einmal jemanden beiseite schaffen müßte, würde ich ihn zu einer solchen Baustelle bringen.‹« Und dabei warf er mir einen bedeutungsvollen Blick zu. »An diese Worte habe ich oft denken müssen, seit Latimer verschwunden ist. Zwischen Ferney-Voltaire und Straßburg gibt es bestimmt viele Baustellen. Viele Gräber, die auf ihren Toten warten.«

Ich antwortete nicht. Ich fühlte mich nicht wohl.

Und er muß es mir angesehen haben. »Machen Sie sich deswegen keine Sorgen, Mr. Carter. Brand war kein Barbar. Sicher kein Anfänger. Wenn er es wirklich getan hat, dann bestimmt rasch und schmerzlos; Latimer wird keine Schmerzen erlitten haben.«

Das Mädchen kam wieder auf die Terrasse. Es trug jetzt eine lose Strandjacke; in der Hand hatte es eine Taschenlampe. Sie sagte, sie wolle noch einmal schwimmen gehen.

Als sie an Jost vorbeiging, hielt er sie am Ärmel fest. Aus der Art, wie sie sich abwandte, schloß ich, daß sie sonst nichts am Leibe hatte.

»In ein paar Minuten komme ich nach, mein Schatz«, sagte er. »Heute abend ist es so warm, daß Herr Carter bestimmt nichts dagegen hat, zu Fuß zum Hotel zurückzugehen.«

»Nicht im geringsten«, antwortete ich, und ich log nicht einmal. Sehr viel mehr konnte ich aus Jost ohnehin nicht mehr herausbekommen. Aber ein paar Fragen wollte ich ihm doch noch stellen.

Als das Mädchen gegangen war, begann ich deshalb von neuem: »Warum haben Sie Skriabin in das Bulletin über den Seismographen hineingezogen? Oder war es Brand, der damit dem Russen ein Grab schaufeln wollte?«

Er kicherte. »O nein, das war meine Idee. Skriabin war KGB-Mann in Stockholm, und er hat unseren norwegischen Freunden viel Ärger bereitet. Ich wollte erreichen, daß ein wenig Wirbel in der Öffentlichkeit ihn zur Räson bringen sollte. Seine Vorgesetzten verfrachteten ihn auch prompt nach Syrien. Sie müssen ziemlich verärgert gewesen sein.«

»Und wie sie es waren«, antwortete ich. »Das weiß ich bestimmt. Und einen Teil ihres Ärgers ließen sie mich spüren.«

Seine Augen weiteten sich vor Erstaunen. »Aber Mr. Carter, Sie werden sich doch nicht beklagen wollen!« Er breitete seine Arme aus, als wolle er mich segnen. Eine Geste, die ich bei ihm schon einmal erlebt hatte. »Denken Sie doch daran, was Ihnen unsere Zusammenarbeit eingebracht hat.«

»Eingebracht?« Der Brandy wollte mir im Halse hängenbleiben.

»Aber gewiß doch.« Er beugte sich vor und schlug mit dem Handrücken gegen mein Knie. »Heute sind

Sie ein ganz anderer als der, den ich vor einem Jahr kennenlernte. Damals waren Sie müde und Ihrer Arbeit überdrüssig. Sie konnten sich selbst nicht mehr leiden. Und nun merke ich, wie Sie zu neuem Selbstvertrauen gefunden haben. Denken Sie doch selbst einmal darüber nach. Sie stehen kurz vor dem Abschluß eines Buches, des letzten Werks des angesehenen und betrauerten Charles Latimer. Hätte sein Verleger den Mann damit beauftragt, der Sie noch vor einem Jahr waren? Ich bezweifle es. Sie sind mit sich selbst ins reine gekommen. Wenn Sie klug sind und auf Ihre Gesundheit achten, liegen glückliche Jahre vor Ihnen – ein Neubeginn.«

»Oder – um es anders auszudrücken –«, sagte ich, »paß auf, Freund Carter, komm mir nicht in die Quere. Wenn meine Anonymität und meine Ungestörtheit durch das bedroht sind, was du schreiben willst, wirst du ein Grab finden wie Latimer. War es nicht das, was Sie sagen wollten, Herr Oberst?«

Er erhob sich, und sein Lächeln war wie eine unerschütterliche Maske. »Ich freue mich, daß wir uns verstehen. Doch ehe Sie gehen, können Sie vielleicht meine Neugier in wenigstens einem Punkt befriedigen. Hat Latimer je herausbekommen, wer unsere Aktien gekauft hat?«

»Er hatte eine Liste mit vier Firmen, die es im Auftrag des tatsächlichen Käufers getan haben könnten. Aber die Schweizer Sicherheitsbehörden haben seine Unterlagen beschlagnahmt, und ich weiß deshalb nicht, wer auf dieser Liste stand. Wissen Sie, wer die Intercom AG gekauft hat?«

Man sah dem Lächeln jetzt deutlicher an, daß es erzwungen war. »Mein lieber Mr. Carter, ich hatte gehofft, Sie könnten es mir sagen. Brand nahm an, es müsse der KGB gewesen sein. Ich tippte auf das BfV, das von der CIA den Auftrag und die Mittel dafür erhalten hatte. Aber mit Sicherheit kann ich das nicht behaupten. Es ist wirklich zu dumm.«

»Warum?« fragte ich. »Sie haben das Geld. Was kümmert es Sie noch, von wem es kommt?«

Er sah mich überrascht an. »Natürlich interessiert es mich. Wir – Brand und ich –, wir haben die Operation gemeinsam durchgeführt. Wir haben sie gemeinsam geplant und in die Tat umgesetzt. Alles lief bestens. Aber – nicht zu wissen, *wie* es lief, nicht über alle Informationen zu verfügen, das ist fast unerträglich. Irgendwann einmal werde ich es natürlich herausbekommen. Solche Dinge können nicht bis in alle Ewigkeit verborgen bleiben. Früher oder später wird jemand reden.«

Als er mich zur Haustür begleitete, lachte er plötzlich belustigt auf. »Wissen Sie«, sagte er, »so raffiniert Latimer auch war, alles hat er doch nicht richtig gesehen. In einem irrte er vollständig. Weder Brand noch ich sind im geringsten arrogant. Ehrgeizig schon, aber kein bißchen arrogant.«

Eric Ambler
im Diogenes Verlag

Bitte keine Rosen mehr
Roman. Deutsch von Tom Knoth

Doktor Frigo
Roman. Deutsch von Tom Knoth

Die Maske des Dimitrios
Roman. Deutsch von
Mary Brand und Walter Hertenstein
detebe 75/1

Der Fall Deltschev
Roman. Deutsch von
Mary Brand und Walter Hertenstein
detebe 75/2

Eine Art von Zorn
Roman. Deutsch von Susanne Feigl
und Walter Hertenstein
detebe 75/3

Schirmers Erbschaft
Roman. Deutsch von
Harry Reuss-Löwenstein, Th. A. Knust
und Rolf Barmettler
detebe 75/4

Die Angst reist mit
Roman. Deutsch von Walter Hertenstein
detebe 75/5

Der Levantiner
Roman. Deutsch von Tom Knoth
detebe 75/6

Waffenschmuggel
Roman. Deutsch von Tom Knoth
detebe 75/7

Topkapi
Roman. Deutsch von Elsbeth Herlin
detebe 75/8

Schmutzige Geschichte
Roman. Deutsch von Günter Eichel
detebe 75/9

Das Intercom-Komplott
Roman. Deutsch von Dietrich Stössel
detebe 75/10

Besuch bei Nacht
Roman. Deutsch von Wulf Teichmann
detebe 75/11